IDROVUS

ELSSIE CANO

artepoética
press

NUEVA YORK, 2018

Title: Idrovus
ISBN-10: 1-940075-54-8
ISBN-13: 978-1-940075-54-9

Design: © Ana Paola González
Cover & Image: © Jhon Aguasaco
Author's photo by: John Cano
Editor in chief: Carlos Aguasaco
E-mail: carlos@artepoetica.com
Mail: 38-38 215 Place, Bayside, NY 11361, USA.

A mi nieta Zoë Penélope Cano Poulos

Índice

Un mundo diferente se estrelló en tus pupilas,
una historia de sangre ahogó el tiempo en tus labios
y un sol desconocido se abatió en tus entrañas.
Hoy, sólo queda escrita tu pregunta a los sueños
y queda tu mirada atrapada en el cielo.

Carlos Villacís Endara[1]

---

1   Carlos Villacís Endara (Quito, 1930)

Un mundo diferente

—¡Mujer del diablo! ¡Loca de mierda, deja de hablar sandeces!

Los gritos de mi madre escapan por los huecos y rendijas de nuestra destartalada casa. Estoy tan acostumbrada a los insultos de la deslenguada que sus palabrotas me resbalan sin hacerme mella. En ese lugar lejano y olvidado resuenan sus insultos igual que el golpe de las goteras sobre los tarros donde se recoge la lluvia, igual que el chillido de un pajarraco carachoso o la caída de un árbol carcomido.

—¡Qué alegría! Papá ya regresó y está arriba con abuelo Damián. Voy a verlos —digo sin hacerle caso, toda enfiestada, yendo hacia la escalera donde miles de chispitas revolotean en un enjambre. Arrugo los ojos ante el manojo de candelillas, evitando que se me metan por la vista. Siento que me mareo y muevo la cabeza hasta alejar la jumera. A mis oídos llegan murmullos; en el aire siento ese olor a humo y hollín que tienen todos los miembros de mi familia. Río feliz agarrándome de las paredes, doy una zancada evitando uno de los escalones apolillados. Dalí se me adelanta y, maullando con los pelos como alambres en punta, me espera al final de la escalera.

La casa está rodeada de almendros, limoneros, manzanillas, yerbaluisas y un solo guachapelí. Hierbas y árboles crecen salvajes con hojas mugrosas enredadas en telarañas. La puerta hecha de tablas desiguales chirría con el paso del viento. La mayor parte del día las ventanas desvencijadas están cerradas y una de ellas permanece trancada por dos leños en cruz. Del carcomido alero cuelgan varios avisperos. La casa parece abandonada, pero adentro viven varias generaciones de mi familia; mi madre, que es requetevieja y achacosa, y también yo, que según el almanaque llevo varias decenas de años encima. Los extraños, que de vez en cuando caen por este lado, no aparecen más. Al vernos se les brotan las bolas de los ojos, las palabras se les atragantan y, apenas pueden, agarran velocidad y patitas pa-qué-te-quiero. Seguro se les pasa por el coco que Flora es una bruja y yo, una aparecida. No es para menos: ella se ve horrenda con todas esas arrugas asquerosas y las cuatro chamizas que le blanquean en la cabeza. Y yo, que no he recibido un rayito de sol en no sé cuánto tiempo, me veo desteñida y doy lástima.

—¿Hasta cuándo vas a seguir porfiando que ese viejo ha regresado? Te he dicho mil veces que tu padre murió desangrándose por el tajo que un malandrín le dio en el cuello. Y bien sabes que a Damián se lo llevaron los diablos. En el altillo lo único que vas a encontrar es cachivaches y porquerías. No trates de trepar esa escalera maltrecha o te romperás la canilla —grita Flora como cotorra desguañangada y termina bajando la voz para añadir lo de siempre— En algún momento voy a decirte una verdad, para que de una vez por todas dejes esta jodienda.

Como otras veces, le pelo los ojos con coraje y miedo. Coraje, por creer que estoy loca; y miedo, por esa maldita manera que tiene de mirarme con pena y desconfianza. Ya me tiene hasta el copete con esa condenada verdad que no puede decirme para no hacerme daño. ¿Qué podrá ser? Hasta en el occipucio he rebuscado sin encontrar una pista sobre su maldito secreto. Un día de estos voy a apretarle el pescuezo para borrarle esa mirada que odio tanto. ¡Vieja de mierda!

—Aunque lo quieras o no, nunca va a irse la gente que nos acompaña en la casa. ¡Nunca! —grito furiosa las mismas palabras que Alcides dijera a su hijo Faustino cuando el muchacho vio vivo al abuelo que había muerto antes de que él naciera—. El conocimiento tiene trabas y es por eso que no logramos entender la vida y menos lo que esconde la muerte. Nadie se pierde sólo porque deje de respirar. ¿Has visto cómo las arañas y las culebras sueltan el pellejo y estrenan otro nuevecito? Asimismo los humanos abandonan el carapacho y ganan uno nuevo. Este nuevo empaque que parece estar hecho de nada es duro y duradero. Es tan fuerte que es capaz de atravesar paredes, muros, fortalezas.

—No quieras enredarme con pendejadas. El que estira las patas hasta allí llegó: sanseacabó. El empaque se pudre y se vuelve comilona para los gusanos. Con la muerte se acaba todo y no hay regreso.

—Todos estamos vivos al mismo momento, en todo momento, el pasar del tiempo es una trampa del cerebro —porfío, porque dentro de mi cabeza Macedonio así lo piensa.

—Samira Luna, ya déjate de babosadas. Sabes que no vas a embrollarme con esa verborrea barata que tanto te gusta. Mejor ponte a barrer. ¿O quieres que las carcomas se nos metan por las narices? Yo voy a terminar con las tortitas y los muchines antes de que Crucito pase a recogerlos —chilla la cotorra vieja y bruta.

Y nada, es Flora la que sigue porfiando y dice que todo lo que hablo son tonterías, que en la casa sólo vivimos las dos aunque de cuando en cuando se tope con los otros. La vieja va a la cocina y de sopetón se encuentra con mi hermano Samuel. Por un momento se lleva las manos a la cabeza y cuando Samuel la abraza, ella tirita. Cruza los brazos estremecida. Mi hermano le pide que deje de gritar y le traiga un pocillo con limonada; él está escribiendo una de sus famosas peroratas que da en la plaza. *Mamá, la revolución es un hecho, estamos listos para acabar con las trincas. Vamos a darles duro a chuecos, pipones y chuchumecos para que no regresen por otra. ¡Viva la libertad!* —dice con los brazos en alto.

Flora tambalea y como siempre que se encuentra con alguno de la familia, se rasca la cabeza, se refriega los ojos para aclarar la vista y asegurarse de que no es verdad lo que acaba de ver. Por un largo rato queda muda y no del todo convencida se pregunta: "¿Qué carajos pasó? De pronto me zumbaron los oídos y creí ver a..."

Sacudiendo la cabeza, la vieja me entrega la escoba y un saca polvo que ella misma hizo con las plumas que los pajarotes dejan regadas cuando se meten en la casa.

—Samuel quiere una limonada, voy a servírsela —digo yendo a la cocina.

—Loca de mierda, no metas a Samuelito en tus arrebatos. Mi muchacho sufrió mucho en manos de esos malditos milicos que lo mataron hace cuarenta y tantos años para que ahora tú no lo dejes descansar en paz.

—Pero IDROVUS hace posible que él y los otros sigan con nosotros.

—Todos esos cuentos de IDROVUS son una alcahuetería para que sigas creyendo en pendejadas. ¡Samira Luna, despierta! IDROVUS no es lo que tú piensas. Un día voy a enseñarte lo que IDROVUS esconde.

—¿Qué quieres decir? Piensas que voy a creer en tus cuentos, me tienes harta con tu dizque secreto. Hace años mi primo Atino y yo lo encontramos, está en mi cuarto y tal como Faustino y Valentín me lo prometieron, IDROVUS deja que pueda encontrarlos cada que los necesito —digo con las venas hinchadas; siento que las palabras me muerden la lengua y los pensamientos me queman los sesos. ¡Púchica! No sé cuándo Flora va a reconocer que hasta el pueblo donde vivimos tiene hambre de vida, ganas de eternidad. Un día apareció junto al río formando arboledas, levantando colinas, de las palabras sacando flores, pájaros, lagartijas, murciélagos, chapuletes y aquí se quedó neciamente agarrado a la tierra. Su nombre es Guayaquitos y un anillo imaginario lo sostiene en la mismísima mitad del mundo. Suena ridículo, pero extraños y visitantes que van de pasada lo llaman pueblo fantasma porque dicen que es difícil encontrarlo refundido entre tantos montes, ríos y quebradas y aseguran que desde lejos parece un espejismo entre remolinos de humo y fuegos fatuos.

El crepúsculo se ha metido en la casa. Abro la ventana de mi cuarto y su hueco se llena de cielo. Las primeras estrellas miran el mundo derramando misterio; nubes plomizas se arremolinan y las estrujan, las apagan, y todo se repleta de oscuridad. Y nada. En mi cabeza ruedan los pensamientos en torrentes mientras mis ojos recorren la nada. ¿Qué es la nada? Oh si, papá dice que es el material del que está hecho el universo. *Glu, glu, glu*, siento que me ahogo viajando hacia mi interior; abro la boca tragando aire para no quedar sofocada. La casa se llena de susurros. En el altillo, abuelo Damián y papá jalan sillas, mueven baúles, escarban en el pasado. Suena el rasqueteo de una navaja sobre la madera; Ismael, el padre de Damián, sin pararles bola, talla caballitos y vaquitas. Fuera de la ventana las virutas vuelan en el viento y van a parar sobre los techados y picos de los matorrales. ¡Púchica! Pienso en Flora, me tiene harta con su recelo, me vigila a todas horas, siempre está a mi lado como un pegote. ¿De qué tiene miedo? ¿De qué o de quién quiere protegerme? Ella debe haber puesto la tranca a la puerta no para evitar que alguien se meta a la casa, sino para que yo no me pierda con la noche. IDROVUS está abajo de mi catre esperando a que lo nombre para salir y volar por otro tiempo que no es este momento. Y nada. Sigo dentro, del otro lado de la ventana, hasta que el claro de la mañana vuelve a dibujar mi cuerpo y esa muchachita que soy yo misma es una niña de siete años, alerta, curiosa, sesuda y tozuda. ¡Púchica! Esa niña es capaz de recordar cosas que Flora dice que nunca sucedieron. Dentro de su cabecita encuentra caras y nombres que jamás conoció, y pizcas de palabras perdidas que parecen no tener son ni ton: *Eres una de nosotros… El tiempo es un momento… Todos van a morir.* Y nada, quiero espantar esos pensamientos que nunca pensé. Sudando como tapa de olla subo hasta el mismo tope de la loma El Cerrito. El sol arrebatado se agarra de los cogollos, de los palos del papayo, de los moños de la piña, de las barbas del choclo. Arrugo los ojos para poder distinguir las cosas escondidas en medio de tanta claridad, y no sé por qué me viene a la mente que la oscuridad y el resplandor son la misma cosa; así como la vida y la muerte. Ambas son tan intensas que nos enceguecen. Y nada, sin sombras donde guarecerme quedo en medio del sol y no me importa. Me gusta mirar a Guayaquitos desde lo alto, aunque me brote humo del cráneo y el sudor hirviente de la tierra me achicharre las chancletas y los pies. Arriba de la loma puedo contemplar el pueblo entero: pequeñito, un valle verde chillón, tupido y repleto de ríos, riachuelos, quebradas, agua, agua, y más agua corriendo desaforada, sin detenerse, apresurada por llegar al fin del mundo.

¿Dónde termina el mundo? ¡Púchica! Siento el pensamiento brincando en el vacío que llena la nada y Macedonio, usando mi cabeza, responde: *Igual que la vida el mundo es eterno porque lo que existe ahora, existe en todo momento y es lo mismo.* Y nada, este trocito de mundo se mete en mis ojos, este puntito donde todo es verde, verdor y árboles. Árboles que parecen árboles, monstruos torcidos que hartos de sol beben luna, roban el soplo de los dormidos y sus raíces brotando de la tierra parecen culebrones en busca de aire. Abuelo Damián dice que las almas temerosas, esas que no se atreven a moverse libres por el mundo, quedan atrapadas bajo la tierra y respiran por esas raíces. Y nada, tengo que decir que a la luz del día el pueblo es algo que vale la pena ver, pero dentro de la noche el cuento es otra cosa. La luz de velas y candiles agiganta la sombra de todas las cosas y los espantos se alborotan con el viento. Por los caminos solitarios sólo vagan los borrachos y los locos.

Y nada. Me dejo rodar por la parte trasera de El Cerrito en donde está el cementerio. Una buena bajada, la bajada más segura para no irme de coco contra las piedras y quedar soñada en medio de cruces y tumbas. Ahí crecen las ciruelas más grandes y sabrosas en todo el pueblo. Flora me tiene prohibido recogerlas. Ella, como todos en el pueblo, dice que son sagradas y que comerse una sería como comerse un muerto, porque los ciruelos se alimentan de los cuerpos enterrados en el camposanto. Escondida tras un árbol me atraganto con las que más puedo: *hummm..., jugosas, dulzonas, riquísimas.* De pronto mis ojos chocan con esa mujer aleteando sobre una tumba abandonada. De seguro se ha dado cuenta de que no hago caso a Flora y me sapea. A ras del suelo, así como hace Dalí para sorprender a un pájaro, me le acerco por detrás para espantarla y ponerla a volar.

La mujer es de piedra, en una mano lleva un ramillete de romero y del cuello le cuelga un saquito. Bajo sus pies hay una piedra rota donde se lee: *...que lle... y aquí... y...* También se ve parte de una fecha: *...Agosto ... 09.* Al verla, mi mente se llena de un montón de ideas raras y por primera vez recuerdo a Macedonio, el ángel. Un día le pregunté a mi papá si un ángel era una criatura perfecta y él respondió que nada era perfecto. *Por eso es que Dios no existe, porque Dios tiene que ser perfecto y un ser perfecto no puede crear cosas que no son perfectas y como vemos el mundo es un completo desbarajuste.* Papá también dijo que el mundo brotó un día por casualidad, de pura chiripa; que en este mundo no existía ningún orden, tampoco un propósito para la vida humana, por lo tanto no había necesidad de un creador. Y si un creador no era necesario, era porque no existía. Cuando Flora lo manda a callar por hereje, según ella por decir burradas y enseñarme disparates, él contesta que creer en zoquetadas es cosa de mentes zoquetas. Y yo, apenas una niña de siete años que había visto al ángel, qué tan zoqueta habré tenido la mente porque pude percibir que la mujer estaba viva y tenía los ojos quietos, sin brillo, fijos en mí. ¡Púchica! Salí volando como flecha, pero terca con la idea zoqueta; en las noches (¿dormida o despierta?) la veía derrumbada, sin alas, gritando en medio de una fogata y, aunque era de piedra, sangraba como si fuera una persona. Dentro de un sueño quise consolarla y quedé engarrotada, con los dedos chamuscados. Abrí los ojos y seguí entumecida, con un olor a humo y hollín pegado en medio de los sesos. Nunca más volví a verla porque un día alguien me vio comiendo las ciruelas sagradas, le fue con el cuento a Flora y ella, a cocacho limpio, me prohibió volver al cementerio. Por Flora supe que los fuertes temblores, que de cuando en cuando asustaban al pueblo, hicieron que la mujer de piedra se partiera y perdiera las alas. Luego, durante una tormenta, un rayo la dejó achicharrada, y un tiempo después cayó al piso hecha añicos.

Flora asegura que IDROVUS no es lo que yo creo. No sé por qué lo dice, pero ahí está él, bajo el catre, para decir que las cosas que pasaron no terminan de pasar. Todo es pasado, lo que acabo de decir queda atrás como un recuerdo. El pasado, mientras más doloroso, no tiene olvido; y yo no recuerdo, pienso los recuerdos, los estoy pensando. Otros dicen que el pasado debe quedar atrás, pero yo no quiero dejar atrás los pedazos de mi vida que todavía duelen. Yo no quiero curarme, yo quiero vivir con el dolor. Y nada, que a veces me entra la duda y pienso que soy una sombra más que crece a la luz de las velas, una voz que chilla con las cigarras, pero no es así; estoy viva, respondo a un nombre y recuerdo. Ahora recuerdo aquel día, un día cualquiera, tres años después de que primo Atino se fuera por segunda vez, me arropé con un mantón agujereado por las polillas y salí a gatas, arrastrándome como un animal, escapando de la ojo-seco de Flora. Llegué hasta la calle principal para ver cómo iban las cosas, y después de ese día no volví a salir de casa nunca más porque me dio miedo lo que vi. Mi casa es mi guarida y ahora que soy vieja, siento que corro peligro fuera de ella. ¡Púchica! Cualquiera puede confundirme con un espantajo y sacarme volando a pedradas y buches de agua bendita.

Ya en la calle principal, camino deteniéndome aquí y allá entre los varios puestos y caramancheles del mercado, en donde se vende de todo: ropa, herramientas de campo, legumbres, frutas, café, cacao, manteca, pollos vivos y muertos, longanizas colgando de garfios, sopa de bagre y sopa de tronquito de toro. ¡Qué espectáculo aquel! No lo digo por el colorinche y las moscas dándose gusto con las frutas y las carnes secas al sol, sino porque me gusta ver a la gente. Tan frágiles y a la vez tan fuertes, tan despreciables y al mismo tiempo tan nobles. ¡Qué espectáculo aquel! Y nada, yo mirándolos y ellos sin mosquearse, ciegos a la más maravillosa de las maravillas: estaban vivos. Por suerte eran personas y no animales o cualquier cosa, y poseían los lujos del pensamiento y la palabra. ¡Púchica! Pienso tanto en lo que pienso como en lo que no pienso y, asimismo, en lo que podría pasarme por la mente. Para mí, pensar es lo mismo que saborear veneno por puro gusto. Un acto oscuro, morrocotudo, que igualmente me produce placer y angustia, calma y espanto. ¡Qué horror! En este mismo momento, Macedonio está pensando: *Las trabas del cerebro nos impiden ir más allá, pero en alguno de sus surcos se esconde nuestra infinita permanencia.* No puedo aguantarlo, siento patadas en la cabeza, siento que los sesos se me retuercen, estoy pensando los pensamientos de mi tatarabuelo. Y nada, aquí mismo me ataca, me atraca, me desbarata pensar que puedo pensar los pensamientos de Macedonio.

—Turco, no seas malito, dame una rebajita —dice una mujer con cinco calzonarias en la mano, sacándome de mi estado.

—Está bien, llévelas a cinco por tres, mi señora. Después no me vaya a echar la culpa si sale preñada por sexta vez sólo por andar sin calzones —el vendedor la relaja haciendo un guiño y los presentes lo festejan con risotadas bellacas.

Con placer acaricio una chalina bordada con hilos marrones. Es más suave que la piel de mi bigotudo Dalí. Quiero comprarla, pero ni siquiera pregunto por el precio para que el Turco no me salga con una de sus asquerosas pachotadas.

Luna, Luna, era lo que escuchaba a mis espaldas y yo me volteaba a ver. La gente ahora suele ir y venir, pasar sin verme ni reconocerme; nadie se acuerda de mí, y eso me permite seguir sin arrebatos mi camino. Pero no era así en el pasado, cuando escuchaba voces y miraba en todas direcciones para buscar entre el gentío al que había pronunciado mi nombre.

¡Púchica! Y eso me ponía en vilo, no me dejaba dormir porque hasta las paredes me llamaban: *Luna, Luna*. Desde que Atino y yo encontramos a IDROVUS, los que me llamaban quedaron en calma y por fin pude descansar.

En una esquina, me topo con un grupo de muchachitas camino a la escuela vespertina. Las brinquillas se han remangado las faldas en la pretina, dejándolas tan cortitas que apenas les cubren los fundillos. Riendo y gritando hablan todas a la vez. Solamente una nota mi presencia y deja de reír. *Luna, parece que has visto un fantasma, mira por dónde caminas o vas a irte de trompa al piso*, dice una compañera jalándola por un brazo. La muchacha, que también se llama Luna, voltea la cabeza varias veces mirándome boquiabierta hasta que el grupo desaparece al doblar en una esquina. Y yo me quedo ahí pegada al piso sin poder dar nombre a lo sucedido. *¡Santo cielo, esa muchachita soy yo!*, chillo recordando lo mucho que me asusté aquella tarde en que vi a una vieja, y pensé que se trataba de una aparecida que llevaba mi cara.

De repente una camioneta color hierba aparece en la calle cruzando a toda máquina. Quedo temblando de pies a cabeza, pasmada, con el corazón desbocado. El alma se me va por los ojos debido al hombre de labios carnosos, pelo negro y largo que va al volante. Era David. No podría confundirlo con ningún otro hombre en el mundo entero, así llevara una costra fea cruzándole media cara o si tuviera las manos chamuscadas. Cuando era jovencita estaba requeteloca por él. Me ponía como gata alunada y me escapaba por las noches atraída por su olor. No me cansaba de montarlo una y otra vez, lo amaba de manera brutal. Pero un día pasó aquello tan horrible y todo lo que quise fue hacerlo patalear como animal herido, como él había hecho conmigo. El desquite no es un hecho, es un estado de regocijo en donde el alma alcanza la más pura y poderosa emoción. Creí haber acabado con esa bestia, sin embargo, todavía merodeaba por el pueblo, como todos los demás.

Y nada, golpeada por los recuerdos, llego al parque tambaleando. Me dejo caer sobre un banco de madera que está bajo la sombra de los ficus y los almendros. Tiene nombres grabados de parejas dentro de corazones flechados. ¡Qué sonsa haber creído en aquello del hombre de los sueños! Cualquier verga se descarga igual pero yo no lo creía. La sesera me estallaba, al igual que el corazón, bombeando a toda máquina. Entonces yo tenía como sesenta, quizá menos, quizá más: la edad ya no era cuestión de importancia. El aire empezó a faltarme, necesitaba calmarme o ahí mismo podía caer con un patatús del carajo.

Enfrente se levantaba la pequeña iglesia, la única en el pueblo, a la que no entraba desde hacía miles de años. Cuando era pequeña, Flora, curuchupa hasta las patas y solapada por herencia —su padre fue un predicador embustero— me obligaba a acompañarla a la misa de los domingos. *A ver si botas los diablos*, decía mi madre prendiendo velas a la Narcisita de Jesús, la beata de moda, una loca que encontraron agusanada con un cinturón de clavos en la pretina y los ojos volteados, en pleno pataleo. Después la vieja zopenca rezaba tres rosarios seguidos, poniendo cara de santa mocarra.

Nunca fui creyente, como decía mi papá: pedir a la nada era de zoquetes. Por eso yo resolvía sola o, ¡pobrecita!, me hacía la inútil y algún pendejo siempre estaba listo para darme un empujoncito. Por un momento me dieron ganas de entrar a la iglesia. No lo hice porque siempre tuve miedo de ese hombre hecho trizas colgado de una cruz, y de ver cómo los sueños terminaban hechos un guiñapo. Flora, como todos en el pueblo, tenía un cuadro del Corazón de Jesús colgado en la sala, y un día mi papá reclamó que lo llevara a otro lado porque no quería verme chillar cada que pasaba frente a la imagen. ¡Púchica! Yo salía despavorida o quedaba como una estaca mirando esa cosa horrible. ¿A quién se le ocurrió que fuera santo un hombre con el corazón afuera del pecho? El Salvador tenía que ser una persona que provocara confianza y no espanto o recelo. Razón tenía mi papá para decir que las escrituras y los evangelios eran puro cuento, historias arregladas y sin ninguna evidencia. *En todo caso, revisemos ese momento cuando, a punto de rendirse al dolor, el hombre clamó a lo alto. Al no recibir ayuda ni consuelo, el pobre miserable dejó de creer en el gallo pelón y pidió agua a quienes sí podían dársela. Y si al último, ya consciente de saberse solo, entregó el alma al Padre, fue para demostrar al mundo que moría aferrado a sus ideales.* Y nada, cerré los ojos y la iglesia desapareció. No era otro humano estafado y burlado por una ilusión lo que yo necesitaba para calmarme.

Tumbada en la banca del parque, miro a un puñado de niños jugando a poca distancia. La pelota con la que se entretienen golpea una banca cercana y llega rodando a mis pies. ¡Púchica! Un mugrosito de ojos alegres y pelo revuelto se acerca a recogerla y, al mirarme, se aleja desaforado, chillando como si hubiera visto al demonio. Vuelve con sus amigos y veo que me señala. Sonriendo, les tiro la pelota y agito la mano en alto. Nunca comprendí por qué los muchachos me miraban así. Con la mano aún en alto, veo que ellos abandonan el parque como almas que lleva el diablo.

Antes de regresar a casa, llego hasta los muros de piedra que rodean el parque; con los codos sobre la tapia contemplo el pueblo despintándose mientras cierro los ojos. Quieto, tras mis pestañas, es el mismo de ayer. Guayaquitos se ha detenido en el tiempo, rezagado, olvidado por la modernización de la que sólo se recibe el humo del ferrocarril que en la lejanía tizna las montañas. Y nada, abro los ojos y Guayaquitos se para frente a mí, truculento en medio de ese sol moribundo de la tarde. *¡Carajo, es tan pobre el pobre que nadie lo pelea ni quiere quitárnoslo!*, digo mientras miro cómo las cacharritas, las carretillas y caramancheles de los vendedores ambulantes se atascan en los baches que el abandono, más que el tiempo, ha escarbado sobre el cascajo y la brea, puestas como lamiditas de gato sobre las calles.

Un tipo cabreado, a punto de explotar, se baja de una camioneta carajeando a diestra y siniestra; empuja la carcachita, se monta por segunda vez y una manzana más tarde, tira un *puta madre* bajando una vez más. Más allá, el vendedor de cocos y papayas jala una mula vieja con las patas hundidas en una poza: *Chucha, esto no tiene remedio, vamos de mal en peor*, se queja el hombre golpeando al despaturrado animalucho que así paga los platos rotos. Un fulano apenado por el animal lo aconseja: *Hermano, no castigue a la pobre mulita: ella no tiene la culpa de nuestras calamidades sino los pipones de turno que sólo saben comer, robar con permiso y de ayudarnos, 'nananina'.*

Alineadas a cada lado de la calzada, las mismas casitas. Unas rosadas; otras amarillas, verdes y celestes se sostienen unas a las otras para no derrumbarse. En los campos, los mismos hombres descamisados, defraudados, desollando la tierra. En los fogones, en los fregaderos, las mismas mujeres desgreñadas, acabadas, pendejamente resignadas. En los caminos, los mismos niños langarutos, lombricientos, ofreciendo rebanadas de piñas y sandías, chupetes, alfajores, cocadas y cucuruchos de maní a los viajeros que van de pasada. ¡Púchica! Todos asolados y desolados. Algo insoportable tiembla en mi pecho. Dentro de los ojos, el azul y el verde se tiñen de rabia y, sin desviar la mirada, blandita, me hago cargo de la realidad. Las golondrinas, churreteando las calles desde los cables del alumbrado, son las mismas. *¡Púchica! Mi pueblo, mi tierra con su gente pobre, confiada, aguantona, miedosa y supersticiosa.* Y nada, el coraje araña mi pensamiento. Hay momentos como este en que no me comprendo. Me pasa algo rarito y siento que soy más allá de mi cuerpo; estoy cruzada en los caminos, horizontal en los baches, vertical en el sol; soy un niño, una mujer, un hombre, una golondrina, una casa derrumbada. Y es que mi tierra y yo estamos amarradas sin remedio, perteneciéndonos más allá del tiempo, los hombres y las ideas.

En medio de escobillazos encarnados, morados y carmesí se escondió la tarde. El crepúsculo despertó a los murciélagos de su sueño patas arriba. Los feitos animales caras de rata salieron de sus guaridas en las torres destartaladas de la iglesia, de los tumbados de las casas y en gajo volaron hacia el campo en busca de pechiches, guayabas y nigüitos.

Luna regresó a casa antes de que las sombras nocturnas le cerraran el paso. El miedo le cosquilleaba el cuerpo ante la cercanía de la oscuridad. La oscuridad era la esencia de la nada, sin los soles el mundo se sumergía en las tinieblas. Seguí el camino junto al río llena de palpitaciones y miedo. Las hojas secas caídas en el sendero resonaban bajo mis pasos. Los árboles me arrastraron enredándome entre el ramaje y las gordas raíces; una iguana trepó un tronco en alerta; alborotadas echaron el vuelo las viviñas; chillaron las cigarras; las vainas que se desprendieron a mi paso semillaron la tierra que lista se preparaba a parir nuevos árboles. Entrecerré los ojos y mis pies dejaron de tocar el suelo. Ligera, fluida, me uní a la brisa, quería ser para siempre parte del viento, pero continué avanzando en la tarde porque ellos me esperaban. En mi revoloteo quedaron abajo los montes, los maizales que palidecían aterrados ante las sombras que fueron invadiendo los campos. Las velas y los faroles no eran suficientes para alumbrar tanta negrura brotando del universo.

Cuajada en enormes nubarrones, la noche se alejó diluyéndose en la alborada y una mañana nueva clareó sobre la copa recién pintada de los árboles. La historia volvió a empezar mientras mis pies seguían junto al curso de la corriente que arrastrándose arrechamente entre las piedras parecía una culebrona en busca de macho. ¡Púchica! Yo misma me arrastré entre la hierba aullando de horror sin poder encontrar la casa. Engarrotada por el pánico y sudando a chorros, sentí el hervidero de hormigas entrando por mis oídos listas a picarme los sesos. Arrebatada cerré los ojos, me dejé caer al piso y los gusanos brotaron de la tierra oliscando mi cuerpo. Sin fuerzas, con el sol lengüeteándome la cara, abrí los ojos y a lo lejos entre el ramaje se perfilaron los contornos de una casa envuelta en un vaho azul. Me refregué los ojos para aclarar la vista, esa era mi casa llena de ventanas por los cuatro costados. A ras del suelo avancé llena de gozo, no estaba perdida, ahí estaba mi casa. En el frente, las enredaderas trepaban palos, árboles y paredes; peregrinas y buganvillas presumían sus colores; puse el ojo en los helechos colgando del alero en tarros y latas. Aquí y allá peleando por meterse en la casa, las pelusas de los dientes de león y los mosquitos tejían telas vaporosas que el viento se encargaba en deshacer. La puerta del frente estaba abierta esperando mi llegada; disimulando su alegría, Dalí me vio entrar.

Y nada. Estoy en casa, la casa donde ha trascurrido toda mi vida. Con placer me abrazan los olores de todos los días. Las paredes y las mesas, las camas y las hamacas, las sillas y los trastes huelen a leche de maíz, a yuca podrida, a refrito de ajo, comino y cilantro, a leña quemada y cenizas. Camino por toda la planta baja sin encontrar a nadie, subo las escaleras que bajo mis pies rechinan crac-crac. No hay nadie en la casa. Todos se han perdido entre las paredes dejándome sola. Corriendo, bajo y vuelvo a subir. Todos han muerto en la casa. La tristeza me invade, me estrangula el corazón. Con los ojos nublados apenas si distingo más allá de mis narices, las telarañas me enredan, tropiezo, caigo y las astillas se meten con tirria en mis rodillas. Me levanto para seguir buscando a los que ya no están, no pueden abandonarme. Los tablones crujen contagiados por mi pánico; me asomo por las ventanas de atrás, por las del costado; bajo gimiendo con el cerebro desbaratado, a gritos llamo a Flora. ¡Púchica! De la cocina mi mamá sale torciéndole el pescuezo a una gallina guarica. ¿Por qué gritas tanto, *mujer del diablo? Deja de armar escándalo, pareces una loca* — me recrimina batiendo en el aire la gallina patitiesa.

Mi hermano Samuel llega en ese momento y descarga costales de choclos y yuca del destartalado camión que ronca cientos de veces con estertores de motor remendado y llantas reencauchadas. Sentado sobre el tronco, enfrente de la casa, papá lee uno de sus libros; abuelo Damián, a su lado, con una lupa delante de los ojos resuelve crucigramas entreverando palabras estrambóticas en horizontal y vertical. Subo los escalones; en el altillo encuentro a Ismael, el abuelo de papá, tallando figuras de animalitos con su navaja; a Alcides, el tatarabuelo astrónomo, todo traqueteado, reducido a un saco de costillas, con los ojos hundidos por la falta de sueño, los cabellos largos revueltos llenos de piojos y liendras sin haber visto un peine en mucho tiempo; a Valentín, su padre, con un plumero en la mano tratando en vano de desempolvarlo. En un cacharro, Faustino el yerbero, piedra en mano, amasa una pasta de hierbas y raíces que emana un olor asqueroso, mezcla de flores, sapos y gusarapos. Elvia y Celina, las dos mujeres de Macedonio, se jalan de los pelos, se aruñan y se muerden. Suspiro aliviada, todo está en orden.

Bajo otra vez; en la cocina mamá y tía María meten la gallina en agua hirviente para aflojarle las plumas. Cerca, en la poltrona, abuela Melina arrulla a Alejandro y... los otros, todos con los mismos ojos pequeños, los dientes grandes, el pelo cerdoso y ese olor a humo y hollín propio de todos los Aguirre, salen a mi encuentro.

Samira Luna, pobre hija mía, está loca. Por eso ando tras ella para evitar que haga disparates. Creí que los años lograrían calmarla o que un milagro podría curarla. Nada se pudo hacer porque su locura no tiene arreglo, es para siempre. Todos mis rezos al Divino Niño y a la Narcisita fueron por gusto. Me parece que para el Salvador caminar sobre el agua y levantar a un muerto son milagros más fáciles de hacer que sanar a una loca. Muchas veces traté de inculcarle el amor y el temor a Dios, pero qué va, mi hija es una hereje, igualita que su padre. Ella pensaba que era vergonzoso para los hombres sentirse poquita cosa y necesitados de limosnas, que era de arrastrados arrodillarse, peor ante alguien que brillaba por su ausencia. Una vez me encontró suplicando la ayuda del Todopoderoso para poder abrir un puesto en el mercado y así vender más tortitas de choclo, de plátano y muchines de yuca. La malcriada me hizo callar haciendo esas muecas de asco con que muchas veces me hablaba: *Para qué gastas el tiempo pidiendo por algo que puedes conseguir por ti misma. No te hagas la tonta, no te mientas, acepta que lo que tienes se debe a lo mucho que te jodes.*

Mi hija está enferma de la cabeza y cree que en la casa viven otras personas que usan su mente para pensar. Abuelos, bisabuelos y tatarabuelos, que ya deben estar hechos ciscos y chicharras, no han muerto para ella. A veces me dejo llevar de sus fantasías y me ilusiono pensando que Samuelito sigue con vida pero, aunque me duela, sé que murió y los muertos no regresan. Pobre hija mía, si la vieran, es un adefesio; ella sí parece una resucitada con esas horribles chalinas apolilladas que usa, ese pelo enredado sin escarmenar y esos ojos chiquitos y pelados mirando hacia la nada. Antes la gente se reía al verla, pero después se acostumbraron y ya no le hacen caso. Muchas veces la pobre queda tiesa como un palo, alelada, sin pestañar y el Dalí, ese gato bigotudo y feo que tiene, se eriza al verla creyendo que es un espantajo en pena.

No sé cómo hacerla entender que solamente los de carne y hueso tenemos lugar en este mundo; por esa razón la grito y la insulto: para que despierte. Muchas veces me entran ganas de contarle la verdad sobre su enfermedad y no lo hago porque pienso que es mejor para ella vivir en sueños a tener que encarar la realidad, bien fea que es. Siempre quise hacer algo por ella, ayudarla, pero no fue nada fácil. Y todo lo que hice fue mentir y tapar sus cagadas para que nadie la achacara de poseída, monstruo y... Dios mío, no me atrevo a decir esa horrible palabra.

No puedo decir exactamente cuándo empezó su enfermedad y cuándo empeoró. No creí que debía preocuparme porque era una niña tranquila, ida, así como si estuviera flotando en las nubes, que le gustara refundirse por los rincones o esconderse debajo de la cama. Muchas veces hablaba sola, pero eso tampoco me molestaba porque todo el mundo decía que los niños tenían amiguitos invisibles para acompañarse y, si reía sin motivos haciendo tanta alharaca, tampoco me quitaba el sueño porque pensaba que lo hacía para llamar la atención del padre y los abuelos.

Su enfermedad fue cuestión de herencia. Todos en esta familia cojeaban de la misma pata. Sabino y mi suegro Damián hablaban disparates, hacían cosas sin sentido y no podían cambiar de ruta porque los cables se les enredaban y se perdían a la vuelta de la casa. Muchas veces a mi suegra o a mí nos tocaba salir a buscarlos y los encontrábamos lelos, pasmados, sin saber dónde estaba la casa y qué rumbo tomar. Los dos aseguraban oír voces saliendo de las paredes, decían palabras que nadie más que ellos usaban y porfiaban que Samira Luna podía salvarlos de la "inadvertencia". Mi pobre hija nació enferma, la niña venía dañada. Recuerdo que cuando la comadrona la puso entre mis brazos me asusté muchísimo. Mi hija tenía los ojos abiertos y sus ojos no eran los de una recién nacidita, sino los de una persona ya crecida. Me miró y yo, siempre tan fuerte, tan macha, quedé tiritando, con tembladeras, porque en sus ojos encontré miedo y, no sé, algo que no pude entender.

Pobre hija mía, está maldita, lleva la sangre envenenada de la Lunanda, aquella condenada mujer que dicen fue la primera hembra en la familia y que maldijo a toda su descendencia. Por su culpa mi hija es una loca. Lo que me aterra es que por causa de esa maldición ha hecho cosas horribles que no me atrevo a confiar a nadie.

Samira Luna tenía siete años cuando hizo la primera cosa mala, algo pavoroso, una herejía, como dijo el cura Suárez, y nunca entendimos por qué lo hizo. En el cementerio, había una tumba abandonada que se derrumbaba de vieja. En un pueblo pobre como el nuestro, era una de las poquísimas que estaba adornada con un angelito. El bulto estaba sobre un pedestal bajo y, a pesar de que el nombre de la persona muerta se había borrado, años atrás todavía podía leerse parte de una leyenda y parte de una fecha: *Un ángel que llegó… Agosto de …09.* En la talega que usaba para llevar los cuadernos a la escuela, Samira Luna había llevado al cementerio una botella llena de querosén para quemar el bulto. Mi hija tiró el ángel al piso, con una piedra le rompió las alas, roció el bulto con el líquido y con un fósforo le prendió fuego. Una de las personas que vio a mi hija quemando la tumba llegó corriendo a casa para que fuéramos a recoger a la niña loca. Los abuelos y yo la encontramos sentada sobre el piso, con la botella vacía en las manos. Parecía como si se hubiera quedado dormida con los ojos abiertos puestos en las llamaradas, sin ver ni oír a la gente que gritaba y trataba de ahuyentarla del lugar. Asustadísimos y avergonzados, mis suegros le quitaron la botella de las manos y con palabritas melosas trataron de sacarla de la dormidera. Y ella igualita, sin ver ni pestañar ni oír, sin decir por qué había hecho algo tan feo como eso. Contrariada y sin saber qué hacer, a gritos le ordené: *Samira Luna, levántate muchachita del diablo. Vamos a casa.* Entonces mi hija, sin salir del todo de esa modorra, sin rechistar, muda y mansita, nos siguió a la casa.

Le prohibí que regresara al cementerio y ella terca en volver a ver al angelito. Su tozudez me hizo caer en cuenta de que la niña no recordaba lo que había hecho. Apenada, le conté que un rayo había quemado el bulto y en su lugar sólo había cenizas. Mentí porque creí que era mejor que ella no supiera las cosas horribles de las que era capaz. Ese fue el comienzo: lo que hizo después fue aún más espantoso.

Si todo puede ser
todo es posible.
Posible que de pronto
me caiga sobre el cuello el
arco iris
o el filo de un machete.
Posible que en el aire
me llegue la fragancia de un
durazno
o el acre desperdicio de un
difunto.

Violeta Luna[2]

---

2   Violeta Luna (Guayaquil, 1943)

Todo es posible

Soy una calamidad, arrastro conmigo un saco de miedos. Desde niña me aterró la soledad; dibujaba gente para no sentirme abandonada. Me dolía el cerebro y los sesos me ardían al darme cuenta de que el tiempo era capaz de borrar la memoria, la presencia de la gente que se fue. Y nada. Corría por la casa haciendo piruetas entre el trasterío, tocándolo todo. Tenía el pálpito de que las sillas, las camas, las hamacas, el fogón se esfumarían si se dejaban de usar; que la casa y los árboles enredados en hebras de arañas y bichos alharaquientos lentamente se volverían polvo en el abandono; que iban a perderse las personas cuando nadie las recordara. Yo había visto cómo el sombrero del tatarabuelo, por siempre colgado de un clavo junto a la puerta del frente, un día, puf, se esfumó como por arte de magia y cuando lo buscamos no apareció por ningún lado. Otro día encontré que los pájaros habían desaparecido dentro de la jaula cerrada cuando nadie se acordó de silbarles y darles pan remojado. Nunca más volvió a saberse de Tencha, la viejita que sentada a la puerta de la iglesia vendía estampitas de Jesús y de los santos, cuando llegaron los evangelistas al pueblo con el cuento de que era de herejes respetar y venerar imágenes.

—¡Cómo deseo que todas las cosas en mi mundo perduren!
—exclamo con los brazos en alto e igual que Lunanda, la abuela

de mi tatarabuelo lo diría, repito una y otra vez para que me quede bien claro: *Airomem anrete arap*, para eterna memoria.

Igual que la abuela de mi tatarabuelo, mi nombre también es Lunanda. Para diferenciarme de ella todos en la familia me llaman Luna a secas. Sólo mi madre insiste en darme ese feísimo nombre apañado: Samira. Flora dice que así se llamaba la hija de Toribio Montenegro, el dueño de la hacienda La Quebrada. La mujer de Montenegro era de la misma tierra donde nació el Cristo y a mi zopenca madre le gustó saber que en la lengua de esa gente Samira significaba guardián. No me importaba que Flora me llamara así cuando estábamos en familia, pero me llevaban los mil diablos cuando frente a los extraños se lucía llamándome: *Samira Luna*, sin importarle que yo la mirara feo y después me desquitara gritando sin parar hasta quedar con la garganta hecha trapo.

En las afueras, apartados del camino principal, en esta casa vieja, donde ayer y hoy es sólo tiempo, vivimos Flora, yo y ellos, el resto de la familia. Y nada, que Flora no quiere ver ni saber de los otros, los que ella llama presentados, duendes arrimados, vulgares aparecidos; y a los pobres no les queda otra que vivir disimulados por los rincones, agazapados en las penumbras como si fueran unos míseros intrusos, unos apestados. No encuentro maneras para que Flora entienda que esta casa desde siempre es de ellos. ¡Púchica! Tiempo perdido, le entra por un oído y le sale por el otro. Vieja terca, me sulfura, me saca los indios, pero un día no podrá escapar a sus voces y quedará pasmada, harta de pensamientos truculentos frente a la transformación, el delirio de la materia. Flora piensa que alucino, que veo y escucho algo donde hay nada. ¿Será que la vida se alucina?

Y nada, que mi vida fue igual a la de las otras mujeres del lugar. Digo fue, porque las cosas ocurrieron en ese tiempo cuando era joven y creía que hoy era para siempre, la vida un juego fácil de ganar y reía a mandíbula batiente porque estaba viva, porque me daban ganas de oír mis carcajadas, porque las hojas secas bailaban con los remolinos y la lluvia ponía la tierra a parir. Como las otras muchachas, desgranaba mazorca, rallaba yuca, daba de comer a las gallinas, secaba la ropa al sol en los cordeles tendidos en el patio. Igual que ellas, los domingos me colocaba una vincha, una cinta o flores en el pelo e iba a la feria del pueblo. La Relajosa, una de mis compañeras de la escuela, decía: *Juégale la cuca a la ojo-seco de tu mamá y nos perdemos por ahí con los chicos.* Yo me moría por saber lo que se sentía cogiendo con un hombre, pero la cuestión era que los dos muchachos que me perseguían eran un par de pelagatos con pinta de bobos. *Nananina* conmigo, huachafos mineteros. Yo quería un macho bien parado, avispado y ducho en el asunto, que me dejara noqueada y goteando desde la primera mirada. ¡Púchica!, aunque con ese fuego quemando mi trocito no estaba segura de poder aguantar más tiempo.

Acabo de cumplir catorce años. Soy inmortal, la juventud es para siempre y la vejez es para los viejos. Soy una mujer, una hembra, así lo pregona la fragancia a pomarrosa, lodo de las riberas, miel y clavo de olor que me sale entre las piernas. Mi boca es enorme y está repleta de dientes enormes: por el contrario, mis ojos son pequeños y se me pierden en la cara cuando río. Abuela Melina asegura que mis ojos gachos, un tanto caídos, destellan una chispa de luz como si tuviera dos estrellitas dentro de la mirada. En cambio mi mamá dice que la chispa en mis ojos es infernal.

Y nada. Me gusta estar desnuda, me encanta bajar y subir por las montañitas y los valles de mi cuerpo. Soy pequeña, mi piel es suavecita, canela y tiene dorados fulgores de sol. Un par de redondelas prietas se me apiñan duras en las tetitas, los pezones me puntean ansiosos de mordiscos y chupones. La raja entre las piernas, abierta en dos hollejos, posee las medidas perfectas para las caricias de una mano. ¡*Ahhhhh!*…, me quejo manoseando y apretando la pulpa, gemidos de la hembra caliente e insatisfecha que soy. Y nada, que últimamente, desde que empecé a sangrar, me siento mujer a flor de piel. Bañarme se ha vuelto una cosa rica, me estremezco, ardo, me nada el pellejo, me queman las gotas de agua lamiendo mis pezones y mi angosta rajita. Igual que los animales hembras estoy lista para el arrejunte, fruta que madurita está por caer de la mata. ¡Ahhhhh!

Desnuda acaricio mi largo, negro, grueso pelo que parece cerda de potro. Mis dedos se enredan en los encrespados de mi triangulito, espesos y fuertes. Tengo que reconocer que me gusta que los muchachos me vean y culebreo el cuerpo al caminar aunque mamá insista que las mujeres debemos ser recatadas para que los varones no vayan a creer que somos unas putas calzón flojo. ¡Púchica!, imagino que un macho bien rico me apercolla, me lengüetea, a mordiscos me coge, me mete duro y yo curvo la espalda, levanto los pechos, la lengua saborea mi boca, muerdo el labio inferior y suspiro *peñizcándome* los senos mientras abro las piernas agitada. Mi mano baja y los cinco dedos buscan entre el encrespado, el índice y el dedo del corazón restriegan el trocito de carne donde se concentra el placer.

Según la creencia de los machos del pueblo, las mujeres con pies chiquitos tenemos la rajita estrecha, sabemos apretar y somos buenas tirando. Eso dicen ellos y es la verdad. Como ciega, con los pies sin dirección camino enrevesada, caigo en el fango, muerdo polvo. Flora, como ella misma lo pregona, tiene los pies bien puestos sobre la tierra y no pierde su tiempo en pensar en los huevos del gallo, peor en las musarañas. No como yo, siempre deambulando entre las nebulosas, pensando en la inmortalidad del cangrejo y haciéndolo todo chueco.

Y nada. Flora tiene razón cuando dice que tengo la cabeza hecha bolas y parezco una idiota creyendo oír murmullos, zumbidos que no sé de dónde salen, agobiada de fantasmas tragándome el alma. Lo que pasa es que me cuesta despertar. Mis despertares son toda una tragedia. Abro la puerta a la necedad y pienso en cosas feas, malsanas, que me aterran y me desquician. ¡Qué espanto! Tengo miedo, siento la angustia clavada en las entrañas. Así debe sentirse estar en el infierno con el diablo encima revolviéndote las tripas con el trinche al rojo vivo. Escucho ruidos, los pelos se me paran, contengo la respiración. No sé si las formas y las sombras están dentro de mi cabeza o fuera de mis ojos, no sé si estoy dormida o despierta. A mi lado Dalí levanta las orejas aterrado, me mira y sale julepeado.

Odio la soledad. Cuando despierto temo encontrarme en un mundo desierto. Para que mi miedo no sea verdadero pronuncio las palabras mágicas que aprendí de abuelo Damián: *Sesoid nos serbmon sol*, los nombres son dioses, todo está hecho con palabras, todo es algo que tiene un nombre, inclusive las cosas desconocidas, las invisibles, las impensadas, las imposibles, las que nunca se dijeron, las que vendrán con el tiempo, todo tiene un nombre. Ser es responder a un nombre. ¡Luna, Luna!, me llamo a mí misma con los ojos cerrados, mis dedos me recorren, me palpan, siento mi cuerpo respondiendo a mi llamado. Aguanto la respiración con un chuzo metido en medio del ombligo. ¿Y si mi cuerpo no me responde?

¡Hágase la luz! Obediente la luz entra apresurada, a raudales, por las ventanas, por los entrepisos, por los huecos, por las rendijas invade el espacio al escuchar su nombre.

¡Aire! El aire entra, hambrientos mis pulmones lo devoran. Mi cerebro se hincha tragando con prisa. Los huecos del corazón se repletan.

¡Árboles, río, hierba, montañas, pueblo! Cada que despierto la magia se produce una vez más y la creación vuelve a inventarse con las palabras. De la mismísima nada las cosas van tomando su lugar respondiendo a sus nombres. Rechino los dientes, duelen los ojos al miedo, el dolor y la excitación de la vida. Existen la lluvia, los colores, las aves de rapiña, el fuego. Si las nombra la palabra cada cosa se repite y vuelve a ser.

El mundo que me rodea es pasmoso, morrocotudo, difícil de detallar y desembrollar sin que los sesos no se me desbaraten. Y nada. Desde siempre me ha parecido que las infinitas formas de la naturaleza y cada cosa son sorprendentes, y más asombroso es ser una de ellas. Cuando era niña hacía preguntas locas y disparatadas. No quería saber de dónde venían las criaturas, tampoco si el viejo panzón vestido de rojo existía o no. ¿Qué importancia tenía que un ratoncito sonso cambiara dientes por pesetas? Yo miraba a mi alrededor deseando saber por qué el mundo era como era y no de otra manera, por qué existía la gente, por qué una piedra no era un gato y un árbol no era una paloma, qué había más allá del cielo, más allá de las estrellas ¿Por qué el pasado no podía permanecer presente?

—El infinito, ¿qué cosa es el infinito? —pregunté.

—Algo así como el cuento del gallo pelón, nunca termina, no tiene tamaño, dirección, duración y tampoco sentido —respondió Sabino, mi papá, con su acostumbrado cacumen—. Imagínate que parto un melón por la mitad. Agarro una de las dos mitades y a su vez parto esa mitad por la mitad. Tomo una de esas dos nuevas mitades y la parto por la mitad y así sigo partiendo una mitad en dos mitades.

Finalmente con ese embrollo de mitades partidas en mitades pude comprender que el infinito era una exageración cortada en trozos y estaba dentro de un melón. Los melones se daban enormes en este trocito del infinito y dentro de un melón cabía el infinito. ¡Mi papá era un genio!

—¿Qué es la libertad?

—Eso es peliagudo, arduo, complejo, escabroso, intrincado, opaco, difícil de explicar. Libertad es una palabra mayor, pasmosa, complicada, enmarañada, embrollada, confusa, respetable, de admiración, reverencia, consideración, deferencia, de envergadura —intervino el abuelo Damián como siempre encumbrando las palabras, nombrando todas las que podía, las que se parecían, las que eran afines, añadiéndoles pompa, brillo, misterio—. Los niños y tampoco los grandes entienden estas cosas, hasta los sabios y los estudiosos tienen problemas y se rompen el coco explicando la libertad. Libertad es estar vivo. Libertad es respirar, cantar, gritar. La libertad es parte del ser humano, nace con cada hombre, es su principio. La libertad es un sentido más, como ver, escuchar, sentir y creer. Es como el pensamiento, te pertenece, es un distintivo de las personas, la integridad del ser humano, su esencia, eso es la libertad. La pierden los sometidos, la ceden los vencidos, la entregan los arrastrados. Aquellos que no la poseen se convierten en puercas y miserables ratas. Es mil veces mejor dar la vida a que nos la arrebaten. ¿Te das cuenta de que las cosas que parecen sencillas son difíciles de entender? Y pensar que todo está hecho de palabras, palabras, palabras.

Al decir esto, el abuelo hechizado por la voz se perdió en medio de un embrollo de palabras y, como si fueran versos, recitó términos que sólo mi papá conocía, hacía reverencias cada que pronunciaba una nueva palabra: tautología, metáfora, sofisma, anáfora, silogismo, antonomasia, eufemismo, pleonasmo…

—Ya párame el carro, para ahí con esa maldita jodienda —lo interrumpió abuela Melina chasqueando los dedos frente a sus ojos para que el abuelo regresara de esos espacios donde de repente se perdía—. ¿Ahora de viejo te crees diccionario o qué diablos?

—¿Dónde se encuentra este pueblo? —pregunté.

—En algún lugar del infinito —dijo mi papá y abuelo Damián regresó al mundo.

—Valentín, el hijo de Lunanda, se encontró con La Condamine cuando el estudioso iba camino al Amazonas. Él y otros geodésicos llegaron a estas tierras para medir el círculo máximo que cruzaba el centro del planeta. La línea se conoció como Equinoccial y dio nombre al país —explicó abuelo Damián dejándome boca abierta porque los recuerdos me llegaban a retazos cada que papá y el abuelo hablaban de la familia.

—Al igual que esa supuesta línea, este pueblo nuestro también es un engaño, existe en la superchería, por las fechorías del padre de la patria, las ladroneadas del hijo y el espíritu del angurriento de turno —dijo burlonamente abuela Melina haciendo la señal de la cruz con la mano derecha y continuó con roña—. Da manotazos de ahogado arrinconado en alguna parte del mundo. ¿En el otro extremo del Edén? ¿En un tercer mundo? —esta vez hizo sonar los dijes colgando de la cadenita de oro en su tobillo que la distinguían como puta, con el solo propósito de fregar y sacar de sus casillas a la nuera, o sea a Flora. Melina fue puta, reputa y zorra, según mi mamá. Las fragancias en el cuerpo de mi abuela enloquecían a los hombres, sus entrepiernas eran la sucursal de la gloria. Melina era conocida como la Felina del Salón del Reino, el cabaret del pueblo. Abuela, envuelta en tules y lentejuelas, era una diosa, la más bella y puta de las diosas.

—¿A quién carajo le importa conocer dónde se encuentra este pueblucho miserable? Esta tierra donde todo brilla, pero donde nada es oro; donde el hambre, la miseria y la mismísima pelada se pasean por sus caminos a toda hora; donde para poder sobrevivir hay que entregar las nalgas o dar el alma al diablo —agregó Flora refiriéndose a la profesión de ramera y artes de bruja de mi abuela.

Y nada. Samuel, mi hermano, soñador de remate, afirmaba que la bondad era por naturaleza una cualidad propia de los hombres. Él creía en los derechos sagrados de la humanidad, en la igualdad de las personas sin tener en cuenta que unas nacieran en la abundancia, que cagaran en bacinillas de oro y otras, por pura mala pata, fueran paridas en chiqueros, comieran mierda y tuvieran una panza enorme abarrotada de bichos y lombrices. Derrochando generosidad repetía palabras que otro necio o un embaucador ya dijera antes y, acalorado, se largaba con un poema de amor por la humanidad, por la gente linda, por los parceros y camaradas del alma.

—Los pobres, como cualquier ser humano, poseemos el derecho a un techo, comida, educación, respeto y nadie nos los puede quitar. La libertad es la responsabilidad de todos, es la lucha contra el abuso y la avaricia —decía. Como si fuera el Redentor en la montaña, trepaba sobre una banqueta, abría los brazos y arrebatado gritaba que la justicia y la igualdad debían imponerse inclusive a cambio del propio sacrificio.

Y nada, asustada por la fogosidad del hijo, Flora trataba de amansarlo y convencerlo de que los ideales y la realidad se repelían, eran enemigos acérrimos, dos cosas muy distintas.

—Muchacho, tienes tanto que aprender, todo lo que dices son palabras bonitas, pamplinas y pura lata. Samuelito, el que nació pobre se jodió, no tiene derecho a nada ni siquiera a decir esta boca es mía. A nadie le importa un comino que los miserables vivan o mueran, que arañen la tierra para medio comer o lleven las tripas pegadas al espinazo —para que no la contradijera ni replicara le tapaba la boca con una mano—. Claro que sería maravilloso que todos fuésemos iguales, pero como esto es imposible agradece que por lo menos tengamos un plátano, un choclo, un pedazo de yuca que llevarnos a la boca. Mijo, toma las cosas como son, no eches leños a la candela, tú no vas a cambiar lo que ya está hecho, deja que cada cual se rasque con sus propias uñas. Lo único que vas a conseguir es un plomazo en medio de los ojos, terminar tullido, patuleco, mocho y, tenlo por seguro, que cuando estés bajo tierra, nadie se va a acordar ni de tu santísimo nombre.

¡Púchica! Yo no comprendía una palabra de todo lo que hablaban, familia de chiflados y yo perdida en las nebulosas. Justicia, libertad, derechos, un tercer mundo cuando no conocía ni en el que estaba parada. Me sentía confundida, revolteada, con los forúnculos de la frente reventados, sospechando que las cosas andaban mal, que la realidad era desastrosa y la vida un asco, un moco que sacaba de la nariz y me dejaba los dedos embarrados. Deseaba hacer algo para enderezar lo que estaba chueco, para ayudar a quien necesitara auxilio. ¡Púchica! ¿En qué relajo estamos metidos? ¿Contra quién hay que luchar? ¿A quiénes defender? ¿Cuál es la realidad? —me preguntaba ofuscada, embrollada en las telarañas de la duda; mientras tanto, Samuel, un langaruto enclenque con su ropa llena de remiendos y parches, aseguraba que todos éramos iguales.

—¿Las muchachas también se hacen la paja? —inocentemente pregunté un día y como por obra de magia todos quedaron mudos, fingiendo estupidez, porque eran locarios de nacimiento. Llevaba un tiempo de estar embrujada, hechizada, sintiendo ansias nuevas, ardor, ganas de morder, rasguñar, montar, zamparme un hombre. Ni abuela Melina ni tampoco

Flora me advirtieron de la transformación, no de larva a delicada y bella mariposa, sino todo lo contrario, de niñita boba a
furibunda y hambrienta loba. Y nada, herida, ensangrentada
y descuajaringada resollaba sin encontrar alivio. Quince años,
ya era una mujer, ya estaba lista.

—Ay niña, de esas cosas sólo habla la gente indecente, sucia, cochambrosa —dijo Flora tartamudeando.

Indecente era voltear la cabeza para no ver a los animales en
celo cogiéndose a luz pelada, sin esconderse. Sucio era cerrar
los ojos a los árboles en flor viniéndose en gajos, en ramilletes.
Cochambroso era avergonzarse de esa candela que me quemaba hasta los pliegues más escondidos donde una carnecita me
picaba de ganas. ¡Uyuyuuuy! Me brincaba el pellejo esperando
la hora del sacudón.

Cuando era una niñita creía en el Amor, Amor puro Amor,
hasta que descubrí que mis estremecimientos eran ganas de
macho y el amor no era puro, espiritual y tampoco inocente.
El amor era cuestión de animales, ganas de juntar carne a otra
carne y sacarse la calentura. Y nada, la masturbación brotó por
sí sola, sin hacer fuerzas. Resulta que después de toda la vida
dormir de lado, con las piernas recogidas y con una mano sobre
la raja, vine a descubrir que esa era la posición correcta para
hacerse la paja porque del bollo al hecho hay solo un trecho. Y
cuando en mi camino apareció ese hombre velludo, de labios
y lengua ricotas, avezado en toqueteos, supe que esa cosota
tiesa era mejor que cualquier otra cosa.

Me enamoro y me arrechucho como una loca furibunda.
No podría ser de otra manera, con lo arrebatada y loca de remate que soy. Tiemblo, pataleo, conjuro a la alegría, florecen
los pájaros, cantan los árboles. El amor, la pasión, las ganas, la
arrechura me transforman en una divinidad capaz de acabar
con la gravedad, el magnetismo, el miedo, la bobería y cuanta
fuerza que pretende amarrarnos. Camino soñada, sonámbula
y ciega, sin tocar el piso, enfebrecida, con los ojos vueltos para
atrás, la boca seca y la rajita encharcada. *Luna, eres la mujer más
feliz del mundo y eso no está dentro de las reglas del juego. Por ser*

feliz mereces un castigo. ¿Es que no comprendes que para ser una persona y conocer los trucos que da la vida es necesario gritar de dolor, desangrarte y comer de tu propia carne? Un pajarraco perverso me ataca porque yo también robé el fuego sagrado de los dioses. ¡Púchica!, el ave asesina me picotea los ojos, me jala a pedazos la lengua, me desgarra las entrañas, me hace añicos el alma. Lloro un río donde pataleo mortalmente herida en medio del espanto y el desengaño. Felizmente los mayores me enseñaron que en este mundo todo es mental, que todo lo que aparenta ser doble, tener dos extremos, realmente tiene el mismo sentido. Bueno y malo, macho y hembra se complementan, placer y dolor tienen la misma intensidad. Siempre existe una salida. No voy a morir de locura furibunda, achicharrada y hecha trizas.

Y nada, quiero poner la mente en cero, plantar un hueco enorme en el cerebro. ¡Si pudiera dejar de pensar! Pero no. *Zum, zum,* las ideas burbujean dentro de mi cabeza. *A lo hecho pecho, el daño ya está hecho,* digo en vano para consolarme. ¡Púchica!, como si la cosa fuera fácil, los fantasmas brincan dentro de mi cabeza voceando, gritando, recordándome que son sustantivo y verbo, que la vida es una forma de cuento y sus historias dependen de las palabras.

Y nada, las voces y las formas se enredan sin piernas, sin huesos, sin pies ni cabeza. Todo es confuso, doy saltos al borde del infierno, dudosa entre lo real y lo ideal digo verdades y mentiras, el tiempo avanza en ningún sentido, ayer y ahora son lo mismo y la gente de antes y la de hoy comparten la misma casa. Unos abren las puertas, otros pasan por las paredes y las rendijas, unos y otros son humo y sombras. Los unos y los otros se asoman a los espejos y reflejan sus ojos en mis ojos y sus bocas en mi boca, trazos de mi imagen y semejanza buscando perdurar. Soy lerda, incapaz de sentir ese efluvio que necesitan los sentidos para reconocer el entorno. Los pensamientos de los otros dentro de mi cabeza me trastornan y, como una alucinada sin remedio a la que se le han enredado los cables y derretido los sesos, grito sus nombres: Valentín, Alcides, Faustino, Macedonio, Damián. ¡Púchica! Ellos se alborotan, se desgañitan, me zumban en la cabeza respondiendo a mi llamado y volvemos a encontrarnos en IDROVUS. Solamente IDROVUS puede dar alivio a mi horror.

Abuelo Damián se mueve en el zodíaco, entre garabatos y símbolos. Abuelo toca el cielo y su ojo descubre el pasado y el futuro en las estrellas. Su índice dibuja figuras en el espacio: un cangrejo, un toro, un león, una balanza. Fui nombrada Lunanda, Luna, aunque nací una cabra celeste con cola marina, terca, arrebatada, traqueada, taciturna, cabra, cabreada, cabriola, cabrona, capricorniana.

Al igual que Macedonio, el bisabuelo de papá, yo también conozco cosas que nunca he visto y sé que el cerebro esconde misteriosos secretos, que la realidad está en la mente y es dura, dolorosa, desastrosa, disparatada, destructiva.

Alcides, el tatarabuelo del abuelo, inventó un telescopio que mira el mañana en las estrellas. El abuelo del abuelo y su bisabuelo se pierden en el tiempo en un mismo momento. Los nombro, me nombran; los recuerdo, me recuerdan; los invento, me inventan. Bebo la poción mágica de sábila, novia del sol, rayo lunar y espumas del río mezclada por abuela Melina, para nunca olvidarlos, para que no me olviden nunca y sus sueños y los míos se hagan realidad.

Flora, mi mamá, como ya lo dije antes, no cree en cuentos ni ocho cuartos, en niño muerto ni en pájaro preñado y para que yo deje de pensar en pavadas y vuelva a la realidad me zarandea, me entra a sopapos, soplamocos y grita con su voz de mandamás: ¡Samira Luna, te has vuelto loca, deja de hablar tonterías! ¡Despierta, *mujer del diablo!*

Jamás durmió este insomne de las palabras bellas…
y, como se pasaba siempre de claro en claro,
él fue quien puso nombre a todas las estrellas…

Remigio Romero y Cordero[3]

3   Remigio Romero y Cordero (Cuenca, 1895 – Quito, 1967)

Él fue quien puso nombre
a todas las estrellas

De acuerdo al almanaque y el reloj es martes, once de la mañana. Esto de las fechas se ha vuelto algo muy complicado en esta casa donde no es fácil medir el tiempo. Aquí lo mismo es hoy que ayer o pasado mañana. Creo que solamente a Flora le importa que sean el día y la hora concreta. Por esa manía de contar los segundos se ha puesto tan vieja y feísima.

Atino y el tío Nazario regresaron al pueblo. Me siento feliz de ver a mi primo otra vez después de casi cuarenta años. De niños fuimos inseparables, con él me sentía el centro del mundo, valiente, no le tenía miedo al cuco, al Tin-tin, ni siquiera a Flora y nunca estaba sola.

Y nada. Antes de que Nazario, su padre y hermano de Flora, lo dejara a vivir con nosotros, yo estaba a punto de morir de soledad. Samuel, mi hermano, me llevaba dos años, pero era como si nos separaran dos mil. Yo lo perseguía como un perrito por la casa, pero él se creía gente grande, no me paraba pelota y si un rato jugaba conmigo era para que yo dejara de gritar y patalear.

La mayoría de las veces Samuel estaba ocupado con los trae y lleva del negocio de tortitas de maíz y muchines de yuca que Flora y tía María atendían. Su tiempo libre, cuando no iba a la escuela, lo usaba para leer, según él pregonaba, libros sólo para hombres, prohibidos para menores, peor para muchachitas culicagadas y entrometidas. Con toda esa retahíla de trabas ridículas que daba a sus lecturas me moría de curiosidad por leer sus libros. Picada, yo lo cufiaba todo el tiempo hasta pillarlo y dar con la huaca donde guardaba sus libros súper secretos. Y nada; fue decepcionante encontrarlos y descubrir que sus preciosas lecturas eran para mí las más aburridas y acorchadas en la historia de las letras. Combates, guerreros, líderes, asuntos de carniceros, matones, chivos expiatorios, conejillos de Indias y cosas por el estilo.

Samuel me encontraba fastidiosa, latosa, me llamaba ladilla, garrapata y me evitaba en lo posible como si yo tuviera tiña, lepra u otra enfermedad contagiosa; pero me quería, de eso estaba segura. Samuel me enseñó a jugar el ahorcado, y para eso sólo necesitábamos lápiz, papel y palabras. El juego consistía en que cada uno debía pensar una palabra y marcar en la página los espacios necesarios para las letras que el otro jugador debía adivinar. Si éste no daba la letra correcta, el otro dibujaba un poste con una cuerda; si la siguiente letra tampoco era parte de la palabra, dibujaba la cabeza del perdedor y después el cuerpo, cada brazo y cada pierna. Finalmente llegaba el momento glorioso, triunfal y morrocotudo del juego: el perdedor era colgado del poste por no adivinar la palabra. Me gustaba ese juego porque era buena dándole a la pensadera, encontraba palabras que usaban mi papá y el abuelo y que Samuel no podía adivinar: *libélula, efluvio, zodíaco, crepúsculo, transfiguración, improvisar, tenebroso, inmortalidad.* Yo terminaba ahorcándolo.

En aquella época, todos andaban ocupados en la casa y nadie tenía tiempo ni para darme una sobadita, peor para hablar conmigo. No sé por qué razón Flora prometía agarrarme a cocachos si subía al altillo y entraba al cuarto donde tenían encerrado a mi bisabuelo Ismael. Flora y abuela Melina se turnaban para darle de comer y asearlo. Yo quería ver cómo el viejito tallaba los animalitos que se encontraban por toda la casa. Después de que ellas salían con la lavacara y el trapo que usaban para sacarle la mugre, yo entraba a verlo. La primera vez que nos encontramos, él me miró como si me reconociera. Me tocó el pelo y con sus patitas viejas, chuecas y tembleques dio brinquitos igual que un niño saltando la cuerda. Cantando repitió el corito que se aprende en la escuela para practicar el silabario: *Mi mamá me ama; mi papá me mima; Cuca cuida la casa.* Y nada, cerré los ojos ante el viejito pensando en cómo se veía de niño y ese niño con voz alegre pidió: *Vamos a jugar a los nombres que empiecen con la A, la B, la C, con la… RR con RR cigarro, RR con RR carril, rápido corren los carros tras el ferrocarril.* Abrí los ojos y vi que Ismael era un niño con pelo blanco, miles de arruguitas y los ojos más tristes que yo conocía. Los recuerdos comenzaron a aruñarle los pensamientos y con un momento fijo en la sesera repitió una y otra vez estas palabras: *Papá, te odio. Voy a matarte por maldito. Danilo, hermanito, tú no tenías que morir, sino ese remedo de ángel.* Cuando Flora quería fregar o buscarle camorra a papá, le sacaba a relucir los trapos sucios y le soltaba porquerías y media, así supe y recordé que Ismael había envenenado a su hermano Danilo. La última vez que vi al niño viejo, como siempre, le agarraron los rencores y ese dolor estrangulado en la memoria salió envenenado por su boca: *Papá, te odio…* ¡Púchica! Me agarré la cabeza no porque ya me tenía hasta la coronilla con la misma cantaleta, sino porque una voz, que era un murmullo, zumbó en mi cerebro. Algo así como un rezo lejano se repetía sin sentido hasta marearme: *Todos van a morir. Todos van a morir.* Sacudí la cabeza antes que esa gusanera que me revuelve los sesos empezara a brotar y, qué pena, le grité al viejito para que dejara de castigarse. Era necesario que aprendiera juegos nuevos y se sacudiera la roña, nada mejor que el ahorcado. Ismael tampoco conocía palabras que pudieran salvarlo de terminar con la soga en el cuello: con el lápiz lo colgué del poste varias veces. Al dejarlo, el niñito viejo brincaba, cantaba, reía contento con tamaña sonrisa en tamaña boca. Ismael me pidió que la próxima vez trajera a Danilo y a Atino para jugar juntos. Y nada, lo dejé en su cuarto sintiéndome achicopalada y a la vez contenta de ser la ganadora en ese juego morrocotudo que era el ahorcado. Con el caballito que me regaló en las manos, prometí y juré por mi padre que muy pronto regresaría con su hermanito Danilo y mi primo Atino para juntos elevar cometas y agarrar tarantantanes, esos bichos raros que daban vueltas sin parar.

La casa estaba llena de vaquitas y caballitos de madera que Ismael tallaba desde que era un niño. Abuelo Damián trató de venderlos en el mercado del pueblo, pero nadie quiso comprarlos por temor a que la maldita sangre del asesino de su propio hermano les jodiera la vida. Lo que nadie conocía es que todos los árboles y techos de Guayaquitos estaban tomados por las virutas que Ismael soplaba fuera de la ventana. Y nada, unos días después de dejar al viejito riendo y saltando feliz con sus patitas retorcidas, Flora dijo que Ismael se había ido a descansar en el cielo y yo tenía permiso para subir al altillo. De puro contento bailé sin música y estuve a un tris de caer por las escaleras cuando por mi cabeza pasaron los pensamientos de Macedonio: *En casos muy especiales, mientras el cuerpo físico perece, ciertos elementos psíquicos del cuerpo espiritual se disparan y pasan a ser parte de otro cuerpo material.* ¡Púchica! Esa fue la primera vez que recordé a Faustino, el abuelo de Ismael, y también a Alcides y Lunanda, a quienes nunca había oído mentar. Y nada, si Flora no me entraba a soplamocos en ese momento, aquellas voces pateando mi encéfalo hubieran hecho que rodara escalera abajo y me desnucara ahí mismo.

No sé por qué razón Flora evitaba que Samuel y mi papá se me acercaran más del tiempo necesario. Ella hacía difícil que ellos me acompañaran y por eso yo pasaba el tiempo dibujando, cortando figuras de papel y conversando con ellas. Me sentía triste, sola y, ¡púchica!, si no fuera por los muñequitos que me entretenían me hubiera vuelto muda, una verdadera taruga. Y todo por culpa de esa vieja de mierda.

A los dibujos les daba un nombre. Y para que no fueran a aburrirse como yo, les inventaba una historia para cada uno de ellos, les hacía cuentos y una vez que las figuras me conocían y entraban en confianza me contaban sus secretos y sus aventuras.

Por aquellos tiempos las camas estaban hechas con palos largos y gruesos que se cruzaban en las esquinas. Sobre ellos se sostenían cuatro o cinco tablones anchos de madera lijada. Junto a las camas había un cajón para poder trepar hasta ellas porque las patas eran altísimas. Debajo quedaba un gran espacio que se aprovechaba para meter cajones de madera que olían a cáscaras de limón, rajas de canela, palitos de lavanda y hojas de eucalipto. Adentro, se acomodaban la ropa, los libros, los velones, los pocillos y cuanto tereque que no había adónde más guardar. Todas las cajas estaban marcadas con tinta negra para cuando se necesitara usar lo que estaba dentro, y no tener que escarbar en todas, hacer un reguero y perder el tiempo.

Por aquellos tiempos mi papá se la pasaba en las oficinas de don Eustaquio porque, según escuchaba, las cosas estaban peliagudas. Papá comentó que no comprendía la necedad y la estupidez de la gente que había elegido por cuarta vez a Velasco Ibarra, *un presidente que ha requeteprobado que no está capacitado para gobernar, ni tiene las agallas para pararle la viada a los angurrientos*. Al escuchar el nombre de ese presidente, sentí un corrientazo que me subió de los pies a la cabeza y me puse a dar berridos sin saber por qué. Papá, sin hacerme caso, se quejó de los campesinos y los estudiantes que no paraban de hacer relajo, según él, contagiados con la revolución encabezada por unos barbudos en una islita del Caribe. Samuelito acompañaba al abuelo Damián para ayudarlo a cerrar el puesto del mercado cuando empezaba la trifulca que armaban los revoltosos. Desde aquel tiempo, escuchando las quejas y reclamos de la gente, mi hermano supo que su destino era luchar por los derechos y las libertades. Y nada. Como yo no tenía con quién jugar ni nadie se acordaba de que estaba viva, pasaba horas debajo de la cama dibujando, pensando en las musarañas, inventando historias y gente. Salía de mi escondite solamente cuando mamá me llamaba a gritos porque era hora de comer, o me jalaba de las patas para darme un baño en la misma tina donde tomaban agua las gallinas y nadaban los patos.

Debajo de la cama conocí a un niño que quería ser astrónomo. Se llamaba Alcides, igualito a uno de los muñequitos que yo había dibujado y que guardaba en una caja de cartón, de esas duras donde venían los velones que se usaban en casos de apagones, para alumbrar a los santos o ahorrar luz eléctrica. Bien protegidos en sus cajas, los ratones no los mordisqueaban ni Flora los tiraba a la basura. Durante las noches cuando ocurrían los apagones, yo me quedaba quietecita apretando la caja bien fuerte contra mi pecho para que los muñequitos no escaparan mientras las mujeres pedían: *Luz para María, luz para María.*

El niño que quería ser astrónomo me habló de su abuela Lunanda, decía que ella tenía la boca grande, repleta de dientotes igualitos a los míos, y hablaba de cosas rarísimas que nadie podía entender. Muchas veces su abuela soltaba palabras nunca antes dichas, dejando a la gente turulata y rascándose la cabeza sin saber de qué hablaba la bocona. Fue así como él conoció palabras tan morrocotudas como cosmos, galaxia, magnetismo, rotación, materia, molécula. Y nada. Esas palabrotas me dejaron achicopalada, con la quijada en el piso, con los ojos cuadrados. Ni pendeja que le enseñara a jugar al ahorcado: habría sido yo quien hubiera terminado con la soga en el pescuezo y la lengua afuera.

Alcides dijo que a veces su abuela le daba miedo porque se quedaba como una estatua, parecía no respirar y su mirada se volvía fría, dura, maligna, truculenta. Sin embargo, en secreto, ella le había confiado que, aunque no tenía alas, era un ángel. Que había llegado a estas tierras porque quería ser una persona igual a toda la gente y poder reír, bailar, gritar, decir mentiras y groserías, tener amigos, marido, hijos.

El muchachito también me contó que a su abuela le gustaba reír tanto que muchas veces lo hacía sin tener motivos. Lo hacía por el puro gusto de oír el sonido de las carcajadas y después tener que limpiarse los mocos y sobarse la barriga que le dolía de tanto reírse. Eso sí, tenía tanto pánico a las tormentas y a los temblores de tierra que aprendió a reconocerlos antes de que se desataran para salir volando a esconderse como lo hacían las gallinas y los pavos. Alcides me dijo al oído que su abuela no podía ver sangre; se mareaba y caía pataleando al piso cuando le volaban el pescuezo a una cabra, un chivo o una gallina.

Alcides dibujaba soles, estrellas y más estrellas.

—Quédate quieta, no respires, abre bien los oídos y podrás oír cómo ríen las estrellas. Su risa suena a repiques de cascabeles y suspiros de mariposas —aseguró el niño mostrando los dientes demasiado grandes para su pequeña boca.

—No, eso no es verdad, las estrellas no ríen, dan vueltas, vueltas y más vueltas, y suenan igualito que las ruedas de los carretones carcomiendo las piedras —corregí yo, escuchando en el silencio el movimiento de la Tierra, *trac, trac, trac.*

Mi amiguito pidió papel y lápiz y fue llenando las páginas de estrellas. Unas tenían cinco, seis, siete puntas y otras parecían círculos de las tantas puntas que ponía encima. ¡Púchica! Yo sentí que la cabeza me daba vueltas como si estuviera juma de tanto verlas girar y girar. Y nada, el niño dio nombre a todas las estrellas. Las estrellas se llamaban como las estaciones, como las flores, como los animales y hasta a una la llamó Luna como yo. Alcides dijo que así en el cielo habría una luna y una estrella llamada Luna.

En uno de los cajones de madera debajo de la cama, mi papá guardaba sus preciosos libros. Así los anunciaba el letrero con pintura negra: Libros Preciosos. De la caja yo saqué uno de los nueve libros preciosos para leerlos juntos. Realmente era precioso y tenía dibujos más preciosos aún. El pequeño príncipe de la historia y la más hermosa flor en todo el universo vivían en un planeta tan chiquito que en un solo día el monarquita llegaba a ver la puesta del sol cuarenta y cuatro veces. En su planetita todo lo que necesitaba era mover la sillita unos pocos pasos para sentarse a presenciar tan mágico espectáculo, todas las veces que le diera la gana.

Queriendo conocer más sobre las aventuras del príncipe en su correría por los mundos de las otras personas, Alcides regresó varios días hasta terminar con la historia. Al finalizar la lectura, los dos nos pusimos de acuerdo en resolver el gran dilema del cuento, y decidimos que la oveja que el monarquita llevó hasta su planetita para destruir las malas hierbas, que como en todos los lugares allí también crecían, nunca se comería a la única, preciosa y presumida flor que el pequeño príncipe amaba y apapachaba. Ese día que pudimos salvar una rosa, por primera vez escuché la música de cascabeles que armaban billones de billones de estrellas cuando todas reían al mismo tiempo. Y nada, felices, Alcides y yo reímos también al saber que el Amor estaba a salvo.

En el libro Alcides aprendió otros nombres y las estrellas fueron llamándose Marte, Venus y Júpiter. Por haber puesto mi nombre a una estrella, le regalé otro de los Libros Preciosos de papá, sin saber que así perdería la atención de mi amiguito. En la pasta, el libro llevaba pintado los planetas girando alrededor del sol y, entre otras cosas, hablaba de cómo un hombre llamado Galileo, usando un aparato llamado telescopio, había mostrado que era el sol y no la tierra el centro de la galaxia. Alcides se puso tan contento y tanto le gustó el libro que desde ese día únicamente tuvo ojos para leerlo, ver los dibujos y no volvió a mirarme más. El niño bobo dejó de pararme bola. Y nada, mordí un mechón de mi pelo, la boca me supo a sangre y sentí miles de hormigas trepándome por las piernas del coraje que me causó el dientón. Desenrollé una de las tiras bordadas que Flora guardaba en un cajón para taparle los ojos y amarrarlo a las patas de la cama. En ese momento entró mi mamá y me espantó la hormiguera de un soplamocos. La figura del niño astrónomo se hizo humo. No volví a jugar con el muñequito que se llamaba Alcides y, como seguía brava, le borré los ojos para que aprendiera a no burlarse de la magia de aquel encuentro.

Por culpa de un libro de estrellas perdí a mi amiguito Alcides. Cuando más sola me sentía apareció Atino en mi vida. Nazario, el padre de mi primo, había perdido a su mujer cuando una manada de vacas se mandó a correr julepeada por un trueno perdido. En la trifulca, las vacas la aplastaron dejándola sembrada en el campo. Cuando la sacaron de la tierra, la mujer estaba planita como si la hubieran planchado y hasta su nariz larga le quedó chiquitita. Y nada, para mi dicha, debido a lo necesitados de un pecho en donde aliviar el dolor que les dejó la mujer hecha galleta, se vinieron a vivir con nosotros en la casa.

El niño estaba por cumplir los diez años como yo. Ese muchachito langaruto, lánguido, lloroso, que usaba tirantes para agarrar los pantalones que le nadaban y le llegaban a media pierna, todo picado de mosquitos y que hablaba arrastrando las palabras como si le pesara decirlas, era el compañero que llegaba a salvarme de la soledad. Atino trajo la felicidad a mi mundo, pero cuatro años más tarde tío Nazario se lo llevó a estudiar en la ciudad y otra vez quedé sola.

Y nada, Atino y yo nos entendíamos de maravillas. Cuatro días a la semana íbamos juntos a la única escuela del pueblo, jugábamos, nadábamos en el río, trepábamos árboles, poníamos a renegar y chillar a mi mamá. Yo le hacía cuentos y le leía poemas; él, en cambio, me ayudaba con los oficios que me daba Flora y juntos limpiábamos los corrales, dábamos de comer a los animales y despiojábamos a gallinas, pollos y pavos. Samuelito saltaba en una pata de contento. Yo ya no lo perseguía a todos lados como perrito sarnoso buscando compañía; y él ya no estaba obligado a hacerme caso. Sólo cuando ya no le quedaba otra escuchaba mis historias que lo aburrían, y me seguía el jueguito ese de inventar palabras y más palabras, de escribirlas y leerlas al revés y cosas por el estilo que él llamaba tonterías de niñita torpedo.

Samira Luna era un dolor de cabeza y ocupaba mucho de mi tiempo. Me daba miedo que atacara a Samuelito. Perseguía al hermano a sol y sombra, y muchas veces la encontré quietecita mirándolo sin parpadear ni despegarle los ojos. Para vigilarla dejaba mis ocupaciones a medio hacer. Gracias a la ayuda de mi hermana María y su marido Abundio, podía acabar las tortitas de maíz y los muchines de yuca que se vendían en el mercado. No contaba con Sabino porque el vago de mi marido terminaba sus horitas en la oficina del alguacil y después, sin importarle que yo me rompiera el espinazo, de lo más tranquilino se apoltronaba enfrente de la casa a leer los mismos libros que conocía de memoria. Un día mi hermano Nazario y su hijo llegaron pidiendo albergue. Quise decir que no, pensando en el peligro que corría el chico, pero no pude negarme. La casa era grande y habría sido mezquino no ofrecerles un espacito. Lo que pasó fue que finalmente pude descansar de andar con el ojo pelado tras la muchachita. Ella y el primito tenían la misma edad y se hicieron amiguitos. El pequeñín, para su buena suerte, resultó ser un gran zoquete y mi hija lo tomó como un juguete y quiso protegerlo.

Cómo no iba a tener miedo después de lo que pasó con el padre de mi suegro. Entonces Samira Luna tenía sólo ocho añitos y ya era capaz de cualquier salvajada. Yo no iba a permitir que le hiciera nada malo al hermano, al mismo padre ni a nadie. Durante los atardeceres, más que nada a la hora del crepúsculo, a Ismael lo atacaban los remordimientos y se volvía loco. Se daba de cabezazos contra las paredes, se jalaba los cuatro pelos que le quedaban y aullaba igualito que un perro envenenado. A cualquiera se le despelucaba el cuerpo con esos chillidos. Melina le atiborraba el cocimiento de pasiflora, lavanda y miel que usaba para calmar a los lunáticos, para que dejara a la gente dormir tranquila. La culpa no dejaba vivir en paz al pobre borrachín. Ismael ya estaba viejo, yo le daba unos ochenta años y pico; pero a pesar del tiempo no podía olvidar que había matado a su único hermano. Ismael bebía todos los años para olvidar lo que había hecho en ese fatídico día. Pero ahora ya no podía emborracharse porque lo teníamos encerrado en su cuarto. Fue necesario apartarlo del resto de la familia por miedo a que atacara o matara a otra persona. El pobre asesino arrepentido parecía una vieja cotorrita diciendo siempre lo mismo mientras tallaba sus vaquitas y caballitos:

Papá, te odio. Voy a matarte por maldito. Danilo, hermanito, tú no tenías que morir, sino ese remedo de ángel.

Samira Luna se quedaba quieta y atentamente escuchaba las caminatas, los golpes y los alaridos que daba el pobre viejo. Damián, el loco de mierda, sin caer en cuenta que le daba cuerda a la nieta, le decía que eran los abuelos Valentín, Alcides y Faustino los que caminaban en el altillo, los que cuchicheaban y golpeaban las paredes.

A pesar de que la amenazaba con darle cocachos si subía al altillo, para mala suerte, mi hija se metió en el cuarto del viejucho y el pobre no tuvo escapatoria. Ella lo calló para siempre.

¿A quién podía contarle lo que pasó con Ismael? Nadie podía saberlo. Por poco me vuelvo loca del horror al ver el cuerpo del borrachín asesino, tuve que taparme la boca para que los otros no oyeran mis gritos. El pobre viejo estaba en el piso con los ojos brotados, la lengua afuera y alrededor del pescuezo la soga con la que lo había estrangulado. Aproveché que Melina era la única que me ayudaba a darle de comer para achacarle el muerto, la culpé de haberlo envenenado con sus mejunjes de bruja. No me quedó otro remedio, como fuera debía tapar las cosas feas que hacía mi hija. En la mesa donde Ismael tallaba sus animalitos encontré los varios papeles que Samira Luna había usado para jugar el ahorcado con el viejo y lo había ahorcado de verdad. Libré de la cuerda al pobre hombre y recogí todos los papeles para que nadie supiera que la niña había estado en el altillo. Bajé a buscarla y la encontré en su cuarto, acostada en el piso dibujando muñequitos dentones como ella y escribiendo la retahíla de bobadas que desde entonces empezó a anotar en los papeles. La vi tan tranquila que sólo pude decirle que viniera a ayudarme a darle de comer a las gallinas. Creí que la sangre se me chorreaba del cuerpo cuando, debajo de la cama, vi que jalaba un pedazo de la misma soga con que había ahorcado a Ismael atada al cuello de uno de los caballitos tallados por el viejo.

Entonces sí que me dio miedo de verdad; empecé a vigilarla más de cerca y la mantenía ocupada en los quehaceres de la casa todo el tiempo que no iba a la escuela. Cosa rara, en la escuela se portaba igual que los otros muchachos y no tenía problemas. Samira Luna era avispada, despierta y sabía palabras complicadas que copiaba del padre y el abuelo. Su maestra no tenía quejas, decía que era una niña muy inteligente. Yo pienso que esa inteligencia era el problema, lo que pasaba por su cabeza ni ella misma podía entenderlo. Por eso porfiaba que otros pensaban con su mente y se hacía bolas. Después de la muerte del viejucho asesino, empezó a decir que los recuerdos de Ismael eran de ella y nombraba no sólo a Macedonio, sino a Faustino, el padre y el abuelo del borrachín. Según ella Faustino había regresado a casa después de estar perdido por muchos años. Mi suegro dijo que eso era verdad, que su bisabuelo se perdía a la vuelta de la casa y la última vez estuvo perdido por más de cuarenta años. Socapada por el padre y el abuelo, la niña continuó loqueando y aseguró recordar a un tal Valentín y una tal Lunanda. Los dos infelices traqueteados, en vez de hacerla ver que eso era imposible, la festejaron y estuvieron de acuerdo en porfiar que esa gente eran los antepasados y Lunanda, la primera mujer en la familia. Radiante, hecho una fiesta y saltando en una pata, Damián le dijo a la nieta: *Tú llevas su nombre. Lunanda en el comienzo y Luna en el final.*

La chifladura de esta familia no tenía nombre. ¡Oh, Dios! Hacían y decían cada estupidez que era para caerles a palos. Pero lo de mi hija era lo peor, el acabose. De camino a la escuela conoció a Alvarito, el hijo de los vecinos más cercanos de la casa. Mientras jugaban en el patio, yo la vigilaba desde el ventanal de la cocina hasta que el muchachito se despedía. Luego mandaba a la niña a su cuarto a aprender las tablas de multiplicar y, en cuanto encontraba el tiempo, la metía en la tina para bañarla. Mientras tanto, desde la cocina podía oírla cantar las multiplicaciones, leer en alta voz y reír sola. Aquella tarde Alvarito ya se había ido a su casa y fui a buscarla al cuarto porque no la escuchaba. Me daba miedo su silencio. Abrí de sopetón la puerta del cuarto para pillarla haciendo de las suyas. Por un momento creí ver a otro niño en lugar de

Alvarito, pero era a él al que iba a apretarle el pescuezo con una de las tiras bordadas que yo guardaba en uno de los cajones. De un tortazo la saqué de la modorra que la tenía pasmada, y a patadas saqué al muchachito por mamerto y entrar a casa sin mi permiso. Le advertí que no regresara o la próxima vez lo sacaba a escobazos.

Dos meses antes de que mi hermano Nazario y Atino vinieran a vivir en la casa, Samira Luna volvió a hacer algo horrible y yo volví a socaparla, a deshacerme de todo lo que pudiera culparla para que nadie supiera que mi hija era un monstruo.

Mi hija mató a mi suegro, su abuelo Damián.

Presa de qué maligna fiebre.
En qué espantoso mundo de pesadilla estás.
Me haces temblar, despierta, no delires.

Alfonso Moreno Mora[4]

4   Alfonso Moreno Mora (Cuenca, 1809–1940)

¿En qué espantoso mundo de pesadilla estás?

Tenía un poco más de cincuenta años de edad cuando empezó el final. Aquel día se celebraba a San Judas Tadeo, el santo de las causas desesperadas. ¡Púchica! Flora había prendido velas por todos los rincones sin importarle que alguna cayera y que la casa pudiera arder. Aquel día mi primo Atino regresó al pueblo. Lo recuerdo todo como si las cosas ocurrieran hoy. Allí, en mi cuarto, estoy dormida, sin enredarme en ningún sueño, desganada, relajada, con los músculos sueltos, olvidada de mí misma, en paz.

Y nada, desperté y regresó el miedo. Tenía pavor a los pensamientos de los otros que asaltaban mi mente, a mis propias ideas, a saberme desprotegida, débil, sin fuerzas para seguir soportando más trucos y burlas de la realidad. Traté de empezar el día sin embrollarme en líos y pleitos por las puras alverjas. Los párpados me pesaban como si tuviera piedras sobre los ojos, quise abrirlos y no pude. Supe que iba a pensar algo horrible porque sí, porque así fui siempre. Intenté sentarme y se me hizo imposible levantar la espalda del catre, los dedos no respondieron a mi deseo de moverlos. *Me han cubierto con piedras*, pensé haciéndome daño por puro placer.

Un cosquilleo extraño me agarró por todo el cuerpo. *Son las larvas brotando de mi carne en podredumbre que me están comiendo viva*, pensé horrorizada. ¡Púchica! La sangre se me heló en las venas al imaginarme cubierta de tierra y enterrada viva. Me pasmé y el cerebro me patinó. Sentí la garganta reseca y el corazón pesado como un trozo de plomo. Estaba engarrotada y empecé a recordar cosas horribles.

Flora no lo creía, pero yo no solamente recordaba mi niñez, sino que también guardaba memoria de cosas que sucedieron antes de que me llamara como me llamo. Muchas veces pensaba que tenía un tumor en los sesos o un embrollo de hormigas revolteadas en el coco. ¡Púchica! Si no, ¿de dónde recordaba estas cosas que pasaron cuando los abuelos caminaban entre los vivos? No era mi culpa de que ella no recordara ni lo que pasó ayer. *Pobre Samira Luna, naciste en noche de luna llena y ahora tienes los cables cruzados*, decía Flora con pesar, como si yo tuviera la culpa por recordar. Vieja de mierda.

Flora alegaba que mis memorias no eran recuerdos, sino historias que mi abuelo y mi papá, según ella, dos grandísimos locos de mierda, se deleitaban en inventar y que yo, una zopenca, creía a pie juntillas. Abuelo contaba que el tatarabuelo Faustino no sabía de la luz eléctrica y cuando regresó al pueblo, después de haberse perdido en el tiempo y el espacio por más de cuarenta años, cayó como saco de papas por el susto que le produjo el farol encendido en la calle. El pobre creía que el bombillo era una luciérnaga gigante. Según Flora, estas historias de los antepasados eran disparates que me traqueteaban en la cabeza, pero yo recuerdo que Faustino se levantó del piso y agarró una carabina para matar a la enorme candelilla. Recuerdo que Rosalba, su mujer, lo detuvo, lo tranquilizó y le explicó como si fuera un niño que en cuarenta años habían cambiado muchas cosas. Por ejemplo, ella con el pelo blanco parecía su propia abuela; le dijo que ese mismo año en que él se fue, en que se perdió, mataron a machetazos al entonces presidente García Moreno. *La sangre corría por las calles, la revolución liberal alfarista acabó con la época de los curuchupas, y Dios y sus*

compinches quedaron arrinconados. Dicen que los matones gritaban:
¡Muere, tirano! ¡Muere, jesuita!

Pobre abuelito Damián, nunca pudimos decirle: *Qué en paz descanse*, como a otros difuntos, porque no supimos si realmente murió o se perdió entre los montes igual que Faustino. Y nada, un día cuando yo estaba por cumplir diez años, justo un par de meses antes de que tío Nazario y Atino pidieran albergue, abuelo salió en compañía de Macedonio, el hombre que vivía en la gruta, y nunca más regresó. Dos semanas después unos labradores encontraron su sombrero que estaba lleno de agujeros a causa de las polillas. Abuelito lo cuidaba como a un tesoro, se lo había regalado su papá y antes había sido de su bisabuelo Faustino. Los hombres contaron que encontraron el sombrero guindando de la rama de un árbol junto al recodo que cruzaba el río, en la parte más ancha donde empezaba la arboleda de mangos y almendros. Al poco tiempo, el sombrero también desapareció del clavo junto a la puerta donde mi papá lo tenía colgado hasta que abuelo regresara, y no lo encontramos en ninguna parte aunque Sabino pusiera la casa patas arriba.

Y nada, Flora muy contenta, gozando su perfidia, dijo que el demonio vino a recoger al abuelo Damián y ese viaje no tenía pasaje de regreso. Muy temprano en la mañana, cuando ella salió a recoger los huevos en los gallineros, lo había visto hablando con un extraño de capa negra junto a las estacas de la entrada. Ella se escondió tras la puerta para rendijear sin que ellos se dieran cuenta. Alevosamente la vieja aseguró que bien clarito los vio alejarse juntos, el encapuchado llevándolo abrazado bajo el manto. Abuelo Damián se fue; sin embargo, su voz seguía escuchándose en las paredes de la casa al igual que la de los otros en la familia. Sus pasos recorrían la casa haciendo crujir los pisos, su sombra aparecía y desaparecía por los rincones; y muchas veces veíamos su silueta muy oronda descansando en su hamaca de paja de mocora colgada atrás en el patio.

Después de que abuelo Damián se perdiera en el desvío que corre junto al río, su mujer, mi abuela Melina, no quiso

seguir viviendo con nosotros por culpa de los malos modos
de la nuera; recogió todos sus collares, sus pulseras, amuletos,
santos, velones, piedras y demás chécheres y se fue a vivir a
una covacha camino a la montaña. ¡Púchica! Flora le hacía la
vida insoportable a la suegra, la agobiaba con indirectas y puntillas para hacerla tragar bilis y envenenarla de rabia. Si abuela
hubiese seguido en casa, una de las dos hubiese terminado con
los huesos bajo tierra.

Ahora las putas se creen santas y las brujas son consejeras del
alma, comentaba mamá con malicia y en voz alta, ensañándose
contra mi pobre abuela. Melina renegaba de Flora y juraba por
San Judas Tadeo, San Lazarito y el Divino Niño que si seguía
viéndole la verija y jodiéndola sin descanso, un día no podría
contenerse y la convertiría en sapo. Una mañana yo encontré
un sapote brincoteando en la cocina. Era enorme, feísimo, de
ojos saltones y una bocota que le cruzaba de lado a lado. Creyendo que era mamá eché a dar gritos, no sé si de susto o de
alegría. Lo cierto fue que cuando Flora llegó a la cocina atraída
por mi griterío, me invadió la pena y, cosa horrible, me sentí
desencantada.

Después de que abuela Melina abandonara la casa, Flora
trajo agua bendita de la iglesia y la echó por todas las paredes,
dando gracias a todos los santos que conocía por haber logrado que la suegra se fuera de la casa. Bailó dando saltos locos
corriendo el riesgo de caer desbaratada o en cuatro, como los
perros. Al despedirse, abuela me recomendó que no dejara de
tomar la infusión sagrada de salvia, albahaca, novia del sol y
hierba santa que en ayunas nos daba a su marido, a su hijo y a
mí para que nuestras mentes y corazones estuvieran siempre
sanitos.

Para mí, abuela Melina era la luz, la luna, el guachapelí, el
manantial, una roja peregrina y todas las cosas preciosas en que
podía pensar. Y nada, con esos ojotes verdes, la negra melena
y ese andar lento parecía una gata de los montes. Abuela me
enseñaba a caminar como lo hacía ella, bien derechita, moviendo las caderas y respingando el trasero. En otros tiempos ella

fue la dueña de la noche y, a ritmo de caderas y nalgas, ponía a los hombres a suplicar arrebatos. Y nada. Con el sonido de las pulseras me mostraba cómo hacer saltar las tetas, cimbrar la barriga y bailar con las piernas abiertas. Abuela me enseñó a invocar a los cuatro elementos divinos del universo, las raíces de todo lo que nos rodeaba: la tierra, el aire, el agua y el fuego. Para conjurarlos, nos adornábamos con las peregrinas rojas, collares de huairuros y semillas de girasol teñidas en rojo sangre; nos envolvíamos en trapos livianos y claros donde sin trabas la luz curioseaba su cuerpo aún duro y precioso, y el mío todavía sin encantos. Sin zapatos y con los pelos sueltos le entrábamos al meneo. *Yeeeeeee… ooooooo…* Los alaridos remecían el aire y el agua dentro de los cuatro pocillos rodeando el viejo guachapelí. Las cuatro matas chisporreteaban ardiendo dentro de la batea: palos de rosa, limón, romero y yerba santa. Juntas decíamos una oración sacada del libro de conjuros de abuelo Damián: *Divorus-Urvisdo, fulgor eterno y sagrado, símbolo de la más fuerte luz del entendimiento, lanza tus rayos en medio de las sombras y muéstrame tus misterios.* Entonces empezaba la cosa seria, escalofriante, nada era seguro en ese momento mágico. ¡Púchica! Algo temblaba sin forma sobre el suelo al zumbón de las pepas dentro de los collares. Y las dos como jumas lo sentíamos flotar en medio de la mañana, envueltas en el humo saliendo de la batea. Al regresar al suelo, abuela, la diosa adorada por los hombres, vertía el agua de los cuatro pocillos en una vasija y la regaba sobre la hierba para que así la tierra concluyera el ritual dedicado al mágico universo.

No voy a permitir que usted corrompa a la niña, con una bruja reputa en la familia tenemos más que suficiente, la insultaba Flora y le decía pestes y pronósticos de muerte lenta, purulenta, *infame cabaretera.* Eso sí, por si las dudas, llevaba dos cabezas de ajo escondidas en el bolsillo del delantal para que la resguardaran de desquites y maleficios.

A pesar de los colerones y tragos amargos que Flora le zampaba, abuela Melina llegaba a visitarme cuando el sexto sentido le anunciaba que la necesitaba. En una olla mi diosa de la dicha traía caldo de cabeza de bagre o sopa de gallina vieja para que la sesera no fuera a fallarme, tampoco el rumbón del cuerpo. Y nada, de repente un día dejó de visitarme, nunca me enteré de qué mañas se valió Flora para espantarla. No fue hasta años más tarde cuando regresó para ayudarme a cuidar del pequeño Alejandro.

Abuelo Damián descansaba en su hamaca colgada en el patio de la casa después de pasarse todo el día en el mercado vendiendo piedras y semillas de la suerte, palos olorosos, ramitas de romero, ruda y otras yerbas, haciendo curaciones para el mal de ojo y dando consejos según la posición de los planetas. Yo esperaba al abuelo sentada sobre el tronco que servía de asiento para charlar con él y más que nada para escuchar sus cuentos disparatados, según Flora, pero que tanto me gustaban. Aquella tarde mientras me sacaba las lagañas y Dalí se acomodaba a mis pies limpiándose los bigotes, le conté al abuelo que en la escuela confirmaron lo que decía el libro de las estrellas: la tierra no era un plato como yo imaginaba, sino una bola que daba vueltas alrededor del sol. También le conté que había aprendido que una fuerza que no podíamos ver agarraba las cosas al suelo y no las dejaba volar como si fueran pájaros, mariposas o murciélagos. ¡Púchica!, *lo que existe no puede no existir*, eso pensaba Macedonio en ese momento y yo pensé en el niño astrónomo y también en el niño viejo, los dos, no habían parado de existir. Abuelo Damián celebraba que yo tuviera conocimiento de la magia que nos rodeaba y para no quedarse atrás me contó una historia más fabulosa que la del monarquita visitando otros mundos. ¡Púchica! Abuelo tenía una mente loca, arrebatada y escuchándolo mi cabeza dio volteretas como si fuera trompo viendo los tiempos por los que vagaba su palabra.

Damián entrecierra esos ojos igual de chiquitos que los míos y recuerda más allá de lo conocido, chispazos de delirio escapan de su mirada, siente nostalgia por la familia. Abuelo me hace entender que hay vida en lo invisible. *La luz intensa borra lo visible, la materia se desbarata con el resplandor y se esconde*

tras las sombras. Eso dice el abuelo. Y nada, me lleno de inquie-
tudes, las tripas se me hacen nudo, la idea de mundo está a un
tris de romperse y parpadeó ante sus palabras. Abuelo asegura
que los antepasados conservan la vida, están en algún rincón
de la casa y es por eso que creemos que las cosas tienen patas
y aparecen en otro lugar. Mi imaginación agarra velocidad
cuando él dice: *Son los abuelos y tatarabuelos los que hacen crujir
los pisos, los que abren las puertas, los que cuchichean en las paredes
y, cuando los mentamos, son ellos los que nos zumban en los oídos.* Yo
gozo y sufro escuchando las historias de la familia, tanto que
camino para atrás, retrocedo y avanzo hasta llegar al ayer y sé
el nombre de todos ellos, sus vidas y sus hechos. Los recuerdos
tiemblan, me remecen y despierto.

Abuelo dijo que iba a contarme algo que nadie conocía, una
historia extraña, de horror, quizás imposible. *Y lo que me pasó
no lo soñé. Mira las cicatrices en mis rodillas, caí en cuatro tratando
de escapar y por poco me desnuco.* Y nada, llegué a pensar que
Damián estaba mintiendo para meterme miedo, pero cuando
empezó el relato recordé que los dos hombres del cuento regre-
sarían por mí cuando yo fuera más grande. Entonces IDROVUS
tendría cabeza, patas y cola.

Mientras dormitaba la siesta en su hamaca colgada atrás en
el patio entre dos troncos, dos hombres, uno calvo y el otro un
poco más joven y un tanto jorobado, lo despertaron, lo remecie-
ron con apuro. Una tela de humo rodeaba sus cuerpos, un olor
mezcla a humo y hollín emanaba de sus movimientos. Los dos
hombres dijeron que buscaban a su nieta, dieron su nombre y
apellido: *Lunanda Aguirre.* Insistieron que encontrarla era un
asunto de vida o muerte. Vida o muerte, o nadie sabría de sus
existencias. Para entonces Melina estaba preñada de Sabino.
Los dos hombres se habían perdido en el tiempo y llegaron
años antes de mi nacimiento, antes de que naciera mi papá.

Los desconocidos, que finalmente no eran desconocidos, lo
cogieron de sorpresa y no le dieron tiempo a preguntarles de
qué hablaban ni nada. Creía que estaba dormido y se refregó
los ojos aún bizcos para quitarse la modorra. Ya despierto, se

tiró de la hamaca tratando de darles el quite, cayó en cuatro magullándose las rodillas, la cabeza dio contra el tronco y sin pensarlo, aturdido, maltrecho, los llevó a casa. Que ellos mismos comprobaran que buscaban a alguien que no conocía, una nieta que no tenía porque su papá tampoco había nacido. Entonces se dio cuenta de que había olvidado ponerse las chancletas exponiéndose a recibir el flujo del veneno que tenía la tierra.

—¿La tierra está envenenada? —pregunté asombrada.

—Sí, Luna, el maldito veneno de la tierra nos va marcando surcos y pliegues en el cuero, carcomiendo los huesos, chupando los sesos, amarrándonos a ella hasta tragarnos enteros y confundirnos en su polvo —se quejó abuelo y sin perder hilo continuó con la historia.

Los dos visitantes lo llevaron a la otra orilla… Ese lugar era algo así como una isla o un pueblo bordeado por agua, aguatales, aguajes, ríos y matorrales, muy parecido al nuestro, mejor dicho, igualito a Guayaquitos. Juró por su madre que el pueblo era una copia de nuestra aldea, con su campiña de retazos recortados en verdes, amarillos y marrones, con una gruesa veta azul oscuro arrastrándose a su costado y lejos la cadena de montañas que con el resplandor parecían hechas de vidrio. De pronto, el sol dejó de brillar y las nubes espesas preñadas de tinieblas se arremolinaron sobre la casa. Abuelo quiso despertar pero estaba despierto, sintió el sudor corriendo a borbotones por su cara y un dolor atroz le pateó la cabeza al ver evaporarse una esquina del tejado y luego el piso de arriba. Una mano que no veía borraba lo sólido como si la materia fuera un dibujo de lápiz sobre el papel; la mano avanzó y poco a poco borró el resto de la casa. Asustado preguntó qué estaba sucediendo o era que se había vuelto loco. *Soy tu tatarabuelo Faustino y este joven es mi abuelo Valentín*, sonó la voz del más viejo como salida de un largo caño. *Llegamos en busca de IDROVUS, lo tiene tu nieta*, añadió dejando a Damián turulato, más enredado de lo que estaba, con los sesos embrollados, acalambrados, achicharrados. Lo único que sabía era que todo se borraba, se perdía, sin ese IDROVUS que los tatarabuelos buscaban no había cuento.

—¿Qué es IDROVUS? —pregunté y no tuve respuesta porque abuelo, así como así, como un tarado abría y cerraba la boca sin poder hablar. ¡Púchica! Me dio coraje verlo lelo y no supe por qué sentí que los dedos se me engarrotaban. Moví la cabeza para espantar la letanía que venía de lejos como un murmullo. Era la voz de una mujer. ¿Qué decía? La gusanera que de repente brotaba de los recovecos de mi sesera apagó las palabras y, ya tranquila, removí al abuelo para que se dejara de tonterías y siguiera con el cuento.

Horrorizado, Damián volvió la cabeza y vio cómo la desolación avanzaba sobre el pueblo y, árbol tras árbol, monte tras monte, piedra tras piedra, desaparecía sepultado en la nada. Echó a correr atormentado por la niebla que iba devorando todo tras su paso. En su huida, resbaló por un barranco y cayó al agua. Y nada, al caer su cabeza dio contra una piedra, escuchó pajaritos, campanitas, perdió el poquísimo sentido de orientación que tenía y no sabía decir por qué lado resbaló. Al otro lado, o quién sabe si en el mismo lado, vio el pueblo, uno de los dos, el verdadero o la copia. Atarantado no podía decir qué estaba sucediendo, lo cierto fue que perdió la pensadera. Confundido, el abuelo miraba de una orilla a la otra orilla y no sabía a cuál de las dos llegar. Tan asustado y sorprendido se encontraba que la cabeza empezó a girarle como un torbellino y luego no recordaba cuándo ni cómo llegó a tierra, si se había dormido o se había desmayado.

—¿Los dos hombres te rescataron?

Cuando abuelo despertó no podía abrir los ojos, sentía los párpados pesados y al intentar levantar la mano para refregarlos, ésta también le pesaba. Estaba enterrado. La sangre se le enfrió al descubrir que era un difunto que estaba vivo. Para mala suerte, un bondadoso y compadecido vecino lo encontró y, confundiéndolo con un finado, le echó piedras y tierra encima para evitar que los pájaros come muertos, esos malditos gallinazos, lo olieran y llegaran a sacarle la lengua, la bola de los ojos, las tripas y a dejarlo en hueso pelado. El buen hombre lo enterró para que su alma no fuera a penar y saliera por las noches a asustar a la gente de Guayaquitos. Con esfuerzo y como mejor pudo el abuelo trató de levantarse. Y nada, de un solo brinco se puso de pie sacudiéndose el polvo y así evitar que la venenosa tierra se le metiera por boca, nariz, ojos, los poros, por todo el cuerpo, emponzoñándolo de muerte segura.

Tenía miedo de abrir los ojos. ¿Y si me había pasado lo mismo que a abuelo Damián? ¿Y si de verdad estaba enterrada? Necesitaba abrir los ojos, pero me costaba hacerlo. Necesitaba abrirlos y ver dónde estaba. ¡Púchica!, todo estaba tan quieto, quieto y silencioso, el universo entero se había detenido, había dejado de alargarse o quizás estaba desmoronándose en ese mismísimo momento. Grité aterrada.

Me pareció oír la voz de Flora repitiendo las mismas quejas como cuando yo era joven y papá todavía tenía memoria. Apreté los párpados y me tapé los oídos, no quería escuchar lo que decía mi mamá, no deseaba escuchar sus babosadas. *¿Qué le pasa a esta muchacha? Parece una loca gritando. Ya me tiene harta con esas pataletas sin motivo. A la muy necia ahora le molesta quedarse a solas, cuando antes se escondía quién diablos sabe dónde y no la veíamos en todo el día.*

Tenía cincuenta y cuatro años y todavía temblaba al pensar que podía encontrarme con los hombres que me buscaban a través del tiempo. Mientras recordaba la historia de abuelo Damián y pensaba cosas feas, escuché voces junto a mi cama y en un arrebato de angustia grité a todo pulmón: *Tengo miedo, tengo miedo. ¡No me dejen sola!*

Abrí los ojos y eché otro grito que hizo voltearse el pocillo con agua sobre la mesa; Dalí, con los bigotes y los pelos erizados, buscó por dónde escapar. Flora, o quizá tía María, había levantado el toldo que me protegía de los mosquitos y, allí, parados frente a mí, estaban dos hombres mirándome atentamente. Uno era joven aún, detrás estaba el otro, viejo y calvo.

El más joven me tapó la boca para que dejara de chillar.

—Luna, cálmate, tus gritos asustan a medio mundo —dijo tratando de sosegarme—. Ya sé, has tenido un mal sueño, eso es todo. Vamos, abre los ojos otra vez y mírame bien, cobra conciencia de la realidad. Soy yo, tu primo Atino y éste que me acompaña es Nazario, mi papá. ¿Nos recuerdas? Luna, a estas alturas de la vida, ¿a qué puedes tenerle miedo?

Y nada, poco a poco me fui calmando. Flora que estaba parada junto a la puerta se acercó fastidiada por mis gritos sin sentido. Me dio a tomar una infusión de limón y tilo. Adormecida escuché sus reproches.

—Samira Luna, ¿por qué te cuesta entender que nada de lo que pasa depende de ti? Nadie piensa con tu cabeza, esa gente que crees ver no existe, no puedes recordar lo que nunca sucedió.

Flora se dirigió al hombre que estaba acariciándome los cabellos y se quejó de mi comportamiento y mis tonterías.

—Atino, te digo: este es el resultado de tanto cuento y babosada. La culpa es de esta familia, la contagiaron con sus disparates, le pegaron la chifladura y ahora está igualita que ellos. Todos los Aguirre son una manada de locos.

No sabía, con el limón y el tilo había dormido todo el día. Debía ser muy temprano en la mañana o Flora había cerrado las ventanas de mi cuarto. Con la poca luz no podía distinguir qué había en la habitación. Eso no importaba porque sabía de memoria cada cosa que todavía quedaba en mi cuarto y no necesitaba los ojos para reconocerlas. Todo tenía su propio olor: la mesa olía a mesa, mi peine olía a peine, mis chancletas bajo la cama olían a chancletas bajo la cama; el pocillo con agua, a pocillo con agua. La fragancia que emanaban me decía que estaban en su lugar.

Y nada, achiqué los ojos para ver las sombras en la oscuridad, la penumbra donde todo se perdía, la nada que sostenía el universo. Ya no quedaba nada rodeándome, solamente existíamos yo, mis pensamientos y mis recuerdos. Las paredes se habían hecho polvo bajo el poder de mi miedo hasta dejar un hueco en el cuarto. Imaginé que la cama y la colcha volaban llevándome hacia el hoyo en la nada. ¡Púchica! El hueco era una boca negra que se abría enorme y me tragaba. La obscuridad total era dejar de respirar, asfixiarme y poner la mente en pausa. Hundida en el infinito, existía como una pizca navegando en el enorme cero. Cerré los ojos y escuché las risas de Ismael, de Damián, de Alcides. Uno de ellos, o los tres juntos dijeron con voces que remedaban una conversación lejana: *Lunanda Aguirre, querida muchacha, eres una de nosotros, somos la misma cosa. Si pudieras verte a ti misma te caerías al piso de susto y después te destornillarías de risa. Luna Aguirre, eres solamente un pensamiento en tu cerebro.*

Pobre Samira Luna, naciste en noche de luna y ahora tienes los cables cruzados. Eso le decía a mi hija cuando la veía confundida y sabía que esos malditos monstruos que eran los fantasmas empezaban a torturarla, sin darme cuenta de que le causaba más angustia al recordarle que algo no estaba bien con su cabeza. Cometí errores, reconocía que estuve equivocada, pero era que no sabía cómo ayudarla a vivir en este mundo.

Odiaba a mi suegra Melinda. Hubiera estrangulado a esa bruja reputa. La muy desgraciada pretendía asustarme con esas tembladeras y malditos rezos: *Divorus-Urvisdo.* Seguramente esos eran los nombres de los demonios. La zorra alzaba los brazos al cielo y volteaba los ojos dejándolos blancos. Tuve que hacerle la guerra para que se fuera de la casa, no por mí, yo no le tenía miedo, sino para que dejara a Samira Luna en paz. No sólo le mostraba como hacer sus puercas brujerías, sino que la muy puta estaba corrompiendo a la muchacha. La enseñaba a menearse y caminar igualito que ella, como una culebra caliente en busca del culebro. Hasta estuve por creer que ella había enfermado a mi hija con esos brebajes que le daba en ayunas y que ella llamaba infusión sagrada. Iguales mezcolanzas les daba de tomar al hijo y al marido, y los dos también tenían sus cosas raras y decían pendejadas sin sentido.

Aquel día en que mi suegro Damián desapareció, aproveché que Sabino aseguraba que espíritus y fantasmas eran de verdad y que la bruja Melina creía en las fuerzas del más allá. Con maldad y ganas de joder a mi suegra, solté que había visto al diablo llevarse al marido. Sabino y Melina se miraron espantados sin creer lo que decía, y yo les juré por Diosito santo que decía la neta, porque de alguna forma tenía que explicar la desaparición de Damián. El par de zoquetes se calmaron y dejaron de loquear cuando mi hija les aseguró que ese encapuchado no era el demonio sino Macedonio, el hombre con alas que vivía en la cueva cerca del río. A mí me importaba un pedo que el encapuchado fuera el diablo o el tal emplumado que según ellos había sido el abuelo de mi suegro. Lo que sí tenía que esconder a como diera lugar, era la verdad. La horrible y triste verdad.

Una madrugada, como a las dos o tres, oí ruidos extraños. Por culpa de Samira Luna tenía el sueño ligero, me despertaba si una lechuza chillaba o una rata entraba a la casa. Levanté el toldo que cubría el catre de mi hija y no la encontré. Salí en puntillas del cuarto donde por un tiempo dormimos las dos. Llevada por los presentimientos llegué hasta el granero y lo que vi casi me dejó remuerta de espanto. Con algún cuento la niña había llevado al abuelo hasta el galpón y ahí estaba Damián con la cabeza rota y el pecho abierto sangrándole a chorros, ¡oh, Dios mío santísimo!, y ella ida, lela, sosteniendo el corazón que le había sacado al abuelo y puesto sobre su propio pecho. Tirados a un lado, estaba la pala con la que le había dado en la cabeza y el cuchillo con el que le había sacado el corazón. Damián estaba muerto y la niña con la mirada perdida, como si estuviera muerta, con la modorra que la agarraba, igualito como le pasó ese día con el angelito del cementerio. Como entonces, la pobre había perdido el entendimiento. No tenía tiempo para perderlo en lamentaciones ni vainas. Cogí el corazón todavía caliente de su mano y lo puse en una bolsa vacía. Le saqué la bata ensangrentada y con ella le limpie la cara y las manos. A rastras la llevé a la casa y ya en el cuarto le puse otra bata, le zampé un par de bofetones para que regresara al mundo y le ordené: *Samira Luna, acuéstate y duerme.*

Mi hija hizo caso y, mansita como una muñeca de cuerda, se acostó y cerró los ojos. Yo regresé al granero, tenía que limpiar y esconder toda esa porquería antes de que el sol se levantara y la familia empezara con el trajín del día. Amarré la cabeza y el pecho de Damián con pedazos de saquillo y como mejor pude envolví el cuerpo todavía tibio con una manta negra de yute. Puse la bata y la paja ensangrentadas en el mismo saco con el corazón y para no dejar su viejo sombrero en el lugar me lo coloqué en la cabeza. En una carretilla llevé al pobre Damián hasta una cueva abandonada y refundida entre las madreselvas y la maleza que se encontraba más allá donde el camino se partía en dos. Ahí nadie iba a encontrarlo y nadie sabría jamás lo que había pasado esa madrugada. Gracias a Dios, Samira Luna no recordaba las cosas feas que hacía cuando le daban esas malditas modorras. Ese mismo día, tiré a la basura el cuadro del Corazón de Jesús que tantas veces Sabino pidió que lo llevara a otro lado porque esa horrible imagen espantaba a la hija y la ponía a chillar.

Días más tarde unos labradores trajeron el viejo sombrero que yo llevaba puesto. Parece ser que mientras arrastraba la carretilla con el difunto, el sombrero quedó agarrado de una rama en el sendero que va al río.

Muchas veces Samira Luna se paraba frente del viejo sombrero y se lo quedaba mirando tiesa como si estuviera ida. Yo sufría como una condenada pensando que ella iba a recordar lo ocurrido y eso le diera un patatús. Por si las moscas, para evitar cualquier chanchada, un día quemé el sombrero aunque Sabino y el finadito creyeran que era sagrado porque había pertenecido a uno de sus tatarabuelos.

A nadie sorprendió saber que Damián había desaparecido porque ya antes se había perdido varias veces y cuando no regresó, todos sospecharon que mi suegro finalmente había caído víctima de un asalto en el camino. Esto de los ataques y salir julepeado no era nada nuevo. Un día, tratando de escapar de dos hombres a los que había estafado, salió corriendo y cayó en un hueco junto a una ruma de piedras que le cayó encima. Un vecino lo encontró y vino a casa para darnos la noticia pensando que el viejo había estirado las patas.

Damián tenía enemigos. Estos enemigos se los buscó por culpa de la mujer. La Melina enloqueció al marido y el muy pendejo vendía hasta el alma al diablo por hacer feliz a la reputa. Las propiedades de la familia habían sido enormes y si ahora sólo quedaban la casa, un pequeño huerto y unas cuantas tierras secas era porque mi suegro todo lo malgastó por la zorra de la mujer. En varias ocasiones Damián vendió terrenos que ya había vendido a otra gente y los engañados se la tenían jurada.

Años más tarde de lo sucedido en el granero, unos muchachos encontraron un esqueleto con su calavera en la cueva abandonada cerca del río, más allá donde el camino se dividía. Por una cadena con una cruz de Caravaca que Melina le había regalado y que llevaba su nombre, se supo que el muerto era Damián. Lo raro fue que debajo de la manta negra de yute en que yo envolviera su cuerpo, también se encontraron los huesos de las alas de un pájaro muy grande.

Hay un pequeño museo vivo y vergonzante
que se tiene alguna vez que revisar
para apaciguar el brillo
de nuestra imagen sobre los espejos.
Para que nos alcance
la gracia de la humildad de los manchados
negada al ángel cuyo terrible castigo
es no poder amar.

Carlos Eduardo Jaramillo[5]

---

5   Carlos Eduardo Jaramillo (Loja, 1932)

Hay un pequeño museo vivo y vergonzante

Escucho que Flora habla con Atino. ¡Púchica! ¡Qué vieja tan embustera! Cuando él era un muchachito lo llamaba mamerto, papanatas, huevoncito, mariquita con pedo y ahora estaba contenta de verlo, de que por un tiempo se quedara con nosotros en la casa. Ya lo sé, así no tendrá que "sujetarme la jeta" como ella llama a la pobre relación que siempre tuvo conmigo. ¡Vieja de mierda! Era una pena que Atino tuviera que escucharle tanta cantaleta y babosadas que dice de mí y de mi papá. A papá lo apoda "el viejo chiflado" y a mí "mujer del diablo". Las quejas y lamentaciones se le escapan a mil por ese agujero que tiene por boca y habla atracándose, sin parar, igualito que una cotorra vieja y desguañangada. Y nada, que la deslenguada mira en todas direcciones para asegurarse de que yo no escuche lo que dice.

—Hijito, ya no sé qué hacer con tu prima. Cada día está peor, dice cada pendejada que es para morirse de pena. Necea que se acuerda de cosas que nunca ha visto y que pasaron siglos antes de que ella naciera. Porfía que hay gente que se esconde entre las paredes y habla con ella. ¿Te imaginas tremenda chifladura? Y tú, por favor, ándate con cuidado cuando hables con tu prima. Vas a escuchar historias de locura. Atino, la enfermedad de mi hija no sólo es peligrosa, sino que puede ser contagiosa. Si se hubiera casado o tenido hijos las cosas serían distintas. No era fea y aunque los hombres le dieron la vuelta, ahí paró la cosa. Mi pobre hija se quedó a vestir santos, y eso que tiré al río esa enorme concha de mar que adornaba la sala; que eché a volar a los pájaros que teníamos enjaulados; que corté las flores que morían marchitas en tarros y macetas; que le quemé los calzones blancos. Por nada boté todo lo que amarra las mujeres a la soltería. Lo que Samira Luna necesitaba era un marido en quien ocupar su tiempo y olvidar tonterías, pero ni San Antonio puesto de cabeza pudo hacer el milagro.

Flora vuelve a mirar en toda dirección sin descubrir que estoy fuera, tras la puerta, mirándola por una rendija para seguir escuchando lo que dice.

—No creas que me he contagiado de ella y su padre. Yo no creo en aparecidos y bobadas, de eso nones. Si ando tras los relojes y el almanaque es porque la hora y las fechas se me han vuelto una maña. Te contaré el motivo: todas las cosas tienen su por qué. Con los años Sabino perdió el sentido del tiempo y ahora tozudamente necea que ya no existe, que en Guayaquitos nunca más habrá un nuevo día porque siempre será viernes. De pura casualidad un día, desde el cielo, de porrazo, le cayó una piedra en la cabeza. Más que seguro que un pájaro la llevaba y se le cayó del pico precisamente cuando Sabino, como todas la mañanas, a las cinco en punto, salía a dar vueltas por el patio hasta que yo preparara el desayuno. Dejándome llevar por la necedad del viejo y para estar segura de que los días corrían, tomé como rutina religiosamente tachar las fechas en el almanaque.

Flora le muestra el almanaque a Atino diciéndole que es el día de San Judas Tadeo, patrón de las causas imposibles.

—Mijito, te lo juro, yo creo que ni San Judas ni San Quintín podrían cambiar todo lo que está chueco y sin arreglo en esta casa. Ese reloj, por ejemplo, está tan embullado con los tornillos sueltos y siempre regresa a la misma hora. No importa que mil veces coloquemos las manecillas en la hora correcta.

Flora da unos pasos para mostrarle el reloj que está en la sala sobre una repisa. Realmente el aparato es estrafalario, las gárgolas que lo adornan son bien feítas y grotescas. Mamá le dice a mi primo que ella cree que esos diablos son monstruos que resultaron de la unión entre ángeles y humanos y por eso son contrahechos, unos verdaderos adefesios con alitas. Atino revisa el reloj con atención y Flora le cuenta la historia que un día yo le hice a mi papá.

—Un par de siglos atrás, desde Francia, llegó un grupo de sabiondos. De acuerdo a sus mediciones habían encontrado que este era el lugar más ancho de la Tierra, y en él trazaron una línea imaginaria que llamaron Equinoccial. Carlos María de La Condamine, como se llamaba el sabiondo mayor, a la vez que anotaba las mediciones sobre un dibujo del mundo, checaba el tiempo en un reloj adornado con los monstruos con alas. Según cuentos de estos locos, uno de sus tatarabuelos, un tal Valentín, estaba interesado en conseguir una brújula y un mapa porque tenía que viajar y no quería perderse en el camino. Ni corto ni perezoso el dichoso Valentín se juntó al grupo de franchutes cuando éstos pasaron por el pueblo camino al Amazonas y hasta tuvo la fenomenal idea de alojar en su casa al mentado sabio. Todos saben que las lumbreras rara vez pegan los ojos y, como tal, La Condamine se pasaba toda la noche bajo la luz de un candil poniendo mediciones y números juntos. Cuando los sabiondos iban de regreso a su tierra en el otro lado del mundo, La Condamine agradecido le regaló el reloj al Valentín. Confundido y a la vez contento, Valentín lo dejó caer de las manos cuando el sabio se lo entregaba. Al recogerlo del piso, las manecillas del feísimo aparato marcaban las 11:11 y no dio ni para atrás ni para adelante a pesar de que la lumbrera lo pusiera a funcionar. La Condamine, que como muchos sabiondos también sufría de "loquitis agudis", dijo con voz aparatosa que esa era la hora de la creación porque precisamente eran las 11:11 cuando Dios puso el universo en movimiento.

—Siempre me parecieron fantásticos los cuentos de mi prima —comenta Atino, sonriendo divertido.

—Espera que escuches lo que ella tiene que contarte y entonces sí te vas a morir de risa o de pena —dice la cotorra sin saber que sus palabras me están sulfurando y, ¡púchica!, con los ánimos a punto de fuego muerdo un mechón de mi pelo—. Mi suegro decía que el reloj con su tic-tac marcaba momentos mágicos y Sabino aseguraba que el aparato alertaba a sus dueños de males, desgracias y hasta de la mismísima muerte. Para ser justos, la neta es que sus manecillas han dado vueltas sin control durante ciertos días, año tras año, especialmente cuando todo sobre la tierra palpita llena de vida y los poderes de la naturaleza se arrebatan. Como el 24 de junio, el día de San Juan el Bautista y el 31 de octubre, la noche de Todos los Santos. El reloj ha chirriado como enloquecido y caído al suelo por sí mismo en algunas ocasiones. Lo hizo cuando encontré a Ismael sin vida, cuando Damián desapareció y también cuando murió Samuel. Pobre hijo mío, que goce en la gloria de Dios —dice Flora santiguándose.

—Flora, yo no la conocía como una creyente en los poderes de la naturaleza ni menos como conocedora de días misteriosos.

—Sé de esto por mi suegra Melina. Tú no la conociste, era una bruja. Ella preparaba grandes borracheras junto con sus clientes. Todos se ponían máscaras horrendas que ella misma hacía con papeles, plumas y lentejuelas. En esas fiestotas bailaban, comían frutas, bebían y luego regaban aguardiente y chicha en el suelo para que la tierra también gozara de la gran pachanga. Para la Melinda y para todos estos Aguirre del diablo, el universo es más sagrado que Dios.

—Sí, desde niña escuché a Luna pedir ayuda a las fuerzas del universo.

—Poco después de que te fueras a la ciudad con tu padre, Sabino encontró el reloj, así como también un candil mohoso y lunanco en un cajón que estaba en el granero, mientras él y la hija buscaban un libro perdido. Esos aparatos se fueron uniendo a las otras mil chucherías que arrumaba en el cuarto. Un día no me quedó más remedio que mudarme a otra habitación porque ya no había un espacio para mí entre tanta basura y cachivaches. Fui a dormir con la niña y después a ese cuarto que estaba trancado.

Y nada. Cuando Flora dejó la habitación que compartía conmigo se mudó al cuarto del fondo, el que siempre estuvo cerrado y abandonado. Flora evitaba acercarse a la puerta porque le tenía pánico a los siseos que salían de la habitación. La mujer pensaba que las culebras habían hecho nido y si había algo que Flora respetara eran esos bichos de ojos amarillentos y lengua partida en dos. Según sus ideas cojudas, el pobre animal era el maldito que desgraciaba la vida de los humanos desde el comienzo de los tiempos. Muy a su pesar, tuvo que hacer angas de mangas o dormir en el gallinero; por eso decidida a lo peor, entró con escoba, rastrillo, machete y saquillo en mano lista para librar una lucha a muerte contra los condenados enemigos del hombre. Para su sorpresa, Flora no encontró culebras ni sapos, sino cientos de papelitos envueltos con hojas deshechas por el tiempo, botellitas y frascos de vidrios rotos sobre el piso y un grueso libro de páginas amarillentas carcomidas por las polillas y rumiadas por las ratas.

—Me mudé al cuarto del fondo, el que tenía una ventana trancada desde afuera por dos leños en cruz. Sabino prometió mil veces subirse en una escalera, quitarle los leños atravesados, pero nunca lo hizo. El cuarto era bastante grande, pero apestaba a mil diablos y la luz apenas entraba por las rendijas. Con el rastrillo desbaraté las telarañas donde los bichos colgaban como carachas con ocho patas y con el machete pude rasquetear toda la porquería pegada a las paredes. Detrás de la mugre en un tabique apareció una fecha escrita con tintura de achiote y añil: 10 de agosto de 1809. Me pregunté quién la anotaría; ése fue el día en que se dio el golpe que puso a los españoles bajo rejas y los criollos tomaron el poder. Con un trapo traté y traté de borrar la marca y sin poder lograrlo continué con la limpieza. No soy supersticiosa ni creo en pendejadas como estos locos, pero las primeras semanas que dormí en el cuarto pasó algo que nunca pude explicar. No me despertaba la claridad que entraba por las rendijas, sino el ruido de las piedras que caían junto a mi hamaca cada mañana sin fallar. Ya harta y cabreada, empecé mi pesquisa para encontrar por dónde entraban las piedras y qué hijoeputa las tiraba. *Carajo, dejen de joder, no crean que me van a espantar con piedritas y pendejadas*, gritaba dando puñetes al aire. Nunca pude hallar algo que aclarara el jueguito que me agriaba el genio antes de empezar el día, pero jamás de los jamases acepté que eran cosas de los Aguirre, los "fantasmas" que vivían en la casa. A lo largo de los años me he preguntado por qué los Aguirre eran tan raros. A veces pensaba que sufrían una enfermedad y otras, que llevan una maldición encima. Cuando conocí a mi marido debí darme cuenta de que algo andaba mal. Sabino hablaba de tiempos que no respetaban el orden de los almanaques, de gente que hablaba en las paredes y otras muchas pendejadas. Soledad, mi madre, no quería que yo, de sólo trece años, y que además la ayudaba con los otros dos hermanitos, me casara con Sabino. Yo era avispada y no andaba con arrumacos ni ocho cuartos. Por eso a ella no le entraba en la sesera que yo estuviera enamorada de este Aguirre ojo de pulga, dientes de burro, a quien todo el mundo sabía que le patinaba el coco y quien, por último, era hijo de una puta. Porque Melina era eso, una grandísima zorra mejor conocida por los hombres como la Gata. Qué te digo, mi madre no pudo hacer nada porque tozudamente yo ya lo tenía decidido y me casé con el chiflado Aguirre. Cuando nació Samuel pensé que Sabino se volvería loco de felicidad, pero qué va, hasta creo que nunca llegó a quererlo, y si no hubiera sido por mí ese muchacho hubiera crecido a la buena de Dios. Cuando Samuel murió, no echó una lágrima por el pobre muchacho. Todo lo contrario con Samira Luna. Sabino no la dejaba en paz por más que yo le exigía que no la consintiera tanto, que echaría a perder a esa chica, que ya era una badulaque. Padre e hija se unieron más cuando te fuiste. Atino, es para no creerlo, después de la piedra que le cayó del cielo, Sabino se olvidó de Samira Luna. Fue como si la favorita se le hubiera esfumado de la sesera. Bueno, por lo menos creo que sin Sabino mi hija olvidó a IDROVUS.

—¿Idrovus? ¿Quién es Idrovus?

—Y yo qué diablos sé quien o que es eso; creo que ni ellos mismos lo saben —dice Flora alzando los hombros y abrazándolo continúa—. Atino, yo sé que puedes ayudarla. Háblale, pero recuerda, ve con cuidado. Yo estaré cerca por si acaso.

Estaba segura de que Atino podía ayudar a mi hija. Cuando eran niños siempre estuvieron juntos. Con su primo Samira Luna no tuvo tiempo para pensar en tonterías y en esos casi cuatro años no le dio ninguna modorra. Con el muchacho a su lado no tenía que buscarle oficio para mantenerla ocupada ni vigilarla todo el tiempo por miedo a que atacara al hermano o al mismo Sabino.

Mi hija pensaba que yo era una jodida, ella no tenía idea de todo lo que callaba y que lo que hacía era por su bien. Le mentí al Atino; yo sí sabía qué era IDROVUS, pero no podía decirlo a nadie. Lo descubrí hace mucho tiempo, por casualidad, pero jamás confesaría algo que le hiciera daño a mi pobre hija. Yo evitaba cualquier cosa que la revolteara. Cualquier cosa, por chiquita que fuera. Ella quería a Dalí y cuando el gato estiró las patas ¿qué hice? Enterrarlo bajo los fogones del patio para que no pudiera encontrarlo y luego, mover cielo y tierra hasta dar con otro gato igual de feo, bigotudo y ojos de loco.

No fui clara con Atino y solamente le conté pendejadas como lo del reloj, los baloteos de la Melina y el juego de las piedras. A nadie, ni a él, iba a decirle las cosas horribles que mi hija había hecho por culpa de esa maldita enfermedad. Ni siquiera le dije cómo fue que Sabino quedó sumido en un eterno viernes. La muerte del hermano dejó a Samira Luna sumida en la desolación, pero el asesinato de Samuel no fue la causa de su arrebato. Ya habían transcurrido cuatro o cinco años desde aquel horrendo día cuando atacó a su propio padre.

Aquel viernes, tempranito en la mañana, yo estaba en el gallinero recogiendo unos huevos cuando, como todos los días, Sabino salió a dar vueltas por el patio hasta que el desayuno estuviera listo. La hija le tiró una piedra desde una de las ventanas en el altillo. La piedra le rompió la cabeza y, antes de caer turulato al piso, Sabino gritó: ¡*Ayyy, me dieron a matar!*

Mi hermana María y su marido Abundio salieron a socorrerlo mientras yo subía al altillo para que los tíos no se dieran cuenta de que ella era la culpable. La encontré parada junto a la ventana, con los ojos sin brillo, con la maldita modorra. Del brazo la jalé hasta su cuarto, la acosté en el catre y con un grito y un bofetón la saqué de esa somnolencia: ¡*Vamos, vuelve a dormirte muchacha del diablo!*

Samira Luna, al igual que los tíos, todavía cree que un pájaro llevaba la piedra en el pico y la dejó caer dejando a Sabino sin mente, turulato y patuleco.

Mi propia historia tampoco iba a contarla a nadie. No había motivos para irla regando por allí y que después tuvieran que echármela en la cara. Además, Dios era el único encargado de hacer justicia.

Mi padre fue un predicador, un hijo de puta que pasó por el pueblo pregonando la palabra del Señor, el fin de los tiempos, la salvación del alma y la vida eterna. Soledad, mi madre, tenía catorce años cuando su mamá la presentó al "santo" hombre para que le enseñara a conocer la palabra divina, no cayera en manos del diablo y las tentaciones de la carne. El santo que respetaba su calentura de verga como ley única y sagrada, le manoseó la rajita diciéndole que por ese huequito conocería la gloria. Mi madre, creyendo en los cuentos del puerco profeta, quedó en espera de un regalito por nueve meses y la estúpida de su mamá casi la mata por sucia y hacer pecar a un pobre santo. *Perdida, eres peor que la culebra y Eva puestas juntas. ¿Cómo demonios se te ocurrió tentar a un hijo de Dios?* —contaba Soledad que le gritó su madre encolerizada y, no satisfecha con arrastrarla de los pelos y decirle hasta del mal que iba a morir, le dio la gran paliza que la dejó con una cadera descuajaringada y con una seña sobre la ceja izquierda para el resto de sus días. Por último la echó de la casa como a un perro sarnoso tachándola de grandísima puta.

Yo nací en casa de unos parientes donde Soledad trabajaba desde el amanecer al anochecer a cambio de comida y techo para las dos. Uno de los nuevos terratenientes conoció a Soledad una mañana cuando la muchacha iba camino a la iglesia. Mi madre tenía las nalgas grandes y al caminar le brincaban bajo las polleras, una más que la otra a causa de la paliza. A su paso los hombres la chiflaban, le echaban piropos y también groserías. Cuando el maldito la vio, mejor dicho cuando vio ese culo, fue tras ella y prometió la luna y las estrellas con tal de treparse en esa montura. El día que la pidió en matrimonio Soledad creyó que el cielo se abría y aceptó pensando que una vez casada su mamá la perdonaría por haber hecho pecar al santo.

Entonces yo era una muchachita de sólo diez años y según mi mamá, respondona y majadera. El mismo momento que conocí al tipejo marido de mi madre, me cayó mal, lo escupí, le di una patada y salí corriendo. El maldito, sonriendo mientras se sobaba la pierna, dijo: *Ya aprenderás a quererme,* y, sin que Soledad se diera cuenta, como un viejo gato ante un tierno ratoncito, se lamió los bigotes mirando las nalgas empinadas y bamboleantes que había heredado de mi madre. Con mala fe el hijo de perra empezó a buscar los momentos para encontrarme a solas, manosearme y enseñarme, como él decía, que en esa casa el único que podía roncar fuerte era él.

El maldito siguió violándome aun después de tener dos hijos con Soledad y, antes de que yo tuviera mi primera regla, el hijo de puta me preñó. El mismo día que supe que estaba esperando un hijo, acepté los galanteos de Sabino. Yo nunca estuve enamorada de Sabino. El muchacho andaba tras mío por algún tiempo y, a pesar de conocer que de cuando en cuando le daba por loquear y hablar tonterías, no me importó porque yo lo necesitaba para achacarle mi preñez. Además, para mí era mejor vivir en el manicomio que en esa casa donde hociqueaba un cochino abusador. Por eso, sin pensarlo dos veces, una noche de luna menguante puse mis cosas en un atado y me fugué con el loco.

Cuando el maldito estiró las patas llegué al entierro vestida toda en rojo, lista para la revancha. Al verme aparecer en el velorio, los presentes dejaron caer el café con roscas al piso pensando en las llamas del infierno. *¡Es el diablo pintado de colorado que viene por el finado!*, exclamó una vieja cegatona echándome el humo del apestoso cigarro que fumaba en ese momento. *Te has contagiado de tu loco marido*, gritó mi madre sacándome de la casa a empellones y patadas. Yo salí sin decir palabras, pero con una sonrisa enorme, de triunfo, de felicidad. Ya antes me había acercado al muerto para colocar una bolsa llena de mierda junto a su cuerpo y echarle un escupitajo en la cara con toda la baba guardada por años para ese glorioso momento.

Maldito y perdonado sea el hombre
que vive sin vivir su propia muerte.
Maldito y perdonado sea el hombre
que muere sin morir lo suficiente.

Manuel Zabala Ruiz[6]

¡La pena. . . La melancolía . . .
La tarde siniestra y sombría . . .
La lluvia implacable y sin fin. . .
La pena . . . la melancolía . . .
La vida tan gris y tan ruin.
¡La vida, la vida, la vida!
La negra miseria escondida
royéndonos sin compasión
y la pobre juventud perdida
que ha perdido hasta su corazón.
¿Por qué tengo, Señor, esta pena
siendo tan joven como soy?
Ya cumplí lo que tu ley ordena;
hasta lo que no tengo, lo doy . . .
Arturo Borja[7]

---

6   Manuel Zabala Ruiz (Riobamba, 1928)
7   Arturo Borja (Quito, 1892 – 1912)

Maldito y perdonado sea el hombre

Pensaba tanto en Atino que lo veía a mi lado cubriéndome de peregrinas como cuando éramos un par de piojos. Y nada, yo me acostaba sobre las hierbas apachurrando los helechos que crecían bajo los árboles, y él me cubría desde el pelo hasta los dedos de los pies con las flores rojo sangre. *La reina de las peregrinas*, anunciaba dándome besitos por toda la cara. A los nueve, diez, once, doce años, besarnos era otro lindo juego. Cerrábamos los ojos, los labios y nos refregábamos las narices hasta ponernos ñatos. ¡Púchica! Qué inocencia. Atino era lindo y yo lo quería aunque estaba flaquito y era un bobo de remate, pero seguro que con unos añitos más cogía carnes y viada. Si él se hubiese quedado a vivir un poquito más en casa, otro sería el juego. Con todos esos arrumacos y toqueteos me le hubiese trepado encima y le hubiese quitado lo papanatas.

¡Qué pena! Mi hermano Samuel nunca quiso participar en nuestros juegos; y eso que nosotros éramos duchos en rodar canicas con la uña, y sabíamos todos los trucos para hacer bailar el trompo y agarrarlo en la palma de la mano sin que dejara de bailar. También éramos campeones haciendo volar cometas.

Samuel se creía gente grande aunque era igual de enclenque y fifiriche que nosotros. Para colmo de males era lagañoso y le salían unas enormes postemillas dentro de la boca que lo hacían hablar gracioso. Y nada, Samuelito sufría de orzuelos, y los ojos los tenía tan hinchados que yo no entendía cómo podía ver a través de las rajas que le quedaba por ojos. Flora le ponía pañitos mojados con agua de manzanilla, eneldo y flores de alegría. Abuelo Damián aconsejaba las flores de alegría ya que según sus cuentos, con esas flores el arcángel Miguel había curado los ojos infectados de Adán por haber comido la fruta prohibida y ver a Eva en pepas. Para las mataduras en la boca, Samuelito hacía buches de orégano, alcanfor y menta. Pero qué va, no había forma ni remedio para aliviarle a mi hermano la cochambre de los ojos y la boca. El pobre, más que un cholo, parecía un chino.

Siendo un jovencito, mi hermano hizo liga con un grupo de muchachos que como él iban a la escuela nocturna, y en el día trabajaban en los campos, en el mercado o en las calles. Según decía la gente, los muchachos eran una pandilla de buscaplei-tos y estaban en la lista negra de don Eustaquio, el alguacil, representante de la ley en Guayaquitos. Samuel se defendía de los ataques, amenazas y a veces ruegos de Flora para que se alejara de los revoltosos asegurando que los amigos eran per-sonas decentes, trabajadoras y sabían de los males que jodían a los pueblos tercermundistas. ¡Púchica! Vaya con la famosa palabrita de los mundos separados en uno, dos y tres que se usaba para pintarla bonita, para hacerla aparecer como una píl-dora melosa que rodara suavecita sin que los pobres se dieran cuenta de que realmente se les llamaba mugrosos, apestados, huevones afrentosos, carachosos, hijoeputas-comemierda.

Y nada, entregado en alma y cuerpo a sus asuntos súper importantes, que los culicagados como yo y Atino no enten-díamos, a mi hermano se le pasó la niñez por debajo de las narices. Samuel creyó que podía enderezar las cosas chuecas que nadie era capaz de componer. Hermano tonto, más que tonto, soñabas con cambiar el mundo, el pensamiento de la gente, terminar con la porquería, como si eso fuera así de fácil, soplar y hacer botellas.

Atino y yo usábamos collarines de semillas secas de sandía y zapallo, coronas hechas de siemprevivas y buganvillas. Para mi primo yo era el centro del mundo y eso me hacía feliz. Atino y yo nos casábamos todos los días y, para celebrarlo, comíamos aguacates con azúcar, grosellas con sal, zapotes, máchica, flores de begonias y amapolas con miel. En las noches los dos mirábamos las estrellas y hablábamos con la luna, que entonces era grandísima. Muchas veces veíamos un ángel escondido tras las estacas que rodeaban la casa y Atino aseguraba que era el ángel de la guarda que nos vigilaba para que no nos pasaran cosas malas.

Un día, detrás del guachapelí, del árbol gigante que estaba enfrente del patio, salió un niño lloroso con la boca llena de dientes demasiado grandes para un pequeño como él. Atino se asustó cuando lo vio por primera vez y creyó que era un fantasmita diente de burro. ¡Púchica! Yo quedé atarantada al reconocer al niño viejito que, apenas año y medio atrás, según palabras de Flora, había ido a descansar en el cielo. Luego, cuando yo lo invité a participar de nuestros juegos, Atino se puso celoso, le sacó la lengua y le hizo morisquetas. Finalmente al conocerlo mejor le cayó bien, se hizo amigo de Ismael y también de su hermanito Danilo.

Ismael era mi bisabuelo, el viejo que mi familia mantenía encerrado en un cuarto del altillo y que cuando tenía nuestra edad, corría a esconderse a llorar tras los árboles porque su repugnante padre quería más a su hermanito y a él no le paraba bola o lo castigaba por la nada. El muchachito hacía todo lo posible para poner contento a Macedonio, pero nada lograba complacerlo. Sabía que a su padre le gustaba comer higos y pechiches con miel, él mismo se los llevaba hasta su cuarto y el papá les hacía asco, ni siquiera los probaba. Sin embargo, terminaba de chupar los mangos mordidos que Danilo le ponía en la boca. ¡Cómo ansiaba que el papá lo tratara igual que como hacía con el hermano! Macedonio sentaba a Danilo sobre sus rodillas para revolverle los pelos, lo llevaba en brazos hasta el catre, lo besaba en la frente y muchas veces lo bañaba en la tina riendo al verlo chapotear como un pollito mojado.

Detrás del guachapelí, Ismael lloraba de pena mientras veía cómo Atino y yo en gran chacota hacíamos montañas de tierra mojada, corríamos tras las mariposas o con cañas largas enlodadas en la punta agarrábamos tarantantanes, esos bichos de nombre estrambótico y alas duras que se pegaban a las paredes y a los troncos de los árboles. Para que dejara de llorar, yo lo invité a jugar y le regalé varios de mis collares hechos con semillas y Atino, carcomido por la pena, le construyó una corona de buganvillas igualita a la mía. Ismael rio de felicidad y nos regaló figuritas de madera que él tallaba con una navaja. Caballitos, vaquitas y casitas que le salían a la perfección. Y nada, Ismael era un sobrado trabajando con la madera y aseguraba que cuando fuera grande todo lo que cortaba en chiquito lo tallaría en grande y entonces serían caballotes, vacotas y casotas. ¡Púchica! El niño dientudo podía quedarse en la misma posición por horas y horas sin siquiera pestañar, por eso era el campeón jugando a las estatuas.

Danilo, el más pequeño, también tenía un millón de dientes en la boca, ojos chiquitos y negros y el pelo lacio partido por la mitad como el hermano. A diferencia de Ismael, que estaba bien papeado y fortachón, él era delicadito, enclenquito y en la espalda le abultaban un par de totumitas. Danilo dijo que su papá era un hombre con alas grandísimas, pero que nadie lo sabía porque usaba una capucha negra para esconderlas. Y nada, Atino, mariconcito, abrió unos ojotes como lechuza y exclamó: *¡Uy, Diosito lindo, qué miedo!*

Ninguno de los dos muchachitos sabía lo que era un libro ni tenía idea de lo que eran las letras. Me di cuenta de eso cuando un día Atino y yo cantamos a dúo: *A e i o u, la bandera del Perú, para que la lleves tú* y los muchachitos quedaron con las bocas más redondas que la O. Entonces, entre los juegos de la rayuela y el trompo, jugábamos a la escuelita. Sobre la tierra Atino y yo dibujábamos las letras con palitos que Ismael afilaba con su navaja. A voz pelada cantábamos las oraciones que nos enseñaban en la escuela para que los dientudos conocieran las palabras: *Mi mamá me ama; mi papá me mima; Cuca cuida la casa. Vaca es con V chica; burro es con B grande; zorro comienza con Z, sapo con S.* Finalmente, cuando los pequeños aprendieron a leer, pudieron participar en el juego donde se nombraban las personas, las ciudades, los ríos, las frutas y los animales que empezaran con la A, la B, la C, con la... RR con RR cigarro, RR con RR carril, rápido corren los carros tras el ferrocarril. Eso sí, nunca les enseñé a mi primo y a los dientudos el juego del ahorcado porque los tres eran bobos y facilito podía colgarlos del pescuezo.

Y nada, un día Atino tuvo una idea fabulosa que terminó en despelote. Hizo alas de papel periódico para todos. Con las alas amarradas con piola tras las espaldas trepamos como ardillas por los árboles y echamos a volar desde lo más alto posible. Atino se partió una pierna; Ismael se rompió la boca y se astilló uno de los dientotes; yo resulté con un chichón del porte de un melón en la frente y Danilo, con sus totumitas, se elevó como una plumita en el aire. Cuando Flora llegó al oír los alaridos que daba el mariconcito alharaquiento del Atino, los dos niños corrieron a esconderse tras el árbol. Flora llevó a mi primo en brazos hasta la casa sin hacer caso a sus ruegos para que curara la boca partida del pobre Ismael. A mí, como siempre la hilacha, me dio unos cuantos cuerazos en el trasero por inventar juegos peligrosos.

Dos meses después de mi cumpleaños, Atino cumplió trece años también. Su papá le preparó una fiestota después de pasar años llorando a la mujer galleta, la que muriera aplastada por las vacas. Y nada, por primera vez usamos ropa que los grandes llamaban decente.

¡Púchica! Pobrecitos niños, parecíamos un par de monitos vestidos de gente. Atino llevaba un feísimo terno marinero azul añil demasiado grande para su cuerpo enclenque y, para colmo del descuaje, un lazo blanco y gigante le apretaba el pescuezo. Yo no me quedaba atrás con mi vestido blanco de organdí acartonado con almidón y una franja roja de tela espejo en la cintura. Y qué decir de los zapatos que parecían canoas, tres tallas más grandes para que nos sirvieran unos cuantos años mientras nos crecían los pies. Y nada, los pequeños tuvimos tanta golosina que comer que en menos de una hora los trajes nos quedaron embarrados. Espumilla, algodón de azúcar, bombolinas, cocadas, alfajores rápidamente hicieron acto de desaparición en nuestras barrigas como si en vez de mocosos fuésemos una fila de hormigas al ataque.

Después de romper la piñata y dejarla convertida en un burro despaturrado con la panza abierta revestida de papel periódico, sentí un vahído. Un enjambre de luciérnagas incendiaron mi cerebro y me saltaron de los ojos; todo comenzó a girar en el patio adornado con chillonas tiras de papel celofán. La familia, los amigos, los compadres cantaban, aplaudían, gritaban; me chillaban los oídos, me pateaban los sesos dentro de la cabeza. Atino, hinchado, horrible, soplaba sobre las trece velas del pastel relleno de guayabas y piña y los otros niños reían a carcajadas. Las caras de todos en la fiesta se inflaron a lo largo y a lo ancho, sus cuerpos perdieron forma mientras daban vueltas en ese arrebatado remolino infernal frente a mis ojos. *¡Pop!* El patio explotó como una pompa de jabón. Yo lloraba en medio de gritos de angustia y pena, incapaz de controlar la magia. Nazario se llevó al hijo a estudiar en la ciudad para que aprendiera a hablar como la gente, tuviera maneras y dejara de ser un mamerto montubio pata-al-piso. Yo quedé otra vez sola.

El alboroto y el revolús que Atino y yo armábamos con nuestros juegos se dejaron de escuchar. La casa y el campo quedaron en un silencio destemplado como el que dejaba una loza al caer en el piso despostillada; los niños dientudos no volvieron a aparecer detrás del guachapelí; la luna se hizo chiquitita y yo empecé a odiar los dulces de guayaba y piña. Y nada, lloraba tanto la ausencia de Atino que Flora tenía que meterme en la tina con agua dos veces al día para que el cuero no se me fuera a partir. Quedé seca y arrugada de tanto echar lágrimas y lo único que deseaba era perderme detrás del gigante del patio junto con los dos niños dientudos y no regresar nunca a la casa. Para mal de males, cinco meses después pasó algo tremendo: dejé de ser una niñita. Creí que la pena me había mordido las tripas y me desangraba por abajo. Flora vio mis calzones manchados y dijo: *Te vino la regla.* Después no volvió a meterme en la tina. Mejor porque los crespos se enredaron en mi raja y era cuestión de pudor que ella no los viera.

Mi primo regresó. Cuarenta años después, pero regresó. ¡Qué tonta! Quedé pasmada al verlo parado frente a mi catre junto a su papá. Por un momento creí que eran los dos fantasmas que me perseguían a través del tiempo y que habían vuelto. Ahí estaba Atino con un ramillete de peregrinas rojas con sus pistilos amarillos y largos como puñales polvorientos clavados en pleno centro. Y nada, después de escucharlo decir: *La reina de las peregrinas,* pude salir de ese hueco que cada mañana amenazaba tragarme, lo abracé con todas las ganas de las que era capaz, le confesé que estaba feliz de que regresara a mi lado. Necesitaba contarle tantas cosas después de que papá me había olvidado, que Samuel había muerto, que los otros se habían ido. Le pregunté cuál era el motivo para estar de vuelta en el pueblo.

—Disculpa que te lo diga así, pero las cosas no van bien en este país. Si antes nos quejábamos de la pobreza, ahora las circunstancias son peores. Nunca antes se vieron tantos pordioseros, niños mendigando y jovencitas prostituyéndose. Asaltantes, estafadores y atracadores aparecen en cualquier esquina. Ya no hay un lugar seguro para nadie y el gobierno no nos ofrece ninguna garantía después que todo el sistema político, todo el sistema de control se han ido a la… mierda, al permitir que millones y millones de billetes se "fugaran" del país con la venia y complicidad de muchos. El honorable presidente de la república regala tierras abandonadas, hace promesas que él mismo no cree para identificarse con el pueblo. ¿Y qué? De qué sirve todo esto cuando se permitió a los banqueros diversificar sus negocios prestándose dinero a ellos mismos. Para colmo de males, desde Colombia llegan más plagas: narcotraficantes, secuestradores, sicarios, guerrilleros. Esta situación calamitosa hizo que dos años atrás mi mujer y mis hijas se vieran obligadas a refugiarse en los Estados Unidos. Vine al pueblo para dejar a mi padre con unos parientes paternos porque voy a reunirme con ellas, y de paso quise verte. Prima, aunque me duela el alma, como miles de compatriotas, me di por vencido y abandono el terruño.

—Atino, lo que me cuentas es terrible —dije apabullada por su bonita forma de hablar cuando de muchacho era un ñoño que se atrancaba con las palabras—. No sé qué decirte, nunca entendí de maniobras políticas y financieras, cómo se hace para fondear riquezas y mamar de la mejor teta. Según escucho y me dices, son los gobiernos corruptos y la colaboración de muchos y muchas instituciones los que nos han llevado a la calamidad. Como decía Samuel, lo que nos hace falta es un valiente que no se deje manejar ni apantallar por nadie, que le dé duro a los sapos, ponga a temblar a los pillos y enderece a los chuecos. Un cabecilla que ponga en marcha una revolución… agrícola, alguien listo para arrimar el lomo y entre todos poner a parir a la tierra.

—Luna, las cosas no son así de fáciles. Ya no existen esos caudillos que tú nombras. Como se dice, estamos desahuciados y arrimar el lomo ya no es suficiente para resolver el problema; ahora se necesitan maquinarias, químicos, combustibles. Además, quién compraría esa producción agrícola de la que hablas si no tenemos los mercados de exportación y los competidores crecen. A lo largo de la carretera encontré rumas y rumas de banano pudriéndose porque estamos limitados por tarifas y no hay a quién venderlas.

—¡Púchica! El mundo se hizo complicado. Todavía así, creo que se pueden encontrar otras salidas. No sé, tratar con nuevas industrias, diferentes productos… acabar con las trincas, enterrar las figuras políticas tradicionales o quizás unirse a los otros países del continente y formar una nación grande y fuerte.

—Yo creo que tú también deberías darte otra oportunidad en la vida. Si te decides, puedo ayudarte a conseguir una visa y venir conmigo a los Estados Unidos.

Derrotado y con la fe perdida, Atino me ofreció un puesto en la tabla de salvación de los desesperados. Se sorprendió con mi respuesta.

—Jamás abandonaré Guayaquitos. Aquí tengo una misión que cumplir. Todavía no sé cómo, pero debo salvar a los Aguirre de la muerte y el olvido.

—Querrás decir La Victoria —me corrigió. Arrugó la frente haciendo oídos sordos al resto de mis palabras.

Era verdad, el pueblo cambió de nombre, pero mi pueblo no era La Victoria sino Guayaquitos. Leí en su mirada que sentía pena por mí. ¿Por qué esa pena? Y nada, movió la cabeza y quizás, pensando que yo era una chiflada, una mamerta que no hablaba fifí y una bruta incapaz de comprender cosas importantes, empezó a decir "barbachadas". Me vio morder las puntas del pelo, lo cual, él lo sabía, quería decir que estaba por echar fuego y, haciéndose el pendejo, pidió que le contara qué había pasado en todos esos años que estuvo ausente.

Cuando Atino se fue quedé como perro abandonado y, para remate, con paperas. Apenado de mi tristeza, papá me acompañaba cuando tenía tiempo. Sabino decía que yo estaba hecha de lágrimas y, como había echado tantas, me había encogido y parecía más chiquita que antes. A papá le importaron pitos y reflautas los gritos y amenazas de Flora y me malcriaba igual como lo hacía cuando yo era una niñita. Y nada, con papá a mi lado me volvieron las ganas de reír y reía por el solo gusto de reír hasta caer al piso con calambres en la panza.

Mi cumpleaños catorce fue toda una celebración. El sol se levantó más temprano que los otros días; los árboles se vistieron de un verde ultra chillón y yo reí y reí contenta de ver tremenda hermosura. Papá me regaló algo maravilloso y misterioso. Días antes le había dicho que una rama del guachapelí estaba pudriéndose, motas de algodón crecían a todo lo largo del tallo. Ese árbol era especial y lo amaba como si fuera una persona. Y nada, Sabino dijo que dejara de romperme la sesera, que el guachapelí no estaba enfermo, *dentro de esas motas se esconde una sorpresa. Espera hasta el día dos, te vas a quedar bizca cuando los cucuruchos se abran por sí solos. Estoy convencido de que el regalo te dejará anonadada, boquiabierta.*

Y así fue, sin poder juntar los labios, con la mandíbula caída al piso y con los ojos chiquitos abiertotes como los de una lechuza, fui testigo de un milagro. *Divorus-Urvisdo, fulgor sagrado, símbolo de la más fuerte luz de la sabiduría, el universo es divino.* Miles de gusanitos con alas revolotearon en el patio.

A pesar de los momentos de soledad la niñez fue mágica, no quería perderla, que se hiciera humo y fuera a dar a la tierra del no regreso. Por eso al día siguiente me encerré en el granero y, entre sacos de maíz, arroz y alimento para los animales, escribí en los papeles que guardaba debajo de los costales cada trocito especial: el muchachito astrónomo que dibujaba estrellas; tú y yo compinches con los dientudos que salían detrás del árbol: el viejito niño, su hermanito; Samuel y sus libros sólo para hombres; las mariposas, cosas que quería guardar en la memoria del papel. La niñez, días mágicos que *puff*, se desbaratan en el tiempo, momentos que se abandonan sin pena ni gloria porque la vida te patea hacia delante donde se encuentra lo más feo y sucio del mundo. ¡Púchica! *Atino, qué duro nos toca en esta vida, esa es la neta y única verdad. ¿Por qué?*

Y nada, estaba de lo más tranquila garabateando papeles cuando de repente se movió la manija del portón. Con velocidad escondí mis notas para que Flora no descubriera lo que escribía y no fuera a pensar que estaba allí escondida para no ayudarla con las tortitas de choclo y el cuidado de las gallinas. Un muchachito que nunca antes había visto en mi vida entró en el granero y, a pesar de la capucha negra que usaba, se veía que era jorobado. El curquito se sentó en el suelo frente a mí y se cubrió la cara con las manos. *Los varones no lloran*, repetía Flora a mi hermano cuando Samuel moqueaba y le saltaban las lágrimas, pero los hombres sí lloraban y era un llanto que en mí producía una ternura infinita mezcla de curiosidad y asombro.

El jorobado descubrió su cara de hombre-niño y al verme tembló asustado y se echó hacia atrás. Logró confundirme con su tembladera, de todas maneras me le acerqué despacito diciéndole que no tuviera miedo, que respirara hondo, le sequé las lágrimas con las manos, lo besé en una mejilla. Y, ¡púchica! Qué cosa más rara, sus lágrimas sabían igualitas a las mías. Su cara se convirtió en un espejo entre mis dedos y apiñé los ojos al ver el ramillete de libélulas y chispitas de colores que en ese momento entraron por una rendija.

Y nada, descubrí que sus ojos eran iguales a los míos con las estrellitas brillando al fondo de la mirada y esa boca, la misma bocota que yo tenía en la cara. El jorobadito se levantó y la capa cayó al suelo dejando escapar un olor a hollín, a humo, el mismo perfume que a veces salía de las paredes de la casa. Bajo la capa llevaba el pecho desnudo, del cuello le colgaba un saquito de cuero negro amarrado a un cordón de hilos negros. Al caminar elevó un par de alas de plumas grandes y grises, sus pasos hicieron crujir la paja acumulada sobre la tierra, se alejó por un momento llegando hasta la puerta y luego regresó a mi lado. Con un solo dedo tocó mi cara, sentí correr una sola gota por la espalda y tuve la sensación de ser una aparición flotando ante los ojos del muchacho jorobado.

—¿Quién eres? —pregunté espantando con la mano ese murmullo que de repente me revoloteaba en la cabeza.

—Me llamo Macedonio y soy un monstruo. Por culpa de este plumerío tengo que vivir escondido en un cuarto para no asustar a la gente —tartamudeó entre sollozos haciendo pucheros con la enorme boca—. Mi padre me ha abandonado y yo no quería que se fuera.

—Tú no eres un monstruo, eres un hermoso ángel —dije inclinándome ante él, no sólo para consolarlo, sino porque era la verdad. Macedonio era bello, perfecto y si Dios existiera tendría su cara, sus ojos chiquitos y luminosos—. Sabes que conocí a Ismael y Danilo, tus dos hijos.

—Hablas tonterías, yo soy un chico de trece años y no tengo hijos.

—También conocí a Alcides —le solté al darme cuenta que todavía no sabía de la calamidad causada por alcahuetear a un hijo y despreciar al otro.

—Alcides era mi abuelo. Él escribió un libro sobre las estrellas y montó un aparato para verlas más cerquita. Pobrecito, mi padre contaba que Alcides daba tumbos contra las paredes después de perder los ojos. Mi abuelo no quedó ciego de tanto mirar la luz de las estrellas, los ojos se le desaparecieron dejándole los huecos vacíos. Faustino, mi padre, era un brujo y usó yerbas y mejunjes para aliviarlo y no pudo hacer nada contra el daño de un alma maligna y poderosa que le borró los ojos de la cara. Gracias a que Valentín regresó de las nebulosas donde se había perdido y dedicó el resto de su vida a cuidar del pobre hijo con los ojos borrados de la cara.

Un alma maligna y poderosa le borró los ojos de la cara, repetí una y otra vez sintiendo perder las fuerzas, recordando el muñequito de papel que se parecía a Alcides. Las hormigas caminaron por mi cuerpo, entraron por los poros e invadieron mis tripas. Cerré los párpados para esconder los ojos a las libélulas que intentaron atacarlos, escuché la voz de una mujer avanzando en remolinos, quebrando ramas a su paso, un rezo repetido en un susurro: *Todos van a morir*. Sentí que caía al piso, la somnolencia me ganaba y la gusanera dentro de mi cabeza se desparramó rebosando todos los surcos de mi cerebro. Abrí los ojos con pereza, con el cuerpo dolorido, con las manos engarrotadas. Vi al muchacho con los pequeños ojos abiertotes, dando varios pasos hacia atrás. Reí a carcajadas mostrando todos los dientes, creí que estaba soñando, me pareció imposible que estuviera alucinando con el padre de los niños dientudos que salían detrás del árbol. Extendí las manos para volver a tocar el rostro del ángel y entonces el muchacho se envolvió en la capa negra y desapareció como agua que se escapa entre los dedos. Volví a recoger mis papeles que dejé en el suelo y escribí sobre nuestro encuentro en una de las páginas para que el ángel recobrara la vida las veces que volviera a leerla.

Al día siguiente de contarle a Atino mi encuentro con el ángel, me levanté tempranito. Hallé a mi primo comiendo el desayuno con los tíos. Como siempre, tía María calladita, Flora dándole a la sin hueso y papá porfiando que era viernes. Al verme, Atino sonriendo dijo: *No quiero más cuentos de aparecidos porque me dan pesadillas.* Y nada. Ese día recordamos al Tin-tin, un esperpento asqueroso que las viejas aseguraban ver y que todavía rondaba por el pueblo dizque preñando a las muchachitas para no decir que algún malandrín hijueputa las había engañado. La gente decía que los hijos del Tin-tin nacían con los pies al revés, pero jamás nadie vio un muchacho así con los pies vueltos para atrás.

También recordamos cosas serias y mal afortunadas como aquel día en que hallamos un perro gimiendo como un condenado sin las dos patas traseras. Atino y yo quisimos llevarlo a casa para curarlo y una mujer flaca como una lagartija nos los arrebató de las manos. *¿Dónde creen que lo llevan? No ven que es lo único que mis muchachos y yo tenemos para tragar. Hoy nos comeremos las otras dos patas y mañana el resto.* ¡Púchica! Con el alma hecha trizas me pregunté de qué morirían los comeperros si los que se hartaban de chancho morían atosigados de lombrices en los sesos.

Atino recordó aquella tarde en que fuimos a bañarnos al río y encontramos un hombre atascado entre los matorrales. En esa época él era un fifiriche, estaba tan flaco que las patitas parecían dos alambres colgándole del calzoncillo de algodón color tomate. Nadábamos cerca de la orilla porque a mi primo le daban calambres. ¡Púchica! A mi primo se le abultaban unas pelotitas detrás de las piernitas, entonces me tocaba agarrarlo de los pelos y arrastrarlo hasta la orilla. Y nada, enredado en una maraña de ramas, raíces y lodo vimos a un hombre que se había ido a pique. La gente se arremolinó atraída por nuestro griterío. Ya en la orilla fue imposible revivirlo, estaba inflado de agua. El muerto hediondo con la carne aflojada parecía una puerca piltrafa. Ese fue mi primer encontronazo con la muerte frente a frente. ¿Dónde se escondía Dios en esos momentos que alguien necesitaba de su ayuda? Dios era un gallina despreocupada que daba náuseas, alardeando de poderoso se burlaba de todos y hacía añicos la vida. Sabino tenía toda la razón al decir que necesitábamos un Dios sin petulancias. No este huachafo

inhumano que nos refregaba su pompa en las narices. *Luna,
para no sentir rencor ni desengaños es mejor ver la vida como un
conjunto de posibilidades y no decisiones de un ser soberbio y ajeno.*

De un recuerdo saltamos a otro. Atino recordó a los niños
dientudos que salían detrás del guachapelí, la voz enfurecida
del papá reclamando a Ismael dónde estaba Danilo. Ahora Atino comprendía al muchachito cuando resabiado preguntaba:
¿Acaso soy yo el guardián de mi hermano?

Pobres muchachos, se lamentó Atino. *Un padre así sembrando
la discordia entre sus hijos, prefiriendo a uno y humillando al otro,
no se lo deseo a nadie.* Y nada, lo que pasó tenía que pasar. Los
muchachos no podían luchar con lo que ya estaba señalado
desde el mismo comienzo. Los dos hermanos se dedicaron a
la agricultura: Ismael, el fortachón, concentró sus esfuerzos y
tiempo a los sembradíos del maíz, el arroz, el café y su hermano
Danilo, el enclenquito, se ocupó de las hortalizas y los mangos.
Tenían tan buena mano estos chicos que hasta de las piedras
que tocaban brotaban frutos. Fueron tiempos de vacas gordas;
la casa que estaba ya cayéndose a pedazos fue reconstruida y
agrandada. El ladrillo reemplazó la madera apolillada; las tejas
faltantes fueron restituidas sobre los huecos del techo; la luz
invadió los rincones al entrar por más ventanas que se abrieron
en los costados. Se esfumaron los olores a palo viejo, a huevos
de arañas, a cueva de lechuzas, a nigüitos y pechiches que los
murciélagos traían pegados a sus cuerpos. En el segundo piso,
se pusieron divisiones para separarlo por cuartos. Eso sí, nunca
se tocó el de Faustino, el yerbero, el abuelo de los muchachos
que años atrás se había perdido por otros rumbos donde las
cosas no habían sucedido todavía. Para buena suerte Rosalba,
la madre de Macedonio, separó a tiempo a las dos mujeres
del hijo, las acomodó en cuartos separados y las encomendó a
tareas diferentes. Una era madre de Ismael, la otra de Danilo.
Hasta entonces dormían juntas en el mismo petate. Si no las
apartaba a tiempo, las mujeres se hubieran arrancado los ojos
y la lengua, ya que los pelos y los dientes brillaban por su
ausencia.

Y nada, hostigado por las injusticias y favoritismos del padre, Ismael planeó quitarse la roña y envenenarlo. Nada mejor que buscar una fórmula en el libro de recetas del abuelo Faustino. El abuelo había sido macanudo en el uso de las yerbas y conocía todos sus secretos. El cuarto de Faustino estaba trancado desde que se fue dejando a Macedonio de trece años. La abuela Rosalba, mujer de Faustino, no permitía que nadie entrara a ese cuarto y peor que tocaran algo en esa habitación llena de frascos, botellas, sobrecitos y mejunjes.

Una noche cuando la abuela se encerró en su cuarto después de un atareado día limpiando, cocinando y separando a las dos peleonas, Ismael cubierto por las sombras y como un fantasma entró en el cuarto trancado en busca del libro de las recetas mágicas.

El aire en ese cuarto era ralito y nauseabundo. ¡Púchica! Ismael haciendo arcadas, a punto de vomitar, se preguntó qué diablos guardaba el abuelo en esos pomos que apestaban a rancio y agusanado. El libro de las recetas y pociones mágicas estaba sobre un anaquel. Tomó el libro con las dos manos para que no fuera a desbaratarse. Más de veinte años el recetario había estado en el mismo lugar y las hojas se habían vuelto amarillentas y arenosas. Rosalba entraba de vez en cuando y cuidadosamente le pasaba un plumero sin atreverse a tocarlo por miedo y por respeto.

El viejo libro tenía algunas páginas que crujían quejumbrosas al toque de las manos del muchacho. Venenos, eso era lo que necesitaba, una receta para matar al abusivo padre. Y nada, Ismael abrió el libro y volvió a cerrarlo dando un brinco; una culebrilla rojiza saltó de una hoja y escapó como una vara de luz por el suelo. El muchacho se meó los pantalones del miedo, pero armándose de valor volvió a abrirlo. Estaba empecinado en matar a Macedonio.

Veneno. Sudando frío y caliente buscó la receta con las manos temblorosas. La página mortífera estaba intacta; la tinta brillaba roja, negra, tornasol: *Artemisa-Gusana-Culebrera: hierba encontrada por primera vez en un papiro egipcio. Creció en el rastro dejado por la cola de la serpiente al abandonar el Jardín del Edén. Causa tembladeras, paraliza, mata...* No necesitó leer más: era exactamente lo que buscaba.

Y nada, Ismael encontró el veneno entre los frascos en la pared. *Artemisa-Gusana-Culebrera.* Las hierbas guardadas en una pequeña botella de grueso vidrio palpitaban con vida propia, chillaban, tintineaban contra el cristal mordiéndose entre ellas mismas. Ismael sintió que las manos y las piernas se le aguaban al tomar el pote de la estantería. Luego, mientras aplastaba las yerbas con una piedra redonda, sudó la gota gorda, sintió la camisa encharcada pegada al cuerpo. El sudor chorreando por su cara cayó pesado sobre el mortero mezclándose con el grumo verdoso que machacaba. Abandonó el cuarto y lo trancó otra vez llevando bajo la camisa la pasta culebrera revolcándose en una botellita cuidadosamente tapada. Ismael llegó a la cocina y disolvió el veneno en el agua dentro del pocillo de Macedonio.

¡Púchica! La rabia, el resentimiento, el odio fulguraban en los ojos chiquitos de Ismael mientras mordía las palabras con placer: *Macedonio, maldito monstruo, te odio. Hoy será tu última noche, nunca más volverás a burlarte de mí.* Se sintió agradecido y contento de que el padre lo obligara a llevarle agua al cuarto todas las noches, así no sospecharía del líquido culebreado. *¡Adiós, ángel de remedo!*, se despidió del padre mientras salía del cuarto de Macedonio dejando atrás el agua mortal.

Y nada, a la mañana siguiente los ojos chiquitos de Ismael, morados de insomnio y culpa se abrieron inmensos por el horror al descubrir el cuerpo tieso de Danilo. Fue imposible escapar del destino. La vida le jugó una mala pasada decidida desde el inicio de los tiempos. Danilo, pálido y frío, estaba engarrotado por la culebrera. Ismael, enloquecido, gritó y lloró sin poder parar sobre el cuerpo de Danilo maldiciendo al monstruo que lo había convertido en el asesino de su querido hermano. *Hermanito, tú no tenías que morir, sino ese maldito.* Más tarde con un cuchillo en mano corrió gritando por los campos en busca del ángel sin encontrarlo.

Macedonio, mi tatarabuelo, el que nació con alas, había salido a caminar esa noche sin luna y se había perdido en medio de la tormenta. Esa misma noche Danilo había entrado a pedirle la bendición como tenía costumbre; al no encontrarlo, se asomó a la noche a esperar que el padre regresara de su paseo nocturno, sintió sed y sin saber que la muerte lo miraba desde el pocillo tomó del agua culebreada. Macedonio nunca regresó porque esa noche sin luna, en medio de la oscuridad y la lluvia, había llegado a la casa en otro tiempo cuando en los campos abandonados los mangos en el suelo se arrugaban llenos de gusanos y su nieto Damián, hijo de Ismael, era un chiquillo de once años.

Ismael confesó a su abuela Rosalba el crimen y cómo el destino le había preparado una jugarreta de las más truculentas. El cuerpo engarrotado de Danilo por efecto de la culebrera fue enterrado en un hueco profundo que el mismo hermano cavó por tres días y tres noches en el patio de la casa. ¡Púchica! De nada sirvieron las lágrimas que corrían por los cachetes del patitieso dejándoles saber que no estaba muerto, que sólo estaba entumecido. Rosalba cubrió el cuerpo del presunto difuntito con cilantro para evitarle la podredumbre y los tufos, con tomillo para aliviarle la melancolía por la vida, y salvia para que Danilo gozara de la inmortalidad. Y nada, como último tributo Ismael, plantó sobre el cuerpo del amado hermano una frágil ramita de guachapelí para que el futuro árbol gigante lo cuidara y no le permitiera salir a poblar sus pesadillas.

Cuarenta y algo años más tarde regresó Faustino, el conocedor de las yerbas. Llegó tarde y nada pudo hacer para que el nieto olvidara lo sucedido; eso sí, logró en parte rescatar a Ismael de la tristeza. Le contó de Lunanda, la primera mujer en la familia, una forastera que un día Joel encontró en la cueva que estaba cerca del río y la llevó a la aldea. Le contó de su travesía por las tierras fijas en un mismo lugar donde el presente ocurría en un tiempo pasado. Le contó de su encuentro con Valentín que, a pesar de ser su abuelo, era un poco más joven que él. Y nada, Ismael olvidó por un tiempo que la culpa era más dolorosa y dañina que la roña y que la vida apestaba a muerte. Felizmente un día conoció a Sabrina.

Cómo me habría gustado saber qué pasaba por la cabeza de Atino mientras escuchaba toda esa sarta de babosadas y locuras que sólo eran verdaderas para mi hija. Creo que él pudo darse cuenta de que la prima estaba enferma de la cabeza en el momento que ella dijo que no podía irse del pueblo porque aquí tenía una misión que cumplir, y salvar a los Aguirre de la muerte y el olvido. Creo que en ese momento se convenció de mis palabras porque no volvió a pedirle que se fuera con él y empezó a llevarle la corriente. De nada le hubiera servido a la pobre loca aceptar la oferta porque yo no iba a permitirlo; por ningún motivo Samira Luna podía irse de La Victoria, de esta casa donde yo la vigilaba para que no cometiera más barbaridades.

Después de escucharla hablar del tal Macedonio, comprendí la pataleta que le dio cuando por primera vez vio al curquito Rómulo. Mi hija lo confundió con ese otro jorobado que era el Macedonio y al que ella llamaba hermoso y perfecto aunque fuera un tullido. Rómulo era el hijo de Idelfonso, el dueño de la tienda de abarrotes del pueblo. Cada cierto tiempo el curquito traía los velones, las botellas de querosén y los paquetes de sal en una carretilla. Cuando el muchacho era pequeño cayó de una yegua y se partió el espinazo. Desde entonces sus padres lo obligaron a usar un paletó para que el bulto en la espalda pasara de agache y los otros muchachos no lo molestaran y le aventaran piedras. La primera vez que Samira Luna lo vio se le fue encima, lo miró fijo y feliz le dijo: *Ángel de mi vida, déjame verte las alas.* Yo pensé que la niña hacía burla del muchacho deforme y la mandé sacando a cocachos. Mi hija siguió porfiando que Romulito era un ángel y tenía las alas recogidas bajo el sobretodo. Qué mala suerte que aquella tarde después de dejarme los mandados Rómulo fuera a meterse al granero donde mi hija se escondía para no tener que ayudarme. Así son las cosas cuando tienen que pasar, para mala suerte no llegué a tiempo al granero y salvar al pobre jorobado. Después de no encontrarla en el cuarto salí al patio y cuando vi la carretilla fuera del granero supe que algo malo estaba pasando. Entré suplicándole a la Narcisita para que mi hija no hubiera matado al jorobado. Encontré a Samira Luna sentada sobre una ruma de sacos de arroz con los ojos fijos en los papeles donde escribía pendejada y media. A pocos pasos, tendido en el suelo, estaba el pobre curquito que ya había estirado las patas. A un lado estaba la misma pala con la que cuatro años atrás dio el andavete al abuelo Damián.

No podía saber si mi hija hizo que Rómulo se desnudara o ella misma le sacó el paletó y la camisa; lo cierto era que el curco estaba tirado en el piso con la horrible joroba a la vista. *Muchachita del diablo, ve a darle de comer a las gallinas,* le pedí contrariada y ella sin mirarme obedeció mansita, sin mosquearse, como si nada pasara. Vestí al jorobado, metí su cuerpo maltrecho en un saquillo y lo escondí tras las rumas de sacos de maíz y frijoles. Eran más de las dos de la madrugada cuando fui a dejarlo en el sendero de vuelta a su casa en la misma carretilla donde el pobre hacía los repartos. Que los que hallaran el muerto pensaran lo que pensaran.

¿Por qué mi hija hacía estas cosas? ¿Por qué los Aguirre mataban? Yo sabía que el viejo borrachín había dado el andavete a su hermano, pero no que era a su propio padre a quien quería matar de verdad. También sabía que éste se llamaba Macedonio y que era jorobado. ¿Cómo mi hija sabía todo esto? Seguramente lo oyó de su abuelo y claro, la enfermedad le venía de herencia. En ese momento me brilló el foco: los Aguirre mataban a su propia gente. Samira Luna había dado "vire" a Ismael, a Damián y mandó al otro mundo al Rómulo, confundiéndolo con el otro curco. ¡Dios mío! Samuelito se le escapó porque otros lo mataron antes, pero Sabino estaba en peligro. Por eso le tiró la piedra para matarlo, pero, la próxima vez, el padre no tendría la misma suerte. Pensando en todas esas cosas horribles y atando cabos estúpidamente me pregunté: *¿Qué tal si ese Macedonio tenía alas y esas eran las plumotas que aparecían regadas por la casa? ¿Y qué tal si Danilo, el hermano del viejo borrachín, de verdad estaba enterrado bajo el guachapelí?*

Huyó desde sus piernas para adentro
Regresó de los ojos para afuera
Quiso volver al fin, pero se iba
Quiso exiliarse, pero se quedaba.

Fernando Cazón Vera[8]

Crepúsculo.
Han callado los mirlos.
La infinita melancolía de la tarde quieta
se entra en el alma, como en la ancha grieta
el agua que la peña precipita.

Humberto Fierro[9]

8   Fernando Cazón Vera (Quito, 1935)
9   Humberto Fierro (Quito, 1890 – 1929)

Huyó desde sus piernas para adentro

Atino se acomoda en la gastada poltrona que está junto a la puerta de entrada a la casa. Hace un calor del santo diablo, de esos que arrebatan y te dejan sancochado. La puerta y todas las ventanas están abiertas de par en par para que entre un poco de fresco. A medida que pasan los días, Atino va olvidando las formalidades de la ciudad. Me da gusto verlo entrar en confianza dejando esas poses de bacán y fino señor que no le van. Y nada, regresando a la naturalidad, Atino se saca la camisa de cuello y puños y queda en una camiseta ligera sin mangas. Remanga los pantalones hasta las rodillas y se sopla con el abanico de paja, el que se usa para dar viento y encender los carbones en el fogón.

Las canas empiezan a blanquearle en el antes negrísimo cabello y muchas arruguitas le rodean los ojos dándole un aire precioso de hombre maduro. Ha cambiado mucho en estos años. Ya no es el larguirucho y enclenque muchachito que hablaba como un añoñado; ahora tiene las espaldas anchas, los brazos musculosos, las piernas gruesas y velludas. Lo encuentro un macho bellísimo y pienso que a pesar de todas las penas y desengaños sigo siendo mujer. Después de aquella amarga experiencia en mi juventud nunca más volví a amar a otro hombre, aunque seguí tirando con todos los que pude para desquitarme. Lo observo de arriba a abajo sin disimulos, admirando ese entrecerrar de ojos, ese morder del labio inferior, ese abrir de piernas al sentarse, ese algo de animal arrecho, en celo, que muestra sin darse cuenta. ¡Púchica! Por un momento vuelvo a sentirme hembra, algo que no sentía en siglos. Remojo los labios con la lengua mojadita, con ganas de ensalivar su boca, de enroscarla en su lengua, lamerlo, morderlo, sobarlo, apretarlo, transmitirle el ardor brutal que de pronto me nace en la rajadura del medio. Qué ganas de otra vez sentir carne, bajar por su cuerpo, agarrar la cosota que parece tener, encharcarme, quemarme con su torrente. ¡Púchica, púchica! Creo que Atino ha leído mi pensamiento porque parpadea repetidamente y, tosiendo, pregunta por qué lo miro de esa manera. Yo desvío la mirada sin responder. Apaciguándome separo los granos de arroz en una charola, a un lado pongo las piedritas, pajillas y suciedades y, del otro, el arroz limpio, sin madres.

Y nada, más allá, tras una mesa larga, Flora y Sabino sentados sobre unos rústicos bancos de madera desgranan el choclo en enormes bateas y tía María muele las pepas color oro girando la manigueta del molinillo. Los dedos de los viejos arrancan las pelusas rubias y se entierran en la mazorca para desprender los granos enteros. Flora levanta la cabeza de cuando en cuando para mirarme. Vieja de mierda, siempre vigilándome. El gato llega a ronronear a mis pies y le acaricio la cabeza.

—El animalito se parece a Dalí, el que tenías de niña —comenta Atino pasándole la mano por el lomo.

—Es el mismo gato —contesto sorprendiéndolo mientras en mi cabeza Macedonio piensa: *Todas las cosas son una sola cosa que existe continuamente, no es divisible porque todo es lo mismo aunque parezca muchas cosas* —. Para tu información, mi querido primo, Dalí se adueñó de la memoria y también del tiempo.

Atino frunce la frente y no responde, deja pasar por alto el comentario que parece no comprender. Ahora que es un hombre maduro necesita justificarlo todo, razonar, encontrar motivos, para él las cosas son blancas o son negras. Le digo que no lo reconozco no porque habla pensando en lo que va a decir, sino porque en sus ojos se ha apagado la curiosidad; ya no tiene la garra para levantar vuelo y caer de coco sobre la tierra, porque le cuesta sonreír, y cuando lo hace, en su boca se dibuja una mueca chueca. Y nada, sólo por el placer de aturdirlo gruño y le zampo un aruñazo suave para no espantarlo.

—¡Púchica! Atino, ya no eres franco, abierto, ya no suspiras, ya no anhelas, no te sostienes en el aire. Qué cosa horrible: te noto receloso, acobardado, incrédulo. Antes no dudabas y te dejabas llevar por la magia de los momentos. Te aseguro que necesitas creer. Entiéndelo, si todo puede ser, todo es posible. Se puede salir de un hueco sin caer en él.

Atino reconoce que digo la verdad, ahora que ha ganado conocimientos, que es ducho y avezado en tantas cosas, necesita explicaciones para poder comprender lo elemental, se ahoga en un vaso de agua. Su padre quiso que fuera alguien y dejara de ser un simple poblano, un montubio ignorantón, y lo logró. En la mañana dimos una vuelta por el pueblo y pude darme cuenta de lo mucho que ha cambiado; tanto, hasta el punto de enojarse con la gente, igualada según él, que lo reconoció y se atrevió a llamarlo por su nombre de pila, pero responder sonriente a cualquiera que antepuso el don o el señor.

—Cuando éramos niños lo fantástico, incluso lo absurdo y disparatado, era normal. Luna, ahora somos adultos y debemos ver y aceptar las cosas como son. No tiene sentido eso de salir sin haber caído en un hueco. Empieza por el principio y quizás logre entenderte.

—¿Dónde comienza el principio? ¿Cuándo era una niña o antes de nacer? —me pregunto a mí misma poniendo el índice sobre una sien y Atino, sin comprender mis palabras, estira los labios disfrazando la sonrisa con una mueca.

—¿Cuál es tu primer recuerdo de niña?

—Mi primer recuerdo de niña, claro que lo recuerdo. Nací recordando caras y voces. Lloraba, estoy segura de que el miedo eran esos berridos en mi boca. Sentía terror de la luz. En el momento que dejé de llorisquear se fue el miedo y apareció la duda. La mente se me nublaba, el vitelino se había roto antes de tiempo y si no agarraba aire en el momento preciso, hubiera perdido la memoria, sus caras, sus nombres, sus recuerdos. Y nada, respiré profundo pensando que era una crisálida colgando de una rama, abrí los ojos y vi la cara sudada, roja, de una mujer que pujaba y gritaba como si le arrancaran la vida. Me pusieron en sus brazos y caí del árbol. No la reconocí y pensé que la extraña era un pez grande y yo otro pequeñito, asustado y resbaloso. Las dos chorreábamos sudor y sangre, nos habían sacado de un lago roto en miles de gotas, a ella por la raja; a mí, por la cabeza. Luego encontré los ojos chiquitos de Sabino, mi papá, que sonreían al verme llegar y me sentí más segura. Lo reconocí apenas lo vi. Lo traía en mis recuerdos, y allí estaba frente a mí, vivo, hecho realidad, esperándome. Pensé en Damián y mi abuelo entró en el cuarto riendo a carcajadas, prendido por mi sonrisa desdentada de bebé. ¡Púchica! Mi boca que al igual que la suya estaría repleta con los enormes dientes de los Aguirre. Anhelante, ilusionado, el abuelo dando patadas al aire exclamó a grandes voces para que todos lo escucharan: *Lunanda Aguirre, por fin estás aquí: sabía de tu existencia antes de que naciera tu papá. Luna, ¿me reconoces? Soy Damián, tu abuelo Damián, ¡Bendita sea la vida, requetebendita la palabra! Luna, llegaste, apareciste, arribaste, viniste…* Melina, esa mujer bellísima que apareció tras él le chasqueo los dedos para que dejara de hablar y abuelo, tomándome en brazos, me estrechó contra su pecho un montón de minutos y fuimos dos cuerpos abrazados en la eternidad, dos imágenes juntas en un cristal. Después de darme un beso en la frente me entregó a Sabino.

Lunanda, Luna, tarareó papá meciéndome entre sus brazos y yo agradecí que me llamaran por el mismo nombre con que me conocían los otros Aguirre, los anteriores, los que poco a poco se asomaban en mi cabeza y que nacían conmigo.

Atino toma una de mis manos entre las suyas como si lo hiciera con una niña, me pide que sea razonable, sensata y me asegura que lo que creo recordar fueron historias que me contaron los mayores.

Envolatada por la incredulidad de Atino, ya cabreada, a punto de fuego, envuelvo una mechada de pelos entre los dedos y, terca, porfío que digo la verdad.

—Atino, los Aguirre aparecieron en mi mente en el minuto que desperté al mundo, aunque todavía no sabía quienes eran. Precisamente en este momento Macedonio está pensando que es imposible recordar algo sin existencia. *Lo que existe ahora existe siempre, en cualquier momento, la existencia es continua, la existencia es.* Créeme, lo que va a ser es y siempre fue. Te lo aseguro, esta casa existe, es perpetua y ellos viven entre sus paredes, están aquí con nosotros. Macedonio, Faustino, Alcides, Valentín. Te lo vuelvo a repetir, todo es posible.

—Luna, no digas estupideces, eso no puede suceder; tú no puedes recordar ni pensar por otros, las personas mueren, dejan de existir y no regresan, no están aquí como tú crees. En este mundo físico no hay cabida para lo inmaterial —dice golpeando con un puño cerrado el brazo de la silla donde está sentado—. Luna, lo que sufres se llama esquizofrenia, estás alucinando. Esa gente que oyes y ves no está aquí, los has inventado, son producto de tu imaginación y crees que los recuerdas. Cuando éramos pequeños decías que veías ángeles parados tras las estacas y yo creía verlos también. Es normal tener amigos invisibles cuando somos niños, así como Ismael y su hermano Danilo. Luna, somos dos adultos, tenemos cincuenta y cuatro años, hemos envejecido, a nuestra edad no es normal creer en fantasmitas.

Y nada, mis ojos recorren la casa. Más allá de la puerta contemplo los árboles del patio, los campos, los montes. Ellos recuerdan a los hombres y mujeres que estuvieron vivos en el pasado, alguien tiene que recordarlos, no pueden haberse esfumado como el humo si fueron de carne, hueso y pensaron, sintieron y sangraron. En una caja bajo las camas, entre sus cosas, Flora guarda varias fotos tiesas y amarillentas. Hombres y mujeres parecen momias con ropa. Las líneas en el amarillento papel son marcas del tiempo, sin embargo, sus figuras siguen presentes en los cartones cuarteados ¿Por qué yo no puedo hacer lo mismo y mantenerlos vivos en esta casa?

Estoy contrariada, los ojos me arden, la saliva me sabe amarga, las tripas se me tuercen. ¡Púchica! Como hago desde niña, llevo a la boca un mechón de pelos enredado en mi mano y lo muerdo con rabia y placer.

—¿Cómo puedes decirme que los imagino, que no existen? Yo los he escuchado, los he tocado, los he amado.

Derrotado, llevado por la curiosidad y más que nada deseoso de saber hasta dónde puedo llegar en lo que él cree es falta de cordura, un delirio, Atino pregunta que dónde los he escuchado, dónde los he visto, qué decían. ¿Es que pedían algo en particular?

—Así es, todos querían algo de mí. Las voces salían dentro de las paredes, sus cuerpos se confundían con la luz y las sombras, conversaba con ellos, podía tocarlos. Sabino los escuchaba también aunque ya no puede alegar que digo la verdad porque él lo ha olvidado todo, encerrado en su eterno viernes. En el tiempo no hay mediciones, no hay antes ni después. *Los hechos se dan al mismo momento, todos vivimos en el mismo momento, en todo momento.* Los Aguirre vencieron el espacio, borraron el olvido, los silencios, brincaron sobre los años, atravesaron muros, paredes, lo hicieron para pedirme que encontrara un libro perdido desde el principio de la historia. Era muy importante para ellos que yo lo encontrara, y así lograr escapar de la nada. Cuando Faustino y Valentín me encontraron lo dijeron muy clarito: *Encuéntranos en el libro.* Valentín y Faustino aseguraron que mi tarea era encontrarlo. Te das cuenta, ellos existen; no es posible recordar lo que no existe, la muerte les regaló la inmortalidad, están escondidos en algún rincón de la casa esperándome a mí, que los ayude a salvarse.

—¿Salvarse de qué? No comprendo una palabra, ve al paso. Cuéntame de cada uno de ellos.

—Voy a contarte de todos, también de mi hijo Alejandro. Verás que, como tú y yo, ellos también están presentes.

Para Atino esto del hijo ya era una exageración, más que una locura. ¡Púchica! ¿En qué momento estuve preñada y cuándo lo parí? Flora le había asegurado que los hombres me dieron la vuelta y ahí quedó la cosa, que nunca tuve un enamoramiento serio. De acuerdo a mi madre, yo apenas si salía de la casa, ya que siempre había estado sola refundida en algún rincón. Sé que Atino piensa con lástima que soy una solterona, que nunca estuve con un hombre, que en mi vientre nunca se gestó una criatura. En el pueblo, a los veinte años una mujer sin marido ya está en peligro de quedarse a vestir santos; a los veinticinco ya es considerada jamona; a los treinta, la dejó el tren, y yo pasé del medio siglo. Y nada, de seguro Atino piensa que Flora le mintió para proteger el honor de la familia. Para él que aquí hay gato encerrado, entre cuentos y fantasías algo tiene que ser verdadero.

—Luna, ¿estás segura de que tuviste un hijo? ¿Cuándo?

Lo estudio con la mirada y puedo leer lo que Atino está pensando, que alucino, que imagino aventuras, que doy volteretas de pájaro loco y mi frustración me hace creer que fui capaz de arrecheras, que volé bajo y me clavé de coco. ¡Púchica! Por eso le respondo con una sonrisa a medias.

—Flora no sabe todo sobre mi vida. Ella, como todos los demás, sólo cree lo que sus ojos le permiten ver.

Por Dios, mija. ¿Qué cosas dices? Escucho lo que le cuentas a Atino y siento ganas de taparte la boca para que no sigas hablando sandeces.

Sabíamos de Macedonio porque el borrachín de Ismael parecía una catalnica repitiendo que lo odiaba y que por su culpa había matado a su propio hermano. Conocíamos del tal Faustino y el otro llamado Valentín porque mi suegro hablaba de ellos tratándolos de tatarabuelos y, como el muy cabrón era un loco, porfiaba que un día habían llegado a la casa buscando a Samira Luna. Esos eran los hombres que mi hija creía recordar. Como aseguraba el Atino, de niños pudieron ver fantasmitas y el borrachín asesino del Ismael había sido uno de ellos. Pero eso de recordar su nacimiento y traer en la memoria a los muertos era imposible. ¡Locuras de su cabeza loca!

Lunanda nació enferma. Después de todo lo que me tocó vivir y saber estaba segura de eso. Pobre hija mía, su locura la hacía creer que tuvo un hijo cuando nunca estuvo preñada y nunca tuvo un marido.

Atino estudió en la universidad y sabía mucho. Él se dio cuenta de que Lunanda estaba alucinando y dijo que esa enfermedad se llama esquizo… esquizofrenia. Dios mío, tengo que averiguar si esa enfermedad es contagiosa. No voy a permitir que los diablos me dominen y me vuelvan un adefesio. ¿Será que ya estoy loca? Tiene que haber alguna explicación para las cosas que pasan en esta casa si no es que ya agarré la chifladura. ¿De dónde aparecen plumotas regadas por la casa si en el pueblo nunca se han visto pájaros con alas tan grandes? ¿Y las piedras que caen en mi cuarto, quién las tira? Claramente Atino dijo que los muertos no regresaban y en este mundo de vivos no había espacio para los fantasmas. Ahora que IDROVUS sí existe y es horrible.

Nace el enigma y la evidencia de vida
y habla el silencio

Filoteo Samaniego[10]

¡Ah, ser pueril, ser puro, ser canoro, ser suave;
trino, perfume o canto, crepúsculo o aurora!
Como la flor que aroma la vida y no lo sabe,
como el astro que alumbra las noches y lo ignora.

Medardo Ángel Silva[11]

10 Filoteo Samaniego (Quito, 1928 – 2013)
11 Medardo Ángel Silva (Guayaquil, 1898 – 1919)

Nace el enigma y la evidencia de vida

Otra mañana se repite en Guayaquitos. Cumpliendo el orden en este trocito del universo, el sol sale, el sol se esconde siguiendo su camino fijo de veinticuatro horas. Día tras día le voy contando a mi primo mis historias. Atino no hace comentarios, solamente me escucha. Y nada, a veces levanta las cejas con interés o asombro; otras, mueve la cabeza de un lado al otro sin creer y sin aprobar lo que digo y otras; saca una libreta de un bolsillo de su pantalón y garabatea círculos sobre círculos. Mientras tanto, los viejos siguen con el desgranar de las mazorcas y el gato mantiene la misma postura dormilona junto a mis pies, igual que lo estuvieron ayer, antes de ayer y días atrás.

— Atino, cuando te marchaste quedé sola otra vez. Pasó el tiempo y a pesar de que papá hacía lo que podía por distraerme, yo sentía que algo me faltaba. Me volví un alma en pena vagando por toda la casa, por el patio, por el camino junto al río. Con tu ausencia hasta los muchachitos dientudos dejaron de llegar —le confieso, mientras mi mente viaja por lo que se llama el pasado.

¡*Estatua!*, grita Atino agarrándome descuidada, ya que en este momento estoy pensando en cómo acabar con las besuconas. Sólo de escuchar su *mua mua* me despeluco. Quedo quieta sin siquiera parpadear. Y nada, tengo que quedar como un palo así me pique la nariz, la barriga o una horripilante besucona piel fría y blanquinosa me camine por los pies. Puede caerme un coco en la cabeza, pero no voy a darle el gusto de acumular puntos a mi costa ni voy a permitirle que gane en el juego de las estatuas. Para no quedarme con la pica, vigilo todos los movimientos del chiquillo hasta sorprenderlo sacándose los mocos con los dedos. *¡Estatua!*

Un día después del fiestón que el tío Nazario hiciera para celebrar sus trece años, lo llevó a la ciudad. Esa mañana me levanté y ya no lo encontré. Mi compañero de juegos y secretos grandes como de aquí a la China y la Cochinchina se había marchado. La casa creció tan grande que me sentía como si fuera una hormiga, el día se demoraba montones de horas y las noches me encontraban con los ojos pelados como una lechuza. Enfermé de soledad y sentí que hasta mi sombra dejó de acompañarme.

Miraba alrededor y todo estaba acompañado por su sombra. La sombra del árbol mecía sus hojas al mismo ritmo que su árbol; la sombra de la silla se sentaba bajo su silla; las sombras de las gallinas corrían a trizar los mismos maíces con los picos de sus gallinas; Dalí era la sombra de otro gato llamado Dalí. Y nada, un día, después del almuerzo, escapando de la ojo-seco de Flora, agarré la pequeña talega de arroz que usaba como mochila y dentro metí los papeles que escondía en el granero, un lápiz, un libro de poesías encontrado en el cajón de los "Libros Preciosos" que Sabino guardaba debajo de la cama y en una botella la infusión sagrada, la que aprendí a preparar con abuela Melina y que me hacía sentir tranquila. Me entraron ganas de escapar, vagar por otros mundos y volar. Mientras me alejaba pensaba que no regresaría a la casa nunca más.

Así, pensando, me perdí entre la arboleda siguiendo la vereda del río sin saber adonde ir. Caminando sin rumbo llegué hasta el desvío donde el camino se dividía en dos y dejando atrás los mangos y almendros seguí sin detenerme escondida entre las madreselvas y los sauces hasta llegar a ese lugar perdido junto a la corriente donde el olor de la hierba se unía al rumor del agua. Enormes raíces se doblaban hacia el río sedientas de vida; juncos floridos engrosaban los bordes; hojas secas, ramas marchitas y flores moribundas se dejaban llevar por la corriente. A un lado el agua en un chorrazo alto y vaporoso fluía entre los pedruscotes blancos y lisos que parecían huevotes de algún pájaro gigante. Y nada, por eso la gente llamaba a ese lugar escondido y mágico Huevo de Agua.

Después de un tiempo empecé a sentirme sola en medio de lo infinito que era el mundo frente a mis ojos. ¡Púchica! No era fácil escapar. Horrorizada di alaridos que rebotaban sobre las piedras y tintineaban en mil voces hasta ir a morir tras los árboles. Con la garganta destrozada de tanto berrear me senté sobre un pedrusco y de la talega arrocera saqué la infusión y la bebí. Ya tranquila saqué el libro de poesías, los papeles y el lápiz. De un lado al otro moví la cabeza al descubrir que Atino había trasteado con mis papeles. Varias páginas estaban garabateadas con su letra patuleca parecida a patitas de araña subiendo al cielo. En una de las páginas había copiado varios nombres de los poetas que eran parte del libro. Antes me hubiera puesto furiosa con esta travesura, pero entonces con ternura acaricié cada nombre y junto a las palabras dibujé árboles envueltos en llamas, lenguas de fuego que se elevaban hasta un cielo repleto de estrellas con cientos de puntas.

De repente escuché el sonido de mis gritos regresando desde muy lejos traídos por el viento jugando a dar volteretas. ¡Púchica! Me puse en alerta al darme cuenta de que eran gemidos en otra boca. No estaba sola, alguien más se encontraba en el mágico lugar.

Con los papeles, el libro y el lápiz en las manos salté sobre las piedras buscando de dónde venían los quejidos y descubrí que brotaban de los labios de una persona tirada bocabajo sobre la tierra.

Un olor a humo, hollín y pelo quemado escapaba del cuerpo desnudito, llagado y ensangrentado. Di vueltas y vueltas alrededor de la figura sin atreverme a tocarla. Sin verla de frente no podía decir si era un muchacho o una muchacha porque era flaca y sin formas. La persona ahí tumbada tenía el pelo chamuscado, quemaduras en casi todo el cuerpo y las paletillas le agua-sangraban. Recelosa me arrodillé junto al cuerpo y vi que las heridas en la espalda eran iguales a las de una gallina cuando le han arrancado las alas de cuajo.

La figura dejó de quejarse y pensé que había muerto, pero al tocarla me di cuenta de que continuaba respirando. Sin saber qué hacer y apenada de la pobre criatura aporreada fui hasta la ribera donde hice una mezcla de lodo, hierbas y musgo. Abuelo Damián decía que la tierra sanaba la tierra, repitiendo sus palabras cubrí las partes magulladas: *Sana, sana, culito de rana, si no curas hoy, curarás mañana.* Luego tapé el cuerpo con hojas grandes que arranqué de los árboles para que la luz no terminara de achicharrarlo.

Y nada, curiosa aparté el cabello todo revuelto, chamuscado y lleno de cenizas que le cubría la cara. Con la mano en puño di tres golpecitos a mi cabeza tratando de recordar. Yo conocía esa cara toda tiznada. En ese momento no me venía a la mente dónde la había visto antes, estaba segura de conocerla, pero por más esfuerzos que hice no pude recordar dónde.

Pasaron dos, tres horas. De vez en cuando la figura se quejaba, pero no despertaba. Por un momento se volvió de lado quedando de costado, con las piernas recogidas y las manos tapando esa parte que decía que era macho o hembra. Pude ver que un saquito de cuero negro amarrado a un cordón negro le colgaba del cuello. Recordé haber visto el mismo saquito en el cuello del muchacho con alas. Eso decía que había un lazo entre ellos. Volví a fijarme en las paletillas heridas y estuve segura de que éste también era un ángel.

La curiosidad me mataba, no pude más y le quite el saquito que parecía un amuleto. En ambos lados llevaba dibujos pintados con tinta negra. En un lado había un circulito de donde salía una línea dando vueltas y en el otro una estrella de cinco puntas dentro de un círculo grande. El dibujo de la estrella ya lo conocía porque abuela Melina lo usaba para invocar a las potencias del universo, pero el otro no. Y nada, en mis papeles copié los dibujos y sin poder contener la curiosidad abrí la bolsita. Dentro había semillas y ramitas que me pusieron a estornudar.

Pasaron horas, más horas y el pobre ángel achicharrado continuaba sin despertar. Le limpié el pelo lleno de cenizas, le soplé la cara para animarlo y llené de agua con una hoja grande doblada en forma de pocillo y con ella le mojé los labios. Pasó otra hora, el sol recogía el oro derramado sobre los árboles, las piedras y las aguas del río cuando metí mis cosas en la talega y volví a la casa olvidando que me había prometido no regresar.

A la mañana siguiente me levanté antes de que los quiquiriquí de los gallos avisaran que otro día estaba por nacer y Flora o mi papá pudieran verme. Ese día no fui a la escuela, en su lugar corrí hasta el lugar perdido entre los árboles. Esta vez llevando dentro de la talega arrocera además de mis papeles, un chal que había sido de abuela Melina y unas tortitas de choclo. Llegué al escondite en un santiamén. El sol nacía acunado en otra mañana, el primer rayo tocó un árbol y sus hojas manchadas por la noche se tiñeron de rosa, limón y oro. El siguiente rayo se reclinó a beber un sorbo del manantial y ansiosos por tocar el suelo otros se lanzaron en gajo y la mañana empezó a vestirse de colores. Y nada, allí continuaba el cuerpo aporreado en la misma postura que lo dejara la noche anterior. Sin quitarle las hojas del cuerpo le envolví el cuello con el mantón para que no fuera a pescar un resfriado. Sin importarle un comino que Flora lo chachareara mi papá, seguro de que los males entraban por una garganta sin cubrir, se amarraba al cuello un trapo aunque la espalda y el pecho le quedaran al aire.

Me senté al lado del ángel en espera de que abriera los ojos y mirándolo me pregunté de dónde había llegado. ¡Púchica! ¿Cómo llegaría a Huevo de Agua? ¿Nadando? ¿Volando? Saqué mis papeles de la talega para anotar:

Estaba en Huevo de Agua dibujando de lo más tranquila cuando dentro de mi cabeza brotaron gimoteos y quejidos.

Y nada, salían de la boca de una persona caída sobre la tierra que tenía el pelo chamuscado, el cuerpo achicharrado y las paletillas en carne viva igualito a las de un pollo al que le arrancaron las alas. Era un ángel, pero sin alas parecía una persona.

Cansada de esperar escribí algunas otras cosas en los papeles, me dibujé a mí misma y soñolienta me arrimé al cuerpo aporreado quedándome dormida.

No sabía cuanto tiempo había pasado. Desperté al escuchar unos gritos no sé si dentro o fuera del sueño. Volví la cabeza para ver al ángel y descubrí sus ojos fijos en mí. ¡Púchica! Esos ojos de mirada dura, fría, me asustaron, me pusieron a temblar de pies a cabeza. De un brinco me puse de pie y de mis manos cayeron los papeles al piso.

La criatura trató de levantarse, pero estaba muy débil y cayó otra vez sobre la tierra. La miré fijamente, tenía moretones en la cara y un golpe en la frente. Con la boca abiertota, en ese momento, recordé dónde la había visto antes. Era el ángel que hace cinco o seis años atrás adornaba una tumba detrás de El Cerrito.

Y nada, el sol había atravesado el cenit y las sombras de los árboles nos protegían de su fiebre. La mirada del ángel se ablandó y abrió los labios en una sonrisa de dientes grandes y fuertes al encontrarse con la preciosura del lugar; arrugó los ojos para contemplar mejor los colores y formas lindas que nos rodeaban. Desenrolló el cuerpo dejando a la vista la rajadura entre las piernas y su cuerpo quemado comenzó a heder a flujo de mujer mezclado con tufos de humo, hollín y lodo. Era una niña y como una niña nació a la nueva vida con el cuerpo blandito a la magia de la luz.

¡Púchica! La vi tan debilucha y asustada que yo, una muchachita de catorce años, me vi forzada a darle consejos, los mismos que escuchaba de mi familia. Y nada, le pedí que se fuera con calma, tenía muchas cosas que conocer. Como si fuera ducha en cosas de gente mayor, le dije que ser una persona no era nada fácil porque la vida hace su regalada gana. Abuela

Melina me decía que era necesario ser valiente y avispada si no terminaría hecha una piltrafa. Flora aseguraba que había que andarse con los ojos abiertotes, adelantarnos al enemigo porque la gente era mala, falsa y si lo permitíamos nos quitaba hasta el alma. Abuelo Damián porfiaba que era muy difícil ser una persona porque nunca estábamos conformes con lo que teníamos, queríamos cosas imposibles, escogíamos el camino más difícil, la soledad nos dolía y la muerte nos aterraba.

La muchachita intentaba hablar, usaba palabras enrevesadas difíciles de entender, pero cuando le dije que su nombre era Lunanda, igual que el mío, lo repitió claramente con voz de niñita que ya sabía hablar. *Te llamas Lunanda y yo me llamo Luna. Me llamo Lunanda y tú te llamas Luna.* La muchachita y yo jugamos con los nombres hasta no saber cuál era la una y cuál la otra. *Me llamo Luna, Lunanda. Yo soy Luna y tú eres Lunanda.*

Quise saber que eran los dibujos en su amuleto, como eran las cosas en su mundo. Fue por gusto que le hiciera preguntas porque Lunanda no podía juntar las ideas con las palabras, era realmente una niña. A pesar de parecer tener catorce años como yo, sabía muy poco, más que nada parecía no recordar y tuve que enseñarle el nombre de todas las cosas y para qué servían. Árboles, piedras, hierba, agua, animales, nubes, sol, casas, gente. Con dibujos podía explicarle lo que no podía decirle con palabras. Rio sin parar cuando dibujé lo que era un macho, así como un perro o un burro. Echó carcajadas cuando le señalé su raja y le mostré la mía para que entendiera que las dos éramos hembras. *Macho, hembra,* repitió sin dejar de reír comparando los dibujos. *Macho y hembra, también puedes decir hombre y mujer.*

Hembra, mujer, dijo acariciando su raja feliz de serlo. Y nada, le recogí el pelo chamuscado con mi vincha azul, la que usaba en ese momento y que Flora me había regalado para mi cumpleaños. La ayudé a llegar hasta la orilla y le pedí que se hundiera en las aguas para que se limpiara de las pajillas y del hollín que llevaba pegados en el cuerpo. La vi flotar sobre las aguas y mientras su cuerpo se mecía con la corriente escuché aquella voz que venía de lejos sonando como un zumbido de abejorros dentro de mis sesos: *Todos van a morir. Todos van a morir*. Sacudí la cabeza para espantar la horrible letanía y recordé la historia de abuelo Damián: *Río abajo, en la otra orilla, había un pueblo que era una copia del nuestro*.

A la mañana siguiente cuando regresé a buscarla la muchachita ya no estaba. Me senté sobre una piedra, saqué mis papeles y en la página donde me había dibujado añadí la sombra infinita de un ángel perdiéndose entre los árboles. Puse mis papeles en la talega y triste regresé a casa dejando atrás los sauces y las madreselvas.

Y nada, días después, mientras daba vueltas al saquito de cuero, recordé lo que le tocó vivir a Lunanda cuando llegó a la otra orilla. Cosas de miedo que pasan en esta casa, no sé cómo el amuleto del ángel desapareció si lo tenía escondido en una caja debajo de la cama para que Flora no metiera sus narices en mis cosas.

Sabino no sólo leía todo lo que encontraba sino que se le daba la escritura. Mi marido trabajaba como escribiente en las oficinas de don Eustaquio, el alguacil, poniendo por escrito lo que los otros tenían que decir. Por boca de don Eustaquio supimos de las averiguaciones que se hacían hasta dar con el culpable de la muerte de la muchachita que habían encontrado en medio de los juncos en la orilla opuesta de la hacienda de don Miguel Ponce. Ofelia, como se llamaba la niña, era la entenada menor del dueño de Los Mirtos. Un par de años atrás don Miguel se había casado con una española y sólo hace dos meses las dos hijas de su mujer habían llegado de España donde vivían con su padre. La madre dijo que Ofelia estaba encantada de vivir en un lugar tan bonito y muchas veces salía muy temprano a caminar por la hacienda o a nadar en el río. Al cuarto día de perderse, el cuerpo de Ofelia fue encontrado en la otra orilla. No sólo habían quemado a la niña, sino que la estrangularon con una mantilla. El asesino le había recogido el pelo con una vincha azul y le había quitado un escapulario que jamás se sacaba del cuello y lo más horrible de todo era que el monstruo le había raspado las espaldas con alguna piedra hasta dejarle los huesos carcomidos. Cuando escuché los informes supe que la niña llamada Ofelia se había encontrado con mi hija. ¡Dios mío! ¡Qué horror! La había ahorcado con la mantilla de Melina y encima la había quemado. Dos días antes había visto a Samira Luna con un escapulario colgándole del cuello y cuando le pregunté de donde lo había sacado dijo haberlo encontrado tirado cerca del río. Después de saber sobre los detalles de la muerte de la muchachita de sólo catorce años pregunté a mi hija sobre la vincha azul y contestó no saber dónde la había perdido. Pensando lo peor, busqué en la talega donde guardaba sus cosas y encontré una página con dibujos raros y otra que me dijo que ella era la culpable.

Estaba en Huevo de Agua dibujando de lo más tranquila cuando dentro de mi cabeza brotaron gimoteos y quejidos. Y nada, salían de la boca de una persona caída sobre la tierra que tenía el pelo chamuscado, el cuerpo achicharrado y las paletillas en carne viva igualito a las de un pollo al que le arrancaron las alas. Era un ángel, pero sin alas parecía una persona.

Samira Luna había comparado a esa muchachita Ofelia con el ángel que años antes había quemado en el cementerio y la había ahorcado. Parte de su dolencia era creer ver ángeles y repetir que la primera mujer en la familia había sido una de esas criaturas como aseguraba el viejo loco del Damián. Jamás mencioné lo que había descubierto, Samira Luna era mi hija y era mi obligación protegerla. Aprovechando que estaba en la escuela rebusqué entre sus cosas hasta dar con el escapulario y lo quemé para que no quedara ninguna prueba que pudiera dañarla. Mi hija no era una asesina, mi hija estaba enferma. Sólo una enferma como era ella podía creer que eran verdaderas todas las historias descabelladas y asquerosas que estaba contándole al Atino, aunque la verdadera historia de Lunanda tenía mucho parecido con la que contaba. Yo la sabía porque la leí en los papeles escritos por Alcides que un día encontré en un cajón, en el cuarto con las ventanas trancadas por dos maderos en cruz. Todavía no puedo entender cómo Samira Luna sabía de Lunanda y cosas que nadie conocía de esa maldita mujer.

Dejadme por favor vivir mi vida,
amándola
mordiéndola,
quitándole el veneno,
limpiándola.
Dejadme que me salve o me condene,
dejadme que vomite,
que sangre,
que sonría…
dejad que me equivoque,
que escupa,
que piense
que llame con bondad al malo bueno,
que llame con maldad al bueno malo.

Violeta Luna

Dejadme por favor vivir mi vida

Atino pregunta si inventé alguna historia para Lunanda. ¡Púchica! Lo miro con coraje, me enfurece que sea tan incrédulo y necio, le respondo que todo lo que le estoy contando es verdadero. Lo que pasó con Lunanda es la neta.

Lunanda corre entre los árboles, avanza sin tener una señal que la oriente en este sendero lleno de recovecos que la marean, que la dejan revolteada. Todo el cuerpo le duele, se siente desbaratada y se deja caer sobre el musgo. Recuerda que despertó, pero no recuerda el tiempo que estuvo dormida, tampoco cómo llegó a la orilla del río. Quizás alguien la arrastró y las piedras le destrozaron la espalda. Recuerda que soñó con una muchacha que curó con lodo sus llagas y que asustada al verla despierta soltó un libro donde estaba escrito un nombre horrible: IDROVUS. No recuerda por qué quisieron quemarla. Y nada, como juma se levanta y sigue corriendo sin saber adónde llegar, esquivando troncos y matorrales, enredándose en las telarañas, hundiendo los pies en el fango, reventando huevos de lagartijas, de salamandras, muchas veces cayendo sobre las piedras, otras resbalando en charcos y lodazales. Huía sin recordar de qué, sólo sabía que necesitaba llegar lejos y encontrar el principio, eso que no tenía nombre todavía. Una larga figura cuelga de un árbol y sus ojos dorados fijos en sus ojos la detienen. Lunanda no encuentra en su cabeza la palabra que nombre a esta criatura tornasol y escamada. Se acerca a acariciarle el lomo, retira la mano asustada al ver una lengua fina partida en dos que sale en medio de largos colmillos. *Hidra, hidra,* llama al animal que siseando se aleja culebreando en el suelo. Lunanda la persigue y se desorienta cuando el animal se ovilla, muerde su cola y regresa a la misma orilla donde el pasado y el presente están enredados en el ahora. La serpiente desaparece entre las aguas.

Y nada, al devolverse a Huevo de Agua se desata una tormenta y empapada hasta los huesos Lunanda tirita, llora y aterrada busca donde guarecer. Encuentra una cueva cerca del río y allí se refugia de las ramas incendiadas que se desprenden del cielo y caen a la tierra.

Pasan los días y una noche llega la luna. La luna es un plato luminoso que aparta las nubes enfogonando a la tierra con su fría luz. Todo tiembla, hierve, burbujea. ¡Púchica! Los pájaros cantan encaramados unos encima de los otros; las mariposas vuelan de dos en dos con las antenitas empatadas; el río se revuelca encabritado y monta sobre las piedras echando espumas; los árboles chorrean leche caliente y gomosa por troncos y hojas; los dientes de león en fuga de pelusas preñan la tierra. Temerosa Lunanda cierra los ojos para no verla, pero el hechizo lunar la cautiva y siente la sangre en brasas, calentura en la saliva, ardor en la crestita, resuella en deseos olfateando el aire que huele a cebollas, a cebo y leche rancia: el olor de los hombres machos. Restregándose la raja escucha un murmullo de voces que avanza como zumbido de abejorros alborotados, arrechos.

Joel encontró a Lunanda dormida dentro de una cueva y como si fuera un bulto la llevó sobre los hombros hasta su casa. En el pueblo comenzaron las murmuraciones, los chismes iban de boca en boca. A la casa de los Aguirre había llegado una desconocida. Los que la habían visto llegar decían que era tan blanca que parecía un duende o una resucitada. El pueblo entero desfiló por la casita de los Aguirre para verla con sus propios ojos. La gente sin saber que decir quedaba muda y ponía patitas en polvorosa. Y nada, todos sentían miedo porque nunca habían visto una mujer con el pellejo tan claro, con los ojos a veces fijos y fríos y otras veces limpios y curiosos iguales a los de una niña. Jamás habían conocido una persona que apestara a palo quemado y hollín, hablara enredado y dijera palabras nunca antes dichas. Por si las moscas, a cual más buscó protección en el ajo, la salvia, los ojos de buey, las lágrimas de San Pedro y las cabalongas rojas.

En el pueblo jamás llegaron a enterarse de dónde había llegado esta rara mujer porque Lunanda tenía problemas juntando los pensamientos con las palabras y no sabía decir de dónde venía. Enredándolos la muchacha contaba una historia loca que parecía no tener ton ni son. *Desperté y entonces el río, el árbol, la roca, la vida, el agua, el polvo, la luna y lunanda. Soy hembra, mujer, lodo, lluvia, hidra, Idrovus.*

Y nada, sin entender un carajo de lo que la extraña hablaba, los vecinos acordaron que Lunanda era su nombre e Idrovo el pueblo de donde venía.

Carmelina, la madre de Joel, era una mujer piadosa, pero más que nada supersticiosa. Tembló de pies a cabeza al ver a la mujer blanca con el pelo y los brazos chamuscados y por su cabeza pasó Lucifer y los ángeles echados del cielo por compararse con Dios. No quiso que los vecinos pensaran que ella y el hijo estaban dando posada a un espíritu malo, por eso con los brazos en alto dijo: *Un ángel. Miren es un ángel que le han cortado las alas.* Un día encontró desnuda a la mujercita que su hijo trajo a casa poniéndose lodo en las magulladuras. Entrometida tocó esas manchas de carachas grandes y requetesecas en las paletas y la vieja aterrorizada se santiguó tres veces convencida de que la piel blanca, los dientes grandes y el olor a hollín que tenía la arrimada eran cosas de los demonios. Lo raro era que la diabla temblara y chillara aterrada al ver la candela.

Creyendo los cuentos que le metieron desde niña, Carmelina pensó que esta rara muchacha era uno de los revoltosos y que a saber por qué pleito entre diablos fue abandonada en esa cueva con las alas rotas. Su inocente hijo, tan bueno y compadecido de los demás, la había traído a casa sin darse cuenta del terrible error. Ciega de supersticiones allí mismo le entró a escobazos y la salpicó con el agüita bendita que guardaba en un botellón para espantar la desgracia y los malos espíritus. Fueron en vano golpes y buches; ya el buenito del Joel se había envolatado con los encantos del ángel, ya Lunanda se había rendido al poder de la luna y el olor a cebo y leche agria del hombre macho.

Poco a poco Lunanda fue descubriendo que no era nada sencillo ser una persona. Encontró que nadie era bueno, pero tampoco malo; cada uno era una mezcolanza de cosas buenas y malas. En el pueblo conoció a Lucas, un bruto camorrero que a trompones y patadas dejaba a la mujer templada en el piso y que, sin embargo, puso su propia vida en peligro por salvar a un niño arrastrado por las aguas desbordadas durante las crecidas. También conoció a Benita, la mujer más dulce y bondadosa del pueblo, quien llevada por los celos mató a machetazos a la querida de su marido sin siquiera pestañar.

Lunanda ansiaba ser igual que todo el mundo, pero continuaba confusa sin entender qué significaba ser una persona. Eso sí podía decir que eran seres que se amaban sobre todas las cosas; podía también decir que eran débiles, temerosos, cobardes y a la misma vez fuertes, seguros, atrevidos. Y nada, poco a poco fue descubriendo que los dioses les quedaban chiquitos. ¡Púchica! Se necesitaba de un aguante de superhombres para sobrevivir en este mundo. Como todos en el pueblo, los domingos iba a la iglesia. La primera vez que escuchó un sermón no pudo comprender por qué el cura los achacaba de pecadores, aborrecidos y condenados: *Arrepentíos hermanos míos, pronto el Señor volverá a la tierra y seremos juzgados por nuestras culpas. Recordaos que Adán y Eva comieron del árbol prohibido, cometieron el pecado por el que fuimos arrojados de la tierra de los puros, del paraíso y condenados a vivir en esta tierra de la desolación y el horror. Arrepentíos pecadores o por siempre viviréis en el infierno.*

Lunanda pensó en los campos verde-dorados repletos de sol, en el perfume de los jazmines, en el dulzor de los mangos, en las pelusas de los dientes de león volando en el viento, en las mariposas, los chapuletes y se preguntó: *¿Si esto no es el paraíso entonces cómo se llama toda esta maravilla?* Sin entender ni papa de lo que hablaba el cura, quiso saber: *Señor, repita lo que dijo porque no comprendo lo que usted habla del pecado y la pérdida del paraíso.*

Los fieles que agachaban la cabeza sin defenderse de los insultos, sin nunca preguntarse cuál era ese pecado con el que cargaban por los siglos de los siglos, la levantaron listos para echar a la hereje fuera de la pequeña casita que era el templo. Gagueando, el cura, cogido por la manga, dijo lo que él mismo no sabía y que repetía como loro, como catalnica. *Oh, sí, la soberbia, no, fue la desobediencia, el pecado fue la falta de humildad.*

¿Fue la soberbia, fue la desobediencia o fue la falta de humildad el pecado por el que los hombres ganaron el infierno? ¿Soberbia por tener el derecho a decidir? ¿Obedecer sin hacer preguntas igual que un perro? ¿Falta de humildad por tener amor propio y no aceptar ser un borrego? Lunanda continuó sin comprender lo que significaba el pecado y eso de la pureza, porque al igual que la suciedad eran palabras que no explicaban lo que era una persona.

Y nada, Lunanda fue acostumbrándose a los modos de la gente. Poco a poco dejó de ponerse lodo en las heridas y las mañanas la encontraban limpiando el cuerpo en el río. Copiando a las mujeres en la aldea, ella también lavaba la ropa a las orillas del río, recogía guayabas, papayas, mangos y caimitos, se colocaba flores en el pelo y, como ellas, chismeaba y reía con todas las pestes que se decían de los maridos. Lo que nunca logró hacer fue virarle el pescuezo a un pollo y menos volarle la cabeza a una cabra, a un chancho. Le daban pataletas cuando Carmelina metía los animales en agua hirviente para aflojarles las plumas. Por más que el tiempo pasara y viviera entre la gente, Lunanda nunca pudo evitar correr a esconderse como hacían las gallinas y los pavos al presentir tormentas y temblores de tierra. Y porque era un ángel, los años no dejaban huellas en su carne.

Relajándola, Joel la llamaba ángel de fuego con dientes de lobo debido a su calentura y sus dientes grandes. Y es que Lunanda aprendió de los animales hembras el aparejamiento y de los humanos hembras las mañas para enredar a su antojo uno macho. Reía, gritaba y pataleaba con el ardor que le producía entre las piernas la picha tiesa del marido y como había aprendido a tirar viendo a los animales se ponía en cuatro igual que las perras, las yeguas y las chivas. Cuando se supo preñada no sabía si un día pondría un huevo, como lo hacían los animales con alas o lo echaría en una bolsa ensangrentada, como lo hacían los animales con tetas.

La madre de Joel fue la comadrona en el nacimiento de Valentín, el único hijo de Lunanda. Al jalarlo fuera de la madre, Carmelina chilló del susto y ahí mismo frente a la raja abierta de la nuera cayó de nalgas al piso con su gorda figura. El niño vino al mundo con los ojos abiertos y esos ojos pequeños la miraban con miedo, pidiendo ayuda. El muchachito, que olía a humo como la madre, lloró haciendo pucheros y como abuela al fin, Carmelina no tuvo otra que levantarse, tomarlo en brazos y alegrarse con la llegada del nieto aunque el pequeño fuera hijo de una diabla. Sin más remedio que aceptar a la criatura tal como vino al mundo, con el mismo cuchillo que usara para volarle el pescuezo a los pollos y matara a los chanchos, le cortó la tripa del ombligo, limpió su cuerpecito con aceite de girasoles y lo envolvió en el pañal sahumado en limones. Joel se alegró de que el hijo heredara la blancura, la enorme boca y el perfume de Lunanda. Al ver las totumitas en las paletillas del muchachito inocentemente dijo: *Son las alas que se le quedaron por dentro.*

Yo limpiaba mi nuevo cuarto, ese con la ventana trancada por afuera cuando un cajón que estaba en lo alto de la tarima se vino abajo. Recogí del piso dos libros viejísimos que saltaron del cajón desbaratado. Uno tenía estrellas y el mundo dibujados en el frente y el otro un aparato rarísimo. Un fajo de páginas sueltas que cayeron del segundo libro picaron mi curiosidad porque en el frente decía IDROVUS, la misma palabra que esta familia de chiflados decía cuando les entraba la loquera. Al hojearlo encontré el nombre Lunanda repetido muchas veces y tuve que leerlo. Así me enteré del horrendo secreto de esta gente dicho por Alcides, el mismo que hablaba del raro aparato. ¡Dios mío!, mientras leía me daba cuenta que la locura de mi hija era una herencia y también una maldición. Todavía me horrorizo al recordar lo que ahí se decía:

"Lunanda, mi abuela, la persona más buena del mundo, la que me enseñó a leer, a escribir, a conocer palabras que nadie sabía, a enfrentar la vida sin miedo, a defender y luchar por la justicia y las causas humanas, no era el ángel que creíamos. Yo era un muchacho contento con la vida, a quien le gustaba escudriñar el espacio y después de aquel día no sólo descubrí que Lunanda era un monstruo, sino que el mundo hermoso que me pintaba era pura mentira. Ella mató a Valentín, su único hijo, mi padre.

Todavía siento agujas en el pecho al recordar ese día que fui al galpón donde ella trabajaba en las mañanas para contarle las últimas noticias sobre el segundo Tupac Amaru. Días antes habían agarrado, torturado y linchado al cacique de la manera más cruel posible. Los jefes españoles pensaron que matando al sucio "indio" las cosas volverían a ser como antes y ellos los dueños y amos de vidas y tierras; pero se equivocaron, la situación se les tornó negra, intolerable porque el alzamiento del cacique había sembrado la idea de la revolución. Cuando entré al granero y vi lo que estaba pasando quedé estupefacto. Encontré a mi abuela con un hacha partiendo a mi padre en trozos que luego guardaba en un saco. Las paredes, el piso, todo estaba ensangrentado, ella chorreaba sangre. El horror, el dolor, el odio, la ira me dejaron mudo, pasmado, tieso. Abuela, manchada con la sangre del propio hijo, se me acercó. Temblé al ver sus ojos, los que siempre me habían mirado con ternura, estaban fijos, fríos, ausentes. Su voz sonó pavorosa al decir: Cuando conozcas los motivos vas a comprender y me darás la razón.

No quería escucharla, me tapé las orejas para no oír su maldita voz. Con una mano ensangrentada me tocó el hombro y no pude evitar el vómito. Tienes que saber por qué lo maté, *dijo sin mostrar pesar y como si hubiera perdido la razón empezó a gritar:* ¡Todos van a morir, todos van a morir! *Con asco y rabia le entré a bofetones no sólo para aquietarla, sino para castigarla. Poco a poco, los dos logramos calmarnos. Destrozado, con el ánimo perdido me senté sobre un saco de maíz seco para escuchar lo que la asesina tenía que decir.*

Ésta fue su confesión: Desperté en Guayaquitos sin saber quien era ni cómo había llegado a la orilla, a Huevo de Agua. Tenía moretones y quemaduras en todo el cuerpo, las espaldas en llagas y el pelo chamuscado. No sabía el tiempo que había estado dormida, había perdido la memoria, no tenía pasado. Alcides, hoy, después de tantos años, de repente, recordé todo, recordé el motivo por el que me golpearon y me quemaron. Nuestro apellido no es Aguirre, es Idrovora. Mi nombre no es Lunanda, como todos llegaron a conocerme, me llamo Adriana igual que mi madre. Mi padre y yo, su única hija, llegamos del otro lado del mar en los navíos españoles. Idrovora, como mi padre era conocido, pertenecía a una familia de rica cuna y estaba concentrado en el estudio y la investigación histórica. Al unirse a mi madre fue desheredado, razón por la que tuvo que dedicarse al comercio de los productos llegados desde las Américas y abandonar los informes en los que estaba trabajando: las Guerras de Sucesión y la nueva dinastía de los Borbones establecida en España. Mi madre, en cambio, venía de una familia de gitanos que se ganaba la vida leyendo las líneas de las manos, el tarot, preparando pócimas mágicas, recetas curativas y filtros de amor. Sara, la hermana de mi madre, me contó cómo, bajo la luz de la luna llena, mi madre había trabajado especialmente para mí este saquito de piel de cabra negra que guarda yerbas mágicas, un amuleto de la buena suerte que siempre me acompaña. Adriana murió durante el parto. A su muerte, mi padre me dejó al cuidado de Sara. Su trabajo exigía que él viajara constantemente y lo veíamos muy poco, un par de semanas, cuando regresaba de sus ventas que a veces duraban tres o cuatro meses.

Sara me enseñó a conocer los nombres y poderes de las plantas, a leer las cartas, las manos, el movimiento de las estrellas. Yo quería más que eso, yo deseaba poseer el control sobre las fuerzas de éste y el otro mundo, yo quería la inmortalidad. En busca del poder y la eternidad, poco tiempo después, me uní a otras hechiceras que eran conocedoras de los misterios de la naturaleza y con ellas me inicié en la magia. Recuerdo la ceremonia de iniciación porque entonces tenía mucho miedo a morir y encontrarme con lo desconocido. Desnuda me acostaron en el centro de un cuarto oscuro, con los ojos vendados, las manos atadas con una cuerda roja que también rodeaba mi cuello y los tobillos amarrados con un cordón blanco. Temblaba cuando sentí la punta fría de una espada de acero punzando mi pecho y una voz desconocida preguntando: *Tú que estás en el umbral del palpable mundo de los hombres y el extraño y terrible dominio de espíritus, dioses y demonios, ¿tienes el valor de intentar cruzarlo?* Dije sí y repetí lo que la voz me indicaba: *No debo intentarlo con temor en mi corazón, sería mejor morir por la espada. Tengo dos cosas perfectas, perfecto amor y perfecta confianza.* Y así, después de vencer el miedo a la muerte física, nací al conocimiento de la naturaleza y el uso del poder para gobernarla.

Con las otras brujas fui parte de rituales y conjuros. Celebrábamos el *Sabbath* juntas, desnudas, libres de cualquier esclavitud. Protegidas por la luna llena girábamos en círculo tomadas de las manos. Para aumentar nuestro poder bailábamos y cantábamos la runa: *Noche oscura y luna brillante, aquí estoy para llamarte. Tierra y agua, aire y fuego, basto, pentáculo y espada trabajen por mi deseo.* Dentro de una cueva cortábamos el cuello a cabras y gallinas, esparcíamos la sangre sobre las paredes para eliminar las fuerzas del mal y unirnos a las fuerzas del amor. Sintiéndome fuerte empecé a hacer mis propios trabajos invocando, tentando a los espíritus peligrosos. En busca de una vida larga, de la vida eterna, hice pactos de sangre con las fuerzas que controlan el mundo y la muerte. El olor de la sangre me desquiciaba, me encendía, me aceleraba la respiración y rugiendo como una bestia me untaba el cuerpo con la sangre de los animales, la sangre que es la fuerza vital que da vida al cuerpo; sin poder controlarme bebía sangre de cabras y chivos y un día la de un vagabundo que conseguí engañar y llevar a la cueva. No te espantes, Alcides, no tienes motivos para asquearte, la sangre es vida como lo dijo Moisés y más la de un ser humano. El mismo Jesús lo confirmó cuando llenó una copa con vino y la ofreció a sus discípulos diciendo: *Beban de ella, todos ustedes, porque ésta es mi sangre.* Alcides la sangre da la vida, la vida eterna.

Todo lo que había aprendido me sirvió para lo que vino después. Mi padre era para mí un dios, un rey, lo adoraba, sentía por él emociones desconocidas, un amor que me quemaba, que me enloquecía, que no sabía explicar ni dominar, estaba enamorada de él. Yo cumplía los catorce años cuando Idrovora volvió a casarse. Ana su mujer era simple, apagada, de débil carácter. Sentí que me moría, no podía soportar que otra mujer tuviera la atención y el amor que eran solamente míos. Odiaba a esa intrusa con toda el alma y busqué la manera de sacarla de mi camino. La tarea era fácil, podía llevarla a la cueva y degollarla, pero Idrovora sabría del crimen y me repudiaría. Por eso fue necesario probar con algo sencillo que no dejara huellas y al mismo tiempo que la torturara y la matara lentamente. Su naturaleza sensible me permitió fácilmente jugar con su mente hasta hacerla creer que pronto moriría. Aprovechaba las ausencias de mi padre para sugestionarla y volverla loca de terror. En su cuarto dejaba patas y cabezas ensangrentadas de gallinas, pájaros muertos, mariposas negras. *Vassis atatlos… divorus-urvidos,* decía con placer mientras en el jugo de frutas que bebía en las mañanas ponía pequeñas cantidades de culebrera, bayas de la bruja y pelos de gato macho hechos cenizas, ingredientes que eran el camino directo al infierno. Un día la maldita mujer me llamó a gritos y retorciéndose en el piso dijo algo horrible que yo no esperaba: *Por amor a Dios ayúdame, alguien me ha hecho daño, ha malogrado a mi hijo. Estoy perdiéndolo.* Idrovora no sabía que Ana estaba preñada y yo me encargué de que no lo supiera. Cuando regresó de uno de esos viajes que le tomaban semanas y meses, ya la mujer había muerto y yo, dueña de aquel maldito feto, lo usé en un trabajo perfecto para lograr mis anhelos.

Llevé a la cueva esa piltrafa de cuerpo que más que niño parecía la raíz de la mandrágora, esa raíz semejante a un crío y que chillaba al ser arrancada de la tierra. Después de lamer el cuerpecillo aún caliente lo puse en el cuenco de las ofrendas y después de rodearlo con espliego, matalobos, diablo, amaranto y acónito, dejé caer gotas de mi propia sangre sobre la sanguinolenta mezcla. Mientras quemaba el hechizo clamé a las fuerzas divinas pidiendo no sólo la vida eterna, sino tener alas y poder volar: *Ure Sanctus spiritus renes nostros et cor nostrum Domine.* También las dije al revés para que el conjuro fuera escuchado por la fuerzas del mal: *Enimod murtson roc te sortson...* El feto quedó hecho cenizas y yo sentí que me elevaba del suelo, llena de fuerza y poder.

Fuera de la cueva me esperaba una tormenta que llegó sin anunciar y que por poco me mata. Los vientos me arrastraron, las ramas de los árboles me jalaron por los pelos, me aruñaron cara y brazos. Ciega y desesperada caí varias veces, me hundí en el lodo y una raíz se me enredó en una pierna, sentí que no respiraba mientras luchaba por zafarme y trepar a la superficie. No sabía que la profanación y ultraje de un inocente desataba los poderes ocultos de la naturaleza. La tormenta que duró tres días con sus noches y los temblores de tierra que la acompañaron destruyeron el poblado, los sembríos y cobraron la vida de decenas de seres humanos. La furia de la naturaleza me provocó tal terror que desde entonces aprendí a percibir en el aire su cercanía para esconderme donde no pudiera tocarme.

Yo quería el amor de mi padre para mí y de la misma manera que, según confesó Sara, había hecho mi madre para embaucarlo, yo también esperé una noche de luna menguante para celebrar los rituales. Pinché el dedo medio de mi mano derecha con una aguja, con la sangre escribí su nombre y el mío sobre un pedazo de papel blanco formando un pequeño círculo, dibujé tres círculos más alrededor de los nombres, doblé el papel y dentro, amarrados con un hilo rojo, puse tres de sus cabellos, tres míos, rabo de gato, galanga y semillas del paraíso recogidas una noche de viernes bajo la luz de la luna. Finalmente enterré el hechizo en el jardín. La siguiente noche de luna llena mi padre se rindió a mi embrujo.

Meses después de la muerte de mi madrastra llegamos a estas tierras donde mi padre hizo su propia fortuna cultivando los productos agrícolas que se exportaban al Viejo Mundo y yo continué alimentando mi poder y mis ganas de eternidad utilizando la sangre de incautos y borrachos. Sin embargo, cuando se descubrió que él y yo dormíamos juntos de nada nos sirvieron su fortuna como tampoco mis macabros sacrificios. Hicimos lo mismo que Lot y sus hijas, pero la gente del pueblo no nos lo perdonó. A los dos nos arrastraron desnudos por las calles del pueblo, sobre las piedras y el fango. Nos ataron a un par de estacas y nos prendieron fuego. Mi padre murió en la hoguera, pero yo pude escapar y corrí y corrí sin saber adónde llegar. Quizás caí y me golpeé, quizás alguien me dio en la cabeza, no lo sé. Cuando desperté había olvidado todo, no sabía quién era, estaba en un lugar que nunca había visto y no sé si fue un sueño o no: una muchacha estaba a mi lado con un libro que dejó caer de las manos. Ella fue la que dijo que mi nombre era Lunanda. Seguí corriendo sin saber de qué o de quién escapaba hasta que Joel me encontró en la cueva donde me había escondido. Al llegar a este pueblo descubrí que un hijo crecía en mis entrañas, no recordaba cuándo, cómo ni quién me había preñado y para que el niño tuviera un padre me empaté con Joel. Por eso maté a Valentín, porque era el hijo de Idrovora.

Volví a taparme las orejas para no seguir escuchando sus confesiones. Lunanda se jaló de los pelos y como si hubiera perdido la razón echó a gritar: Por eso tú, yo y todos lo que vengan después de ti van a morir, peor aún, nadie sabrá de nuestras vidas, será como si nunca hubiéramos nacido, seremos fantasmas, seremos nada. *Lunanda me había enseñado a sentirme orgulloso por sentir y obrar como una persona, ahora era ella la que se avergonzaba de serlo y con su culpa y sus miedos nos arrastraba a todos al horror. Lunanda se había vuelto loca y me dio lástima oírla hablar incoherencias, ella la más sensata de las mujeres.* La salvación está en IDROVUS. Yo lo vi caer de las manos de esa muchacha enredada en mis sueños, estaba a mi lado, esperando que despertara. Ella es Lunanda, no yo. La viste en tu cuarto cuando eras niño. Alcides estamos en su cabeza, somos su fantasía, ella puede librarnos de la inadvertencia, del olvido. Nuestra salvación está en IDROVUS.

Joel no pudo ver la caída de "el ángel de mi vida", como él la llamaba, porque había muerto varios años atrás. Abuela Carmelina me ayudó a limpiar el granero y a enterrar en el huerto el saco conteniendo los pedazos del que fue mi padre. Fue abuela Carmelina la que aconsejó que dijéramos a mi madre que el marido se había ido como siempre dijo que lo haría y que encerráramos a Lunanda antes de que nos matara a todos. Siempre supe que Lunanda era el demonio, Lucifer, y no el ángel que mi pobre hijo creía. Ojalá esa diabla revoltosa se pudra en ese cuarto, *dijo santiguándose tres veces.*

Mi madre creyéndose abandonada maldecía a mi padre, lo llamaba mal hombre pensando que el marido se había largado con otra. Abuela Carmelina, por su lado, la consolaba: Virginia no te hagas mala sangre, vas a ver que tu marido regresará muy pronto. *Mientras tanto echaba agua bendita a la puerta del cuarto donde Lunanda, la pobre loca, gritaba sin descanso:* Todos van a morir, todos van a morir".

¡Dios mío, qué espantoso! Esa era la verdadera historia de la Lunanda. Salí del cuarto al escuchar a mi hermana llamándome, antes escondí el fajo de hojas en lo alto de la tarima para leer el resto cuando tuviera tiempo. Sentí pena por los locos, nunca sabrían de lo que acababa de enterarme. Era mejor para ellos que siguieran creyéndose los Aguirre, los herederos de un ángel. Esa mujer era de verdad la hija de Satanás como creía la Carmelina y debió morir en la candela. El Alcides tuvo que acabar con ella cuando la encontró pedaceando al hijo y rematarla cuando se enteró de las cochinadas, de las brujerías, de toda esa pobre gente que mató sin ningún remordimiento y de ese amor sucio que tuvo por el padre.

Esa maldita diabla tenía la culpa de las monstruosidades que hacía mi hija. Ojalá la endemoniada estuviera achicharrándose en el infierno. Si fuera verdad que Samira Luna podía salvarlos del olvido, o lo que sea, jamás lo haría porque nunca iban a llegar a sus manos estas confesiones que eran IDROVUS.

¿Esa ciudad que sueño cada noche,
será ésta?
¿Esa esquina que doblo cada mañana,
será el camino?
¿Esos techos, paredes, camas, mesas y ventanas,
serán en verdad, nuestras casas?
¿O, quizás tan sólo vivimos
la sombra de esas cosas?

Ulises Estrella[12]

Nadie sabe qué es agua,
tierra, árbol, pan.
Nadie sabe que es nada.

Fernando Cazón Vera

---

12   Ulises Estrella (Quito 1939 – 2014)

¿Esa ciudad que sueño cada noche, será ésta?

Sabino le pide a Flora que recoja la ropa con tiempo porque en menos de lo que canta un gallo va a empezar a llover y va a ser un aguacero para rato. La mujer lo mira indignada viendo que el marido siempre sale con las mismas vainas y se asoma por la ventana de la cocina comprobando que no hay una sola nube en el cielo. El sol allá arriba parece una bola de candela, está que arde y quema el aire, la tierra y todo lo que toca con su vaho enfogonado, pero el marido parece que no lo ve ni lo siente. Y nada, minutos más tarde el chaparrón no se deja esperar y los goterones repiquetean fuerte sobre los techos. El aguacero ha cogido de sorpresa inclusive a las gallinas y a los pavos que corren a esconderse bajo el techado de los corrales en la parte trasera del patio.

Flora sale de la cocina rezongando sin entender cómo el viejo puede presentir estas cosas del carajo, piensa que con toda razón en el pueblo dicen que los Aguirre son una gente del diablo. Sabino le asegura que estas son cosas de olfato y que la gente se empeña en no aprender. Qué culpa tiene él que la gente no sepa leer en el silencio, tampoco en el tiempo y no escuche la palabra de la naturaleza. Flora quiere decirle: *Claro, no todo el mundo tiene la cabeza abarrotada de majaderías como tú, tampoco pueden hablar con el diablo para que le avise que nos va a joder el día.* Y nada, por esta vez prefiere quedarse callada y sale apuradita a recoger la ropa colgada en los cordeles antes de que llegue a empaparse. Sabino se saca las chancletas de los pies y las tira dentro por la puerta mientras alborozado como si fuera un muchacho me llama a gritos.

—Luna, Luna, ven rápido que ya Pedro empezó a rodar los barriles por los cielos.

Bajo la lluvia, que ya es torrencial, saltamos sobre los charcos que el aguacero va dejando en el patio junto a las ranas que croan de felicidad. Tomados de la mano cantamos a dúo dando vueltas mientras los relámpagos y los truenos se disparan como bombas en lo alto. ¡Púchica! Soy feliz; papá me hace sentir que no estoy sola, busca mi compañía aunque Flora se ponga rojita de coraje cada que estamos juntos. *Que llueva, que llueva, la vieja está en la cueva, los pajaritos cantan, la luna se levanta,* encharcados cantamos felices sin hacer caso a las amenazas de Flora.

—Par de locadios, dejen ese juego que se van a enfermar y después yo seré la jodida que tendrá que cuidarlos. Ya entren a la casa que no son sapos ni gusarapos.

¡Púchica! Como otras tantas veces, durante la noche, la fiebre me consume. Flora me pone compresas de agua fría en la cabeza y a la fuerza me da a beber una amarga mezcla de zumo de limón, orégano, clavos de olor y jengibre diciéndome que lo tengo bien merecido por hacerle caso a Sabino. Siento que el calor en los pies es insoportable y los saco fuera de las colchas así Flora se ponga brava y me de un cocacho por jachuda. Más tarde Flora insulta al marido haciéndolo responsable de mi calentura.

—¡Carajo! ¿Por qué tienes que hacerla salir a la lluvia si sabes que siempre se pone mala? —le pregunta furiosa batiendo en el aire la escoba que tiene en la mano.

Pienso que Sabino y Flora hacen una pareja que no va, no porque pertenezcan a diferentes clases sociales ni a razas distintas ni cosas por el estilo. Al principio no podía señalar con claridad dónde se encontraba la diferencia, pero poco a poco la descubrí. Flora es un persona normal, común, corriente, ordinaria, de este mundo, vulgar y silvestre, encima es pesada, grosera y metiche. Sabino es otra cosa. Papá es distinto al resto de la gente que conozco. Su curiosidad, sus ideas, su manera de explicar las cosas lo apartan del resto. ¡Púchica! Hay algo en él que no encaja y hasta he llegado a pensar que es un marciano. Muchas veces lo veo sentado sobre el tronco de árbol enfrente de casa, alelado, con la mirada perdida en algún punto del espacio, pensando quien sabe en qué y los contornos de su figura contra la luz se desdibujan y parece que se aguara en el paisaje.

Flora asegura que no hay nada de especial en su marido, lo que pasa es que el hombre es un maniático y un mañoso. Por ejemplo, Sabino cree que los limones son mágicos y curan cualquier mal. Y nada, para evitar enfermedades él frota hollejos de limones por su cuerpo y exprime gotas en los huecos de la nariz y también en los ojos. Hace lo mismo con cualquier animal que vea relánguido o a punto de estirar las patas, no importa que sea perro, chancho, gallina, vaca o pavo, igual recibe la misma medicina. En casa siempre anda en mangas de camisa, tan culinga que apenas le cubre el pecho y nunca afloja los trapos viejos amarrados en el pescuezo. Sabino piensa que la gripe y los malestares entran cuando el cuello está frío y no importa que el resto del cuerpo esté al desnudo.

Cuando papá era niño no había escuelas en el pueblo y aprendió las letras de su madre Melina que fue una maestra en el arte de hacer feliz a los demás. Flora, que no puede verla ni en pintura, dice que lo único que Sabino pudo aprender de Melina fueron cochinadas porque la Gata, como la apodaban en la casa de citas donde abuelo Damián la conoció, era una grandísima puta y una maestra de brujas y todo lo que sabía estaba en un libro mágico que no abandonaba ni para ir al pozo de la cagatina.

Sabino es un sabelotodo, no existe un tema del cual él no conozca algo aunque Flora diga que es un gran vago, que se hace el loco para no ayudarla y por eso vive leyendo. Papá dice que los libros son testigos y la única prueba del tiempo.

Él lee todo libro que caiga en sus manos y no se sabe cómo lo hace para enterarse de cuanto libro llega al pueblo. Y nada, él siente curiosidad por conocer todo lo que nos rodea. Sin embargo, prefiere los libros de astronomía y magia que son sus temas predilectos. Señalando hacia arriba y haciendo gestos con las manos, Sabino dice que las estrellas son hechizos que se reventaron porque el universo era necesario y tenían en sí mismos el motivo para ser. Él dice que tiene más sentido que la vida y las cosas existan a que no existan. Llevado por las ideas de su padre, Sabino añade que además de deslumbrarnos los astros sirven para señalar el destino de los hombres.

La Biblia lo mantuvo curioso por mucho tiempo, llevaba el libro a todos lados, de arriba abajo, de aquí para allá. Asustada y a la misma vez maliciosa, Flora creyó que papá se haría un predicador y en más de una ocasión la oí decir: *Bendito sea Dios, ahora Sabino se nos hizo un santurrón, lo tendremos sermoneando noche y día, que el Señor nos proteja.* Semanas más tarde papá dejó el libro a un lado. *A quién van a engañar con tanta patraña, allá los zoquetes que creen cualquier zoquetada, como eso de un Dios todopoderoso necesitando seis días para crear el universo y aquello de un Dios amantísimo maldiciendo un animal, la tierra, deseando la muerte a los hombres, desafiando a uno para que mate a su hermano y tentando a otro para que sacrifique a su propio hijo, largando pestes, plagas y otras fechorías a diestra y siniestra sin tener ninguna consideración,* eso dijo y ahí terminó el cuento sagrado y la posibilidad de tener otro come-santo y caga-diablo en la familia.

—A los endiablados ni la palabra sagrada los endereza. ¡Renegado! No hables así de Dios que puede castigarte. Tú no entiendes a Dios —dijo Flora furiosa ya que ella no faltaba un domingo a misa y como fuera sacaba tiempo para asistir a las procesiones de la iglesia. En ese punto Sabino estuvo de acuerdo con ella y dijo que realmente no comprendía a este Dios.

—Estamos a mano porque Él tampoco me comprende ni puede entender a nadie porque sencillamente Dios no es un hombre y por último no hay pruebas de que algo tan sin sentido pueda existir. Ahora si examinamos la vida de Jesús encontramos que no hay otros registros fuera del Nuevo Testamento que digan que Jesús nació en Belén, en la historia no existen datos que confirmen que César Augusto exigió a todo el mundo romano ir a su lugar de origen para llenar impuestos, como tampoco hay evidencia de que Herodes mandara a matar inocentes. En cuanto a la promesa del Maestro a sus seguidores de regresar y establecer su reino antes de que ellos murieran nunca sucedió. Seguimos esperando. En fin, no entiendo por qué usan este libro para predicar la virtud cuando los profetas eran unos marranos y…

Flora lo dejó hablando solo y se fue a la cocina a seguir rallando la yuca más segura que nunca de que los Aguirre eran gente del diablo.

Papá me dice que los libros son los únicos lazos que amarran a los seres humanos al espíritu del mundo. Los libros son cajas donde el escritor esconde el miedo, el dolor, las dudas y donde encierra a los diablos y fantasmas que viven dentro y fuera de su cabeza. Sin los libros seríamos unos mamertos con la mente y el corazón tullidos. Y nada, para que yo pudiera comunicarme con el entorno, conmigo misma y no fuera una papanatas en el mundo de los demás, Sabino me enseñó las letras cuando yo era una mocosita que apenas podía hablar sin atrancarme.

Sabino era una de las pocas personas en el pueblo que sabía leer y escribir correctamente. Él trabajaba como amanuense en las oficinas de don Eustaquio, el alguacil. Y nada, papá prefería la palabra escribiente para nombrar su oficio y porfiaba que no era escribano ni tampoco un escritense ni un escribidor, menos un escritor, pero sí un avispado refistoletero. Él escribía lo que los otros decían y que no eran capaces de ponerlo en el papel, él arreglaba las cosas sin decir ni discutir y para componer algo mal dicho añadía o quitaba una palabra, cambiaba una frase, una oración. Él solamente escribía y todos contentos.

El resto del tiempo Sabino, sin hacer caso a los ataques y quejas de Flora, se metía en su cuarto y, a la luz de una vela, ponía en orden su colección de cosas raras que la mujer llamaba cachivaches, leía o se sentaba en el tronco del patio a conversar conmigo. Para mí la vida era un puro aburrimiento si no fuera por mi papá. ¡Púchica! Cuando yo trataba de decir algo para no quedar muda, Flora y su gente me mandaban a callar y decían que todo lo que hablaba era pura mierda. Ocupados en sus quehaceres no me hacían caso y no me quedaba más remedio que hablar con los pollos y el gato, ponerme a soñar escondida en un rincón o buscar el granero. A los catorce años meterme debajo de la cama era una tremenda idiotez y las patilargas que me manejaba ya no me dejaban hacerlo.

Sabino y yo nos sentamos bajo la sombra del enorme guachapelí en el banco que realmente es un tronco que se puso enfrente de la casa. El guachapelí es un árbol tan alto y tan grueso que nos hace ver como enanitos en un mundo de gigantes. Sabino dice que el guachapelí debe ser de aquellos tiempos cuando los dinosaurios eran dueños de la tierra y crecía en el patio de la casa porque a veces las épocas no coincidían con los almanaques ya que el tiempo era estático y eran los eventos los que se movían en él.

—Mi abuelo Ismael lo plantó en este lugar del patio encima del cuerpo de su hermano Danilo para que lo cuidara y no lo dejara salir de su tumba a recordarle que por su culpa estaba entumecido —me confiesa lo que para él es un secreto de familia.

Con la oreja pegada al grueso tronco escucho cómo la savia del guachapelí burbujea por dentro y cómo al respirar, el árbol echa chorros de aire por todas las hojas. Sabino sigue hablando y yo, pensando en el niño viejito y su hermanito, casi no comprendo lo que dice.

—Luna, tienes el nombre del disco de plata que despeja las tinieblas ¿Sabes que así se llamaba la primera mujer de nuestra familia? Lunanda, así mismo se llamaba, como tú.

Al escuchar el nombre de la mujer chamuscada me alejo del árbol y soy toda oídos a lo que Sabino está diciendo. Entonces esa era Lunanda, la mujer que encontré tumbada frente a Huevo de Agua. Salgo corriendo hacia el granero y regreso con el saquito del arroz donde guardo los papeles que escribí aquel día mientras esperaba a que la muchacha abriera los ojos, se los enseño a Sabino asegurándole que Lunanda era un ángel que despertó en Guayaquitos.

Estaba en Huevo de Agua dibujando de lo más tranquila cuando dentro de mi cabeza brotaron gimoteos y quejidos. Y nada, salían de la boca de una persona caída sobre la tierra que tenía el pelo chamuscado, el cuerpo achicharrado y las paletillas en carne viva igualito a las de un pollo al que le arrancaron las alas. Era un ángel, pero sin alas parecía una persona.

¡Púchica! Veo que papá no se mosquea al leer lo que escribí como si hablar de un ángel fuera lo más normal y eso que él decía que los ángeles eran ideas zoquetas en mentes zoquetas. Hubiera querido mostrarle el amuleto que colgaba del cuello de la chamuscada, pero no sabía cómo lo había perdido; en su lugar le enseño el papel donde copié los dibujos pintados en el saquito de cuero negro. Sabino los mira y me dice que los dibujos son símbolos que se usan para atraer o alejar a los espíritus. Uno representa el espíritu de la luna que es la mujer y el otro es un pentáculo, el signo protector contra las malas vibras. Y nada, Sabino que nunca se queda corto en dar detalles me hace saber que la estrella representa al hombre con los brazos y piernas extendidas dentro de la rueda defensora que libra a quien lo use de males y de la misma muerte. Sabino también me dice que las palabras que se escriben dentro del círculo, se leen al revés porque el mundo oculto se puede ver en los espejos.

—Luna, Lunanda —repite Sabino con los papeles en las manos y empieza a dar vueltas dándole música a los nombres: *Luna, Lunanda.*

—Luna, Lunanda —para mí es fácil copiar las chifladuras de mi padre y empiezo a girar cantando igual que él—. Papá, ¿como pude ver a Lunanda en Huevo de Agua si ella murió hace muchos años?

—La vida es fija, las épocas son una ilusión del tiempo —eso dice papá y dentro de mi cabeza una voz dice algo parecido:

Todos estamos vivos al mismo momento, en todo momento, el pasar del tiempo es una trampa del cerebro.

Sabino es joven todavía, tiene treinta y seis años, pero parece más viejo con el pelo indio partido por la mitad, enteramente blanco. Y nada, todos dicen que soy yo y no Samuel quien ha heredado el color trigo tostado de su piel, los ojos pequeños, negros, de mirada curiosa, filosa y su forma de ser que según Flora no es normal. Y nada, para mí Sabino es lindo, pero de una manera que asusta, si hasta parece un cuco vestido de gente. ¡Púchica! Cuando papá sonríe le relampaguean los ojos y al enseñar los dientes, que son enormes, da la sensación de que tuviera más de los que cualquier otra persona.

Yo soy la consentida de Sabino por eso Samuel se aprovecha de mí cuando él está en problemas. ¡Púchica! Por andar bronqueando contra lo que su grupo de amigos llama "injusticia social", planeando huelgas, paros o tirando piedras por las calles vestido de verde, aunque asegura ser un militante rojo, no ha asistido a la escuela en mucho tiempo. Samuel siente que la mirada de Sabino le traspasa el cráneo adivinando lo que esconde. Samuel me pide que mientras mami arregla el asunto, por favor calme al viejo antes que empiece con la perorata y la regañina sin fin. Conociendo que no puedo hacerlo tonto, le pregunto cual es la última, *¿Te das por vencido sabelotodo? Esta vez sí que te agarré, la última es la Z.* Papá ríe del mismo chiste que le hago mil veces como si fuera la primera vez que lo escucha, cierra los pequeños ojos mientras hacen su aparición dos hileras de dientes enormes.

Sabino lee en voz alta, como si en vez de leer estuviera conversando con el libro. Yo lo escucho hechizada, lo miro con adoración. *¡He perdido a mis amigos! ¡Ha llegado la hora de buscar a los que he perdido¡ Al decir estas palabras, Zaratustra se sobresaltó, no como quien tiene miedo y pierde el aliento, sino como un visionario y un bardo poseído del espíritu.*

¡Púchica! Dejo de mirarlo y escucharlo porque veo a una salamanquesa trepando por la pared del granero. Odio esos bichos blanquinosos y no sé por qué razón me enferma escucharlos en el silencio imitar chasquidos de besos, *mua, mua,* para llamar a la pareja cuando están arrechas. La besucona se esconde tras unos palos y olvidándola vuelvo a mirar a papá.

Sabino deja de leer y susurrando dice que tiene que contarme un secreto que solamente yo puedo saber. Mira en todas direcciones para asegurarse de que Flora no esté cerca. Y nada, a los catorce años que tengo ahora, es la primera vez que veo a mi papá esconderse de Flora para decirme algo. Igual que abuelo Damián, mi papá siempre dice cosas pasmosas, pero esta vez me asustan el sonido de su voz y sus ojos que en este momento brillan con una luz que nunca antes había visto en su mirada. Los ojos hablan antes que las palabras.

—¡Papá, no me asustes!

Sabino se levanta del banco y viene a sentarse en el suelo junto a mí. Tomándome la barbilla con una mano dice esas palabras desquiciantes que jamás olvidaría durante el resto de mi vida.

—Luna, tú eres... diferente, eres especial. Tú y yo, el abuelo, su padre y los otros antes que nosotros, pertenecemos a una historia, a una tierra que es igual y a la vez distinta de ésta que conocemos. Mi padre lo supo de su abuelo y él de su padre y así sucedió hasta llegar al comienzo. Para prolongarnos en el tiempo vivimos en ti y sin ser somos en ti. Cuando encuentres el libro donde se cuenta de esa tierra fantástica, de nuestro origen, de nuestra raza, de nuestro misterioso destino, entonces seremos todos uno y tú serás todos. Sin ese libro será como si nunca hubiésemos nacido. Luna, tienes que encontrarlo.

Yo siempre comprendo y tomo en serio todo lo que dice Sabino. Esta vez sus palabras me dejan en blanco, no sé lo que quiere decirme y sin saber el motivo me da tristeza y me pongo a llorar.

Siento dolor en el pecho, en la barriga, en la sesera, digo agarrádome la cabeza con las dos manos sin dejar de moquear. Las palabras de Sabino machacan mis oídos y testarudas siguen repitiéndose dentro de mi cabeza. Yo conozco de memoria los cuentos de mi padre, pero esta vez no puedo entenderlo.

Cuando Sabino me cuenta de Faustino, de Alcides, de Valentín, yo los recuerdo y muchas veces lo corrijo porque a veces él los confunde, *Alcides es el astrónomo, el que inventó un telescopio y Faustino es el yerbero.* Esta vez creo que papá está jugando conmigo. ¿Entonces qué cosa soy?

Sabino trata de abrazarme, pero necesito pensar y salgo corriendo a mi cuarto. Y nada, me tiro sobre el catre sin dejar de llorar, siento angustia, algo no encaja. ¿Qué quiere decir papá? No lo comprendo, creo que debe ser algo horrible ¿Qué cosa me hace ser diferente?

Me levanto de un brinco y voy a mirarme en la luna del pequeño espejo que Samuel me regaló el año pasado. Abro la boca bien grande esperando que algo feo brote de dentro, reviso todos los huecos en mi cuerpo, la nariz, las orejas, el ombligo, la raja. ¡Púchica! A través de las lágrimas me veo borrosa y horrorizada pienso que estoy a punto de desaparecer. El miedo me agarra del pescuezo y muerdo mis dedos, golpeo la cabeza contra la pared para probar que siento dolor, grito que soy igualita a toda la gente.

Y nada, pongo a funcionar la pequeña radio que los tíos me regalaron cuando cumplí los catorce. Giro la perilla hasta ponerla al máximo volumen. Con su voz melosa de caña destilada, Julio Jaramillo canta: "Fatalidad destino cruel" y la Anita Huancayo lo dedica a la espiritual damita Fulanita de parte de ese hombre con las iniciales X Y Z, que no come, que no duerme, que muere por ella. Las paredes se sacuden con los alaridos del cantante; Dalí con los pelos parados parece estar conectado al cordón eléctrico. Siento que chocan las ideas dentro de mi cabeza, las palabras pierden sentido: *Perilla-de caña-Jaramillo-fatalidad-Anita-come-Dalí-eléctrico.* Todas las cosas vuelan en el cuarto, vuela el catre, vuela la mesa, vuela mi cerebro, vuela y vuela y vuela. ¡Púchica! La música se vuelve humo, un olor a pelo y pellejo chamuscados entra en el cuarto y me pone a dar gritos de horror.

Sabino la remató, terminó de volverla loca. No solamente le enseñó a no creer y renegar de Dios, sino que la puyaba para que dijera tonterías e hiciera disparates. Le aplaudía esos cuentos de alunadas sin darse cuenta de que la hija le estaba confesando cómo había dado el andavete a la pobre niña que por desgracia nadó hasta Huevo de Agua. ¿Por qué permití que la llamaran Lunanda? Yo también tuve la culpa.

Cuando encuentres el libro donde se cuenta de esa tierra fantástica, de nuestro origen, de nuestra raza, de nuestro misterioso destino, entonces seremos todos uno y tú serás todos. Sin ese libro será como si nunca hubiésemos nacido. Luna, tienes que encontrarlo. Oh, no, nunca mi hija va a encontrar las confesiones de esa hija de Satanás que era la Lunanda. Ella no va a salvar a ninguno de esos locos criminales que ya están requetemuertos. ¿Por qué este viejo de mierda tiene que meterle esas pendejadas en la cabeza? Tuve que separarlos cuando mi hija estaba a tiempo, pero como iba yo a saber que el culpable de su esquizo… esquizofrenia era el mismo padre. Qué otras cosas que yo no me enteré pasarían entre ellos y la llevaron a tirarle la piedra que lo dejó turulato. Claro, tenía que callarlo y con toda razón.

Si Sabino no hubiera perdido la memoria estoy segura de que yo misma lo apedreaba con gusto. Y ahora aquí sentado junto a mí, el muy pendejo, desgranando los choclos como si nada hubiera pasado, sin acordarse de nada, después del daño que le hizo a la pobre muchacha. ¿Qué pensará el Atino de todo esto? Claro, que todos somos esquizo… esquizofrénicos.

Tiene un modo inconcreto de sufrir
porque el lugar en donde crece la dicha
es un lugar que viaja y nunca se halla

Carlos Eduardo Jaramillo

Sólo encontré dos pájaros y el viento,
las nubes con sus mapas enrollados
y unas flores de humo que se abrían buscándome
durante el vertical viaje celeste

Jorge Carrera Andrade[13]

---

13   Jorge Carrera Andrade (Quito 1903 – 1978)

163

Durante el vertical viaje celeste

Alcides nunca cayó en cuenta de que ya no necesitaba respirar para seguir vivo. Pegado a su telescopio acumulaba polvo junto a la ventana. Sin ojos y con Valentín a su lado, despolvándolo y acompañándolo en su delirio, vigilaba el futuro gozando y sufriendo cosas que no pasarían en años de años. Y nada, lo que veía en el telescopio le probaba que tenía razón, que todo estaba decidido de antemano, que no había escapatoria, que lo que iba a pasar estaba esperando para pasar. ¡Púchica! Reía a carcajadas los apuros de Flora creyendo que el reloj de Sabino estaba embullado y que las piedras que caían junto a su cama salían de la nada. Lloraba con Luna la muerte de Samuel y la pérdida de Alejandro. Las risas y los gemidos de Alcides escapaban entre las paredes de la casa y retumbaban en los oídos de Damián, de Sabino, de Luna.

—¿Estamos en el futuro o en el pasado? ¿Ya Luna encontró el libro? — preguntaba totalmente perdido del tiempo mientras Valentín le pasaba un peine, le limpiaba el hueco de los ojos, lo desempolvaba con afán para evitar que cayera hecho pedazos.

—Alcides, tranquilo hijo, tú y yo estamos vivos, el futuro empezó hace mucho tiempo atrás.

Valentín, el hijo de Lunanda, era un hombre hermoso y a pesar de ser un tanto jorobado las mujeres iban tras él como moscas tras la miel. Los pequeños ojos de Valentín mostraban además de asombro, ternura, compasión, bondad, mansedumbre, pero no eran los ojos los que trastornaban a las hembras, sino su picha linda y enorme. ¡Púchica! Valentín tenía un cuerpo fuerte, precioso, de anchas espaldas, brazos y piernas musculosas, por eso la gente no entendía cómo el hombre se les aparecía así de sopetón sin que sintieran sus pasos.

Carmelina nunca pudo querer a Lunanda, porfiaba que los ojos de la mujer le daban miedo y más cuando miraba al niño sin despegarle los ojos. Carmelina peleaba con la nuera para que no metiera ideas raras en la cabeza del niño. Lunanda quería que el hijo la ayudara a encontrar a la muchacha que estaba a su lado cuando despertó en Guayaquitos. El libro que ella tenía en las manos se llamaba *IDROVUS* y ese nombre decía algo que no podía recordar pero que la ponía a temblar. Estaba segura que en esas páginas se contaba el pasado que no recordaba, así como la historia de su descendencia. Sin ese libro todos estaban condenados a la inadvertencia. Y nada, Valentín creció pensando que su destino era buscar a esa muchacha así Carmelina lo hiciera ver que la madre era una diabla loca que hablaba pendejadas.

¡Púchica! El pobre muchacho tenía pesadillas y al abrir los ojos creía que estaba chiflado porque encontraba a la muchacha del mal sueño en su mismo cuarto. Ella caminaba frente a su hamaca hasta perderse entre las sombras dibujadas por las velas, su olor a yerbas se mezclaba con los olores de los jazmines de Arabia trepando por los muros. Entumecido por el terror escuchaba la voz de la mujer saliendo de las paredes y muchas veces oía su llanto que desaparecía con las primeras luces del alba.

Valentín era un hombre que despertaba malos pensamientos en las mujeres; ninguna tenía en cuenta la ternura y la serenidad reflejadas en sus ojos, sino el bultazo tras la braqueta. Y nada, desde muy joven descubrió el maravilloso perfume escondido entre las piernas de las mujeres, no era su culpa que las bellacas se le regalaran con tanta facilidad. Juanita era una de esas hembras, la llevó al granero junto a la casa donde se guardaba el forraje para los animales y los sacos de arroz. Mientras se encaramaba sobre la muchacha sintió el golpeteo de unos pies sobre la paja. Cogido en falta trató en vano de esconder con una mano la enorme picha y con la otra agarró la camisa tirada sobre el suelo para cubrir la desnudez de la Juanita. Entre los bultos arrumados en el suelo una muchacha se paró junto a ellos. Por un momento Valentín creyó que la muchacha los miraba, pero no fue así. La mujer rodeada por una luz naranja azulosa se agachó y sacó unos papeles escondidos bajo un saco, se sentó sobre uno de los bultos, empezó a escribir con la mirada fija en los papeles, volvió a guardarlos y lentamente, como el humo, fue perdiéndose en el aire.

Valentín corrió a buscar bajo los bultos y gritó feliz de haber encontrado los papeles perdidos. Y nada, se sintió burlado al revisarlos y descubrir que estaban vacíos. Encontró una sola página escrita que decía: *Alcides nunca cayó en cuenta de que ya no necesitaba respirar para seguir vivo.* Desalentado, Valentín volvió a guardar los papeles bajo el saco sin adivinar que esa línea hablaba de su futuro hijo y su destino. Mientras tanto la Juanita sin comprender lo que estaba sucediendo, chillando de ganas, le agarró la preciosa picha.

Carmelina empujaba al nieto para que se fuera de la casa y olvidara las locuras de la madre. Fue así como se fue por primera vez y en el camino conoció a Carlos María de La Condamine y la comitiva geodésica en su retorno al Viejo Mundo. Una vez terminadas las mediciones del círculo máximo de la tierra, el científico se propuso estudiar la fauna y la flora en las tierras del Amazonas. Como tantos otros extranjeros, los franceses llevados por la curiosidad y contagiados por la calentura del oro, se adentraron en la selva caminando en el sentido contrario al que llegaron.

El tuerto Orellana, uno de los angurrientos llegados del Viejo Mundo, y un grupo de arrebatados fueron los primeros en aventurarse por las tierras fantásticas de El Dorado donde se decía que los ríos arrastraban oro en vez de piedras. Y nada, ahí encontraron el caucho y la canela, también flores peludas que abrían las rajas carnosas al sentir el hedor de los machos. Encontraron pájaros moñudos y rabones dando gritos infernales, culebrones silbadores, indígenas encuerados que más que hombres parecían guacamayas chillonas con dientes de jabalí. Afiebrados en medio de los lodazales, borrachos de avaricia, alucinados con los olores venenosos que brotaban de hongos, bellotas y vainas vieron hembras poderosas cruzando entre los árboles. Y nada, fueron tras ellas cayendo en la trampa de los pantanos, el hambre de las tierras movedizas, las redes de las hormigas quinquinas. Tras el ramerío que en lo alto se tejía para que la luz no penetrara en el mundo de la humedad eterna se encontraron cara a cara con boas, tigrillos, monos, pájaros, bichos que solapados guardaban el secreto sueño de la tierra. Los atrevidos señores jamás pudieron dar con el hombre cubierto en oro bañándose en medio del paraíso vegetal, a pesar de verlo en medio de la espesura hundirse en un lago azul rodeado de esmeraldas y oro que los nativos echaban al agua en honor al derroche de lo precioso. ¡Púchica! Convertidos en un colador a causa de los mosquitos, las avispas y las mosquiñañas, en medio de palabrotas asquerosas, se dejaron llevar por las aguas de un río que en chorritos bajaba de los mismos cielos, que se alargaba, se ensanchaba y se ensanchaba hasta confundirse con el mar. El río-mar Marañón, Amazonas, los llevó hasta la orilla opuesta de la que llegaron a las nuevas tierras.

Y nada, La Condamine y sus hombres aceptaron el ofrecimiento de Valentín y por un día reposaron en casa de los Aguirre antes de aventurar por las tierras doradas. En la noche, bajo la luz de las velas y la protección de los mosquiteros, la comitiva escuchaba las andanzas de un ángel hembra por las tierras de los hombres que Lunanda contaba sin mucha certeza. Agradecidos por el alojamiento La Condamine les hizo algunos regalos. Valentín recibió un raro y feo reloj adornado con monstruos alados para que reconociera los minutos de pena y gloria que ya estaban registrados. Todo tembloroso Valentín dejó caer el aparato de sus manos y las manecillas se trabaron en las 11:11 sin que ninguno pudiera ponerlo a caminar a pesar de que el tic-tac les dijera que seguía funcionando. Fue así que La Condamine, con los cables cruzados, dijo que esa era una hora tenebrosa y misteriosa porque a las 11:11, Dios había puesto el universo a rodar. Lunanda recibió un candil, una lámpara de aceite donde el geodésico aseguró que se escondía un geniecito que vivió las mil y una noches.

Igual que los agrimensores del planeta, un día Valentín también partió en busca de su sueño dorado para encontrar a la muchacha que suspiraba entre las sombras de su cuarto. Virginia, que veía roba-maridos en cada mujer que se le acercaba, estuvo segura de que el viaje era un pretexto para largarse con una sinvergüenza.

Valentín se alejó de la casa caminando de espaldas, hacia atrás, para hacer el camino en el sentido contrario. ¡Púchica! Como no estaba viendo lo que había a sus espaldas tropezó con un árbol y con un tremendo chichón en la cabeza cayó al piso soñado. Cuando volvió en sí y pudo abrir los ojos, se encontró tirado en el camino fuera de su casa, la que reconoció a pesar de que las paredes ya no eran de caña, sino de madera y el techo de tejas rojas. Y nada, a su lado vio parado un hombre calvo de unos sesenta años, vestido de blanco, que agitando la mano decía adiós a una joven mujer. El viejo calvo lo miró con esos pequeños ojos celestes y sin mostrar sorpresa simplemente dijo: *Abuelo Valentín soy yo, tu nieto Faustino.*

Ese hombre viejo y calvo era verdaderamente el nieto Faustino, el nieto que nacería dos meses después de que Valentín regresara a casa.

Espacio, me has vencido.
Ya sufro tu distancia.
Tu cercanía pesa sobre mi corazón.
Me abres el vago cofre de los astros perdidos
y hallo en ellos el nombre de todo lo que amé.
Espacio, me has vencido.
Tus torrentes oscuros
brillan al ser abiertos por la profundidad,
y mientras se desfloran tus capas ilusorias
conozco que estas hecho de futuro sin fin.

César Dávila Andrade[14]

---

14   César Dávila Andrade (Cuenca, 1918 – Caracas, 1967)

Espacio, me has vencido

La primera vez que Alcides leyó sobre Galileo quedó maravillado, se abrió la luz en su cerebro y quiso ser como él. Y nada,
comprendió que los humanos sí podíamos entender el universo, descubrir los misterios del espacio, conocer nuestro propio
planetita. Desde niño le había gustado mirar el cielo, la noche
cuajada de luceros lo dejaba asombrado y repleto de preguntas.
Igual que yo, él también pensaba que las estrellas eran rotitos
en una enorme tela negra, huequitos de luz cosidos a la tela.

A su abuela Lunanda también le gustaba mirar el cielo,
especialmente cuando la luna estaba enorme e inquieta, sospechaba que su luz escondía un secreto. Lunanda pensaba que
la luna era una bola de cristal donde estaban guardadas las
personas que no habían nacido todavía.

— Alcides —decía— si pudiéramos verla de cerca podría-
mos encontrar a los hijos que vas a tener cuando seas grande
y veríamos a los hijos de tus hijos también.

— Abuela estás en un error —la contradecía pensando que
él estaba en lo correcto—. Vivimos dentro de un globo gigante
y la luna es un enorme hueco por donde algunos han podido
escapar y ahora están fuera, del otro lado. Luna, la niña que
vive debajo del catre me dijo que la luz estaba fuera del hueco
y en las noches podíamos verla porque entraba por el agujero
¿Has escuchado ese *chi-chi*, ese *cri-cri* y ese *mua-mua* durante

173

las noches? Abuela son ellos, los que se escaparon, saltando de felicidad. Sus brincos hacen esos rotitos que brillan en la oscuridad.

—¿Conociste a Luna? ¿Dónde la viste? ¿Cómo era?

—Yo estaba tumbado en el suelo dibujando estrellas y ella dibujaba gente. Le pregunté que cómo había llegado a mi cuarto y dijo que ella estaba en su cuarto y que el que había llegado era yo. Abuela no vas a creerlo, la niña sabía mi nombre. Quise saber cómo ella sabía mi nombre y con una sonrisa igual a la tuya me mostró lo que dibujaba y dijo: *Este niño eres tú y le puse de nombre Alcides.*

—Sigue contando, ¿qué mas?

—No estoy diciendo mentiras, te lo juro abuela, la niña era de verdad y me regaló el libro que habla sobre Galileo.

Y nada, Galileo consiguió que Alcides entendiera que la luna y las estrellas no eran huecos, sino cuerpos macizos; que la tierra era una bola que daba vueltas alrededor del sol; que vivíamos en la superficie de la Tierra y no encerrados dentro de ella y, lo más importante, le hizo comprender que nada, pero nada, era perfecto ni siquiera el universo.

El libro contaba que Aristóteles, un pensador nacido antes que Cristo, en *De los cielos*, dijo que la tierra era una bola y no una superficie plana. ¡Púchica! Aristóteles era un místico, un beato, y a pesar de darse cuenta de que durante los eclipses la sombra redonda de la tierra caminaba sobre la luna, no hizo caso a lo que el cielo le mostraba y siguió porfiando que la tierra era el centro del universo, que la tierra no se movía y eran el sol y los planetas los que daban vueltas en su contorno. Siglos después, en los años 1500, un astrónomo encontró una nueva estrella y Galileo se agarró de esto para contradecir la idea de Aristóteles. El místico aseguraba que el mundo estaba terminado y en él no había cambios. Y nada, Galileo construyó su primer telescopio y mirando el cielo más de cerca halló pruebas para defender lo que decía Copérnico, un astrónomo que después de hacer mediciones aseguró que los planetas y la tierra se movían alrededor del sol. Con el lente poderoso

Galileo pudo ver que el mundo estaba en movimiento, que había fallas y no estaba terminado. ¡Púchica! Pudo ver estrellas moribundas y otras naciendo.

Antes de que Valentín fuera en busca de alguien que no conocía, una muchacha, que tenía un libro que podía salvarlos de la inadvertencia y la muerte, regaló al hijo un libro con dibujos de inventos hechos por un mago llamado Leonardo Da Vinci. Valentín le contó a Alcides que el libro fue traído desde el Viejo Mundo por un grupo de monjes llamados Jesuitas. Los religiosos fueron los encargados de ponernos al tanto de lo que pasaba en la otra cara del mundo. ¡Púchica! A pesar de hacer algo tan bueno como traer el conocimiento, debajo de las sotanas los curas eran hombres simples y silvestres y como hombres al fin cometieron cualquier cantidad de fechorías. Y nada, los curas fueron acusados de ladrones, mentirosos, abusadores, en fin, de hacerse enormemente ricos por amor a Dios y a costa de los fieles pendejos. Por orden del rey español, los jesuitas fueron expulsados del Nuevo Mundo en 1767, cuatro años antes de que Alcides naciera.

Varias páginas del libro del mago Da Vinci estaban escritas en lo que parecía ser otra lengua, muy parecida a la que abuela Lunanda mezclaba con el español. Fue entonces cuando Alcides pudo entender por qué la abuela hablaba tan enredado. Lunanda pronunciaba muchas palabras al revés, como vistas en un espejo igualito como las escribía Da Vinci. *Soid nos sarbalap sal*, las palabras son dios. *Anrete airomem*, memoria eterna.

Por culpa de estos libros prodigiosos Alcides dejó de lado la rutina del aseo y el uso del peine. Pasaba horas de horas leyendo y releyendo los dos libros, maravillándose de tanta maravilla. Alcides no se cansaba de mirar los dibujos de Da Vinci. Y nada, viéndolos pensaba que el mago había conocido la raza de abuela y por eso él escribía al revés y también quiso tener alas y volar. El dibujo de un ala hecha de madera y caña forrada en tela era fabuloso. El ala dando mil vueltas en su cabeza lo tenía loco y, ¡púchica!, veía al mago volando a su antojo por la historia. En el futuro Da Vinci copiaba máquinas que volaban, que medían el tiempo y la distancia. En el pasado Da Vinci dibujaba a Cristo con su madre y también comiendo con sus seguidores.

—Abuela, este mago quiso tener alas. Tú las tuviste y te las cortaron. Qué sé yo, me duele saber que igual que tú, él tampoco pudo volar.

—No tengas pena por mí y tampoco por el mago. Alcides, tener alas sin ser un pájaro, un murciélago o una mariposa sería complicado y peligroso en este mundo de humanos. Es más fácil y mágico soñar con que se puede volar. Te aseguro que Da Vinci pudo volar muy alto sin necesidad de las alas.

Mucho antes de que Alcides perdiera los ojos empezó a construir un telescopio para ver el cielo más de cerca. Al saberlo, Valentín le regaló un reloj adornado con gárgolas para que lo utilizara en el aparato si fuera necesario. Y nada, le contó que el reloj era el obsequio de un hombre que había conocido en su juventud y que formó parte del grupo que midió el arco más ancho en la mitad de la Tierra.

Alcides entregado en alma y cuerpo a su aparato parecía no darse cuenta de que se hacía viejo y la madre, ya curada de la que ella sospechaba era traición del marido, empezó a preocuparse por el hijo. En el mercado conoció a Dolores, una muchachita que había llegado al pueblo acompañada por su padre, y sin más la llevó a casa para que conociera al hijo. Y nada. Con sus pañoletas, sus faldones con arandelas, sus collares de cuentas de colores y sus brazaletes parecía una gitana. En el centro de la plaza, ella y su padre hundieron palos en la tierra y encima, como techo, templaron varios saquillos amarrados con cabuya. Así de fácil pararon un caramanchel donde vendían panales troceados de miel de abeja, suspiros de aire y espumilla. Los Benalcázar fueron los primeros en el pueblo en hacer manjares de clara de huevo batido con azúcar.

El padre de Dolores se llamaba Faustino Benalcázar. Benalcázar era un señor gordo, de ojos celestes, sin pelo y con piel tan blanca que parecía nunca haber recibido un rayo de sol en su vida. Había llegado de España cuando era un muchachito en el mismo navío en que todavía llegaban los buscadores de El Dorado, esas tierras cruzadas por ríos que en vez de piedras arrastraban pepas de oro.

Al igual que su padre, Dolorita, así la llamaba él, tenía los ojos azules como el mismo cielo cuando está despejado. De su madre, una mestiza, había heredado las anchas caderas, el olor a duraznos y capulís, el abundante pelo negro, lacio y duro como crin de potro.

La madre de Dolores había muerto cuando ella tenía dos años y vivían en un pueblito cercano. Con los ojos celestes llenos de lágrimas, Benalcázar contaba la tragedia dando gracias a Dios de que la hija no la recordaba. Las lluvias torrenciales causaron la crecida del río, el agua revuelta, abombada y hedionda a lodo y pescado muerto perdió las orillas entrando a chorros por las casas. Benalcázar salió julepeado de su chocita antes de que el lodazal arrastrara con todos sus tereques y trepó la loma con la pequeña hija en brazos. La madre, que también se llamaba Dolores, con su manía de poner cada cosa en su lugar, no trepó con ellos para dejar la casa en orden. ¡Púchica! Desde lo alto de la loma donde varias personas habían subido escapando de las aguas, Benalcázar vio pasar casas, trastos, animales, árboles enteros con raizotas y todo rodando tierra abajo revueltos en lodo y rugidos del agua, mugidos de vacas, rebuznos de mulas y aullidos de perros. Corriente abajo y sin poder hacer nada para socorrerla, vio a la pobre mujer pataleando sin poder agarrarse de un tronco, un bejuco. ¡Púchica! Dejó de verla cuando Dolores desapareció bajo el lodazal junto con los animales que habían dejado de chillar.

Alcides no tenía experiencia alguna en esas cosas de la conquista, el romance y el amor. Para su buena suerte Dolorita tampoco. Benalcázar no estuvo muy contento de que su hija se casara con un tipo rayando en los cincuenta que lo único que sabía hacer era mirar estrellas a través de un telescopio y que venía de una familia con un pasado sin glorias, un padre que lo había abandonado y una abuela jovencita y chiflada que según decían predecía las tormentas y los temblores de tierra.

Todos los pleitos se terminaron y los malos modos del viejo se esfumaron cuando Dolorita salió preñada y los futuros padres de la criatura prometieron llamar Faustino al niño.

Con la noticia, Lunanda, que por esos tiempos andaba triste y sin ganas de vivir, volvió a creer que el mundo era maravilloso. Y nada, estaba feliz con la Dolorita que no sólo era hermosa y trabajadora, sino que preparaba el mejor arroz con garbanzos del mundo, que bailaba con tanto garbo al son de una pandereta y que igual que ella sentía la magia de la luna. De ella y el padre aprendió a cocinar riñones, mejillones, a preparar morcillas, chorizos y también la crianza de abejas en cajones de madera. Lunanda y Benalcázar se hicieron amigos y juntos agrandaron el negocio de miel de abejas enfrascada y suspiros de aire, con cocaditas, higos y pechiches almibarados y dulce de leche que vendían como pan caliente en las fiestas patronales y ferias del pueblo.

Zapateando de alegría Benalcázar decía que su nieto estaba trayendo no sólo un pan, sino una panadería entera bajo el brazo. Y nada, Benalcázar vino a vivir con los Aguirre y con su ayuda la casa volvió a pararse. Las paredes estaban apuntaladas para que no se vinieran abajo y por todo lado había cacerolas y tarros para recoger el agua que durante los aguaceros se metía por los huecos en el techo. La casa quedó como mandada a hacer y hasta se levantó un nuevo piso. Las paredes podridas se reemplazaron con madera labrada y los pisos de caña con tablilla pulida. El techo cambió de color con las tejas rojas mandadas a pedir a España. Se compraron catres y sólo se dejaron las hamacas colgadas de los árboles en el patio. Atrás, alejado de la casa, se cavó el pozo para hacer las necesidades del cuerpo.

Los vidrios de botella del telescopio de Alcides, pulidos por su propia mano, fueron cambiados por cristales brillosos. Fue así como un atardecer, mientras Alcides miraba el cielo en busca de alguna estrella perdida, descubrió algo que lo dejó bobo. ¡Púchica! Vio a dos hombres futres en sus trajes blancos que caminaban hacia la casa. No podía verles las caras con claridad, pero se parecían tanto que podría decirse que los dos eran la misma persona. Alcides se asomó a la ventana para ver quienes eran los visitantes y sólo encontró los árboles en el camino y a su Dolorita redonda, con las anchas caderas como una lancha y una barriga de siete meses, que con la ayuda de una cholita hervía la ropa en agua y cáscaras de limón. Y nada, el patio entero estaba lleno del humo que salía de la leña chisporroteante donde descansaba el latón con la ropa. Las mujeres lo hacían en las tardes, a la caída del sol, no sólo para que la ropa blanca quedara descurtida, sino para llenar el lugar con ese olor y ahuyentar a los mosquitos que se metían en la casa apenas llegaba la noche.

Alcides volvió al telescopio y allí seguían avanzando los dos hombres vestidos de blanco. El astrónomo cayó en cuenta de que sólo podía verlos a través del aparato señalando el cielo y no el camino. Llamó a Dolorita para que ella también los viera y asegurarse de que no estaba alucinando. ¡Púchica! Dolorita decía que no veía nada, sus ojos de agua se confundían con el cielo y solamente veían nubes que jugaban a ser hombres vestidos de blanco. Cuando Lunanda se enteró de los hombres que se veían en el lente quiso verlos también.

Lunanda dio un grito de alegría cuando por segunda vez miró a través del telescopio, que desde entonces Alcides llamó posteriscopio.

—Caramba, es mi hijo Valentín que está de regreso y viene acompañado. ¿A quién conjuró este hombre que a pesar de los años sigue igualito y tan hermoso como se fue?

Alcides pensó que Lunanda estaba bromeando. Los dos hombres ya bastante cerca de casa se veían con más claridad. Su padre era un viejo ya calvo con muchas patas de gallo, de gallina y de pollo cercándole los pequeños ojos.

—El calvo no es mi hijo —dijo la abuela—. Valentín es el otro.

La aclaración de Lunanda hizo llorar desoladamente a Virginia y con toda razón. Ese hombre que era su marido estaba más joven que ella, Alcides era igual de viejo que su papá.

Lunanda no había vuelto a hablar de Valentín en todos sus años de ausencia y en ese momento que sabía que el hijo estaba de regreso, con la ayuda de Dolorita, puso la casa patas arriba para recibirlo. Y nada, se colocaron flores por todo rincón y sobre las mesas: mangos, caimitos, guayabas, sapotes, mameyes, higos almibarados, dulces de coco, vasijas con chicha. Dos días antes de la llegada de Valentín, la figura del viejo calvo desapareció entre las nubes y otras borrosas se dejaron ver.

La llegada de Valentín causó revuelo y confusión en Guayaquitos. Se volvió a hablar de brujerías, de pactos que los Aguirre tenían pendientes con el diablo. Valentín los había abandonado casi cuarenta años atrás y regresaba de la misma edad. Y nada, la gente les tenía miedo, las viejas se santiguaban tres y cuatro veces cuando los encontraban en el camino, los perros aullaban si los olfateaban cerca. Nadie quería volver a comprar las frutas endulzadas, el negocio se derrumbaba. Benalcázar amenazó con llevarse a Doloritas preñada y todo donde no se volviera a saber ni hablar de los Aguirre.

Lo peor vino después, cuando Valentín dijo que el calvo que lo acompañaba en el camino era Faustino, el hijo de Alcides que estaba a dos meses por nacer. ¡Púchica! Virginia se arrancó los pelos gritando como loca y la pobre Dolorita cayó como una bola en el piso.

Lunanda dijo que lo ocurrido no era magia, brujería ni cosas del diablo. Lo que pasaba era que los de su raza no sabían del tiempo, por lo tanto algo que no conocían no podía dañarlos y arrebatada exclamó: *IDROVUS*, como lo hacía siempre que no podía encontrar otra palabra para aclarar situaciones difíciles.

Y nada, los malos tiempos se fueron y con ellos la pesadilla de Benalcázar. Lunanda aprovechó la frescura de Valentín para vender los dulces de miel y leche otra vez. Pregonó que los dulces de Benalcázar borraban las arrugas y la vejez. Ella misma se presentó como prueba de haber engañado al tiempo. ¡Púchica! Los que la conocían empezaron a sacarle los años. Algunos viejos aseguraron haberla visto durante los terremotos de 1698 que dejó a Guayaquitos hecho un desastre. Contaban que después de la calamidad quedaron tantos muertos botados por los caminos que no sólo los gallinazos hicieron nidos en medio de las casas derrumbadas, sino que los cerdos y los perros se peleaban los desechos. Otros viejos porfiaron que Lunanda había llegado al pueblo en 1684 junto con los piratas ingleses que se llevaron oro, plata y mujeres. Benalcázar otra vez se unió al negocio y cuando nació Faustino, hijo de su única hija, no le importó que todos en esta familia fueran ángeles o los mismos demonios.

Faustino creció sabiendo que su gestión sería la de buscar a una muchachita en algún lugar del tiempo; ella tenía el libro que podía salvar a los Aguirre de la inadvertencia, como dicen que decía Lunanda.

Atino, con la boca abierta, escucha los cuentos que le hace la prima. Yo también los oigo con cuidado aunque sé que las cosas pasaron de otra manera. Yo conocía la verdadera historia, la que contaba el Alcides.

Los días eran largos para mí. Me levantaba antes de que los gallos cantaran y en las noches caía hecha un adefesio después de pasarme horas rayando plátanos, moliendo choclo, cocinando, lavando, mirando que Samira Luna no hiciera trastadas. Todavía así me tomaba un tiempito para leer las confesiones del Alcides.

"Tuve la suerte de conocer a Dolorita y casarme con ella a pesar de que su padre estuviera en contra. No culpaba a Benalcázar, él no quería para su hija un hombre ya viejo que lo único que sabía era mirar estrellas. Mi mujer era joven y candorosa y sentí que debía protegerla de la maldad, de Lunanda. No fue necesario porque Lunanda no sólo volvió a olvidar el pasado, sino que también había descuartizado al hijo. Dolorita la quería así como yo la amaba hasta que supe que era un monstruo. No quise que mi mujer dejara de quererla, que Benalcázar, con toda razón, nos despreciara, nos maldijera y por eso falseé una vez más. Sin abuela Carmelina que

me desmintiera, Lunanda volvió a ser el ángel que un día llegó a Guayaquitos y la persona más buena del mundo.

Lunanda, como todo el mundo, también creía que Valentín se había ido, que nos había abandonado. No pude soportar su tristeza y encontrarla todo el tiempo mirando fuera de la ventana en espera del hijo y un día dije que con el lente del telescopio a lo lejos había visto a mi padre regresar. Con la esperanza de recobrar al hijo Lunanda volvió a ser feliz.

El regreso de mi padre era un cuento, mi invención, luego no supe qué pasó, la mentira tomó vida propia. Al pasar por su cuarto escuchábamos a Lunanda hablar con alguien, ella aseguraba que era Valentín contándole que en el camino se había encontrado con Faustino, mi hijo, que no había nacido todavía. Dolorita dijo que en varias ocasiones se topó con un hombre muy parecido a mí al entrar al cuarto de Lunanda y no sólo eso, varias personas en el pueblo después de asegurar haber visto a Valentín felicitaban a mi madre por el regreso del marido. Pasaron los años y todos continuaron insistiendo que Valentín había regresado.

Mi padre nunca regresó porque estaba muerto y tales apariciones yo las achacaba al poder de encantamiento que tenía la bruja que era Lunanda. Eso creía hasta el día, tiempo después de que perdiera los ojos; aclaro, no quedé ciego, una enfermedad desconocida me quitó los ojos como si me los borrara de la cara. Me hice viejo y a sabiendas de que Lunanda ya había muerto, que no podía dañarme, tenía miedo de que quisiera matarme como mató a su propio hijo. Todos van a morir, todos van a morir, sus palabras nunca se fueron de mi cabeza, por eso temblé horrorizado cuando escuché pasos tras de mí y luego un plumero sacudiendo mis hombros. No podía creerlo, era mi padre. Sentí alivio y emoción al percibir su olor y escuchar su voz diciéndome: Hijo no volveré a dejarte, voy a cuidar de ti para siempre. Juntos, él desempolvándome y yo dibujando la gente que aparecía en el lente del posteriscopio pasamos a la eternidad".

Alcides me parecía un tipo que sabía usar la cabeza, pero cuando leí lo de su papá despolvándolo y mirando gente cuando no tenía ojos, me di cuenta de que cojeaba de la misma pata como todos los Aguirre. No sólo estaba loco, sino que por sus mentiras el resto de la familia seguía creyendo que el diablo de la Lunanda era un ángel.

Es un país con luz
y su tiniebla es para hombres
que duermen no que han muerto.

Hugo Salazar Tamariz[15]

Hay tardes en las que uno desearía
embarcarse y partir sin rumbo cierto,
y, silenciosamente, de algún puerto,
irse alejando mientras muere el día;
Emprender una larga travesía
y perderse después en un desierto
y misterioso mar, no descubierto
por ningún navegante todavía.
Aunque uno sepa que hasta los remotos
confines de los piélagos ignotos
le seguirá el cortejo de sus penas,
Y que, al desvanecerse el espejismo,
desde las glaucas ondas del abismo
le tentarán las últimas sirenas.

Ernesto Noboa y Caamaño[16]

15 Hugo Salazar Tamariz (Cuenca, 1923 – Guayaquil, 1999)
16 Ernesto Noboa y Caamaño (Guayaquil, 1899 – 1927)

Emprender una larga travesía

Faustino, ese era su nombre. Se lo dieron en honor a su abuelo materno: Faustino Benalcázar, el español de ojos celestes, alegres, repletos de amor por la vida. Benalcázar había nacido en los bordes de Extremadura con Andalucía al igual que Sebastián, su tío tatarabuelo.

Y nada. En España, donde no tenía un pedacito de nada ni donde caer muerto, donde siempre sería un don nadie, Sebastián de Benalcázar despiojó su barba rizada color noche, se puso las gastadas botas cuero de toro, se inventó una historia más o menos pasable y en un barco de velas rotas llegó al Nuevo Mundo para convertirse en hijo de algo, un hidalgo. Como otros angurrientos, él también llegó a estas tierras que no se encontraban en los mapas atraído por el precioso perfume del oro. Sebastián acompañó al Pizarro en sus andadas y chanchadas hasta hacerse del tesoro que abundaba en las nuevas tierras. ¡Púchica! Los muy pillos malandrines haciendo malabares con los caballos y triquiñuelas con espejitos y baratijas embobaron a los indígenas y luego con la Biblia en una mano y los arcabuces en la otra los masacraron, sacaron al inca del camino a punta de garrote y se adueñaron de lo ajeno.

Faustino jamás abandonó el pueblo donde nació, aunque en cosa de semanas recorriera caminos pasmosos por algo más de cuarenta años, según las cuentas que llevaba Rosalba, su mujer. Su abuelo Faustino Benalcázar decía que ése sería su destino ya que había nacido de patas y no de cabeza, al igual que Sebastián, y por eso sus pies lo llevarían a otros mundos. Su abuela Virginia decía que el muchacho tenía un genio de los mil diablos porque nació en un tiempo enfogonado donde los rebeldes criollos pagaban con sangre las revueltas y trifulcas que armaban aquí y allá, en contra de los mandones españoles. ¡Púchica! Terminaban ahorcados, descabezados y descuartizados. Faustino tenía días de haber nacido cuando en 1809 se dio el golpe que por primera vez dejaba al rey español fuera del Nuevo Mundo y claro, un año más tarde los patriotas fueron degollados por las tropas del monarca. Faustino tenía catorce años cuando en 1822 el pueblo, harto de soportar tres siglos de abusos y servidumbre, luchó hasta echar de estas tierras a los malditos invasores. Y nada, el reino pasó a ser un estado de la Gran Colombia y en 1830 una república.

No fue hasta los quince años que Faustino descubrió los secretos escondidos en las plantas. Un día, mientras arrancaba los tomates, los pimientos y los pepinos para llevarlos a vender en el mercado, cayeron en la tierra las semillas y ramitas guardadas en el amuleto que Lunanda le colgara del cuello cuando él nació. En semanas brotaron hierbas y matas, unas preciosas y otras feas y raras que él nunca había visto. Y nada, junto con Dolorita fue dándoles nombre y una leyenda de acuerdo a sus poderes mágicos. Así el huerto de los Aguirre pasó a ser un criadero de hierbas y Faustino un curandero.

Él dice que para todo mal hay una hierba, para cada problema una raíz. El olor de los azahares ahuyenta los malos agüeros y pone a suspirar a los que no saben soñar; los limones quitan manchas, curan la tos y ponen el pelo brillosito; la sábila en ayunas es lo mejor que hay para limpiar la sangre, protegerse de las malas vibras y alcanzar la inmortalidad; la yerbaluisa es bueno tenerla a mano para el dolor de estómago, el mal olor de los sobacos y mantener los dientes blanquitos.

Las revueltas por la independencia hicieron que se viera a los españoles con odio y tirria. Y nada, a la gente de Guayaquitos no le cuadraba que los Aguirre emparentaran con los Benalcázar y por ese motivo por poco los queman vivos. El olor y resplandor de las teas encendidas enloquecieron a las gallinas y sus cacareos pusieron en aviso a Benalcázar que ya viejo le dio por pasar las noches sin pegar los ojos. Con tarros y mates llenos de agua salió toda la familia a apagar el fuego en los corrales. Atraído por la bulla y la candela, Valentín bajó con una vela en la mano. ¡Púchica! Valentín pálido y con los ojos hundidos parecía un duende. Nadie lo había vuelto a ver en años ya que se pasaba noche y día encerrado en el cuarto de Alcides, despolvándolo por miedo a que las arañas enredaran al hijo entre sus hilos, que las lechuzas hicieran nidos en su cabeza o que las lagartijas pusieran los huevos en los huecos que tenía por ojos. Después de asegurarse de que todo estaba en calma, Valentín entró en la casa sin abrir la puerta.

Las cosas cambiaron cuando en el pueblo empezaron a escucharse lamentos que no dejaban dormir a nadie. Ninguno descansaba con los alaridos y las quejas que el viento arrastraba encima de los techos. Los niños se hacían pipí de miedo y los viejos abrazados a sus carabinas apenas pestañaban sin encontrar a quién disparar. Y nada, trasnochados y con las caras largas a causa del gimoteo nocturno los hombres del pueblo decidieron formar un grupo. Se armaron de machetes, cuchillos, piedras, palos y alumbrados por tacos de vela siguieron el rumbo hasta llegar al lugar de donde salía la moqueadera.

Faustino, Benalcázar y Dolorita temerosos de que les echaran la culpa y les entraran a huacanazos siguieron a la comitiva a cierta distancia. El grupo rodeó El Cerrito y se detuvo frente al cementerio donde los muertos deberían dormir en paz eterna. ¡Púchica! Eran los difuntitos los que armaban el alboroto nocturno. Apenados por el dolor de los patitiesos, todos los hombres carilargas quedaron fríos sin saber qué hacer. Y nada, Faustino salió flechado en busca de mejorana, tilo, espliego y manzana para poner fin al asunto. Colocó manojos sobre todas las tumbas para así aliviar a los finados del pesar de la soledad y de la tristeza de no estar vivos y coleando. Con este remedio casero los muertitos volvieron a su sueño eterno y dejaron de chillar. Agradecida la gente dejó en paz a los Aguirre. Todos en el pueblo volvieron a dormir a pata suelta y los muertos también.

La misma gente que antes los maldecía ahora llegaba en busca de amuletos, brebajes, conjuros y recetas para obtener la buena suerte, el amor de la persona amada, para los males del cuerpo y del alma y para burlar a la muerte.

Faustino se hizo famoso con las hierbas mágicas; desde los cuatro costados llegaba la gente a su consulta en busca de alivio y socorro. Faustino gustaba vestirse de blanco y cubría el coco pelado con un chambergo negro, por eso era conocido como "el brujo blanco del sombrero negro". ¡Púchica! Desde que era un muchachito el terror al mañana conocido, los augurios de su padre, las recomendaciones de su madre y los reclamos de su mujer le habían tumbado hasta el último pelo. Y nada, cuando conoció los poderes del romero, la salvia y la brocha del prado ya era muy tarde para cuidar el pelo.

Un día encontraron muerto a Faustino Benalcázar. Estaba acostado en la hamaca que colgaba entre dos árboles, cerca había un saquillo repleto de mangos maduritos, una mano le descolgaba al piso y junto a ella estaba un mango a medio chupar repleto de hormigas. Al enterarse de su partida el pueblo entero se botó en condolencias, de todos los rincones de Guayaquitos y pueblos aledaños llegaron a despedirlo. ¡Púchica! Era tanto el gentío que su velación se hizo en el parque frente a la iglesia donde los músicos retreteros tocaron pasadobles la noche entera sin parar. Los vecinos llegaron a querer al viejo de ojos celestes sin importarles que era un español. No era para menos, Benalcázar era un regalón, les enseñó la cría de abejas en cajón y siempre tenía un chistecito para hacerlos reír y un piropo para encantar a las señoras.

Como homenaje final los aldeanos colocaron miel en botellitas junto a su cuerpo y para no joderle el velorio con flores lloronas cambiaron las azucenas por girasoles y las hortensias por peregrinas. Y nada, a alguien se le ocurrió traer aguardiente y el velorio se volvió un fiestón con comilona, baileteo y todo. Las mujeres llegaban con ollas de arroz con pollo, seco de chivo, aguado de pato, mondonguito de borrego, fritada, tripas rellenas y humitas de choclo. ¡Púchica! Con la jumera hasta las patas que todos agarraron, entre pasodobles, amorfinos y valsecitos criollos gritaban: ¡Viva el santo! ¡Qué se mate otro chivo! Al sexto día cuando ya nadie recordaba quién diablos era, soltero o casado, terminó la pachanga porque el cuerpo de Benalcázar empezó a oler feo. Olvidados del muerto se olfateaban los sobacos y los pies creyendo que la peste salía de sus cuerpos. Y nada, los tufos llamaron a los gallinazos que desesperados por echarle el diente al difunto, mejor dicho el pico, hacían guardia parados sobre los techos. ¡Púchica! La cosa se puso fea y fue necesario llevar el cuerpo al camposanto a toda velocidad. Antes de echarle encima la tierra que lo cubriría para siempre, junto a sus manos cruzadas sobre el corazón, Faustino colocó un ramillete de mejorana, manzanilla, cilantro y amaranto para que el abuelo se aliviara de la podredumbre, olvidara que había muerto y encontrara abiertas las puertas del paraíso.

Y nada, una tarde mientras Faustino molía almizcle, bolitas del paraíso y verbena para que una clienta pudiera preñarse, golpearon a la puerta. Frente a sus ojos celestes apareció la mujer más encantadora que jamás viera en su vida. Su nombre era Rosalba Gómez y como su nombre lo decía, olía igual que las rosas cuando el sol nacía en las mañanas. La muchacha a lo sumo contaría catorce años, era una niña y él un viejo de cincuenta años que había olvidado el amor entre tantos hierbajos, raíces, hojas y fragancias. Faustino quedó atontado, con la boca abierta y sin saber qué decir. Mudo, le entregó un ramillete de albahaca y ruibarbo para que ella se enamorara de él y nunca se fuera de su lado.

Desde ese día glorioso fueron el uno para el otro y nunca dejaron de amarse un solo momento. Y nada, aunque su mujer era joven y bonita él no le tenía miedo a los cuernos. Él sabía que para bajarse los calzones y darle las nalgas a otro fulano hacían falta mañas y ganas de joder al marido. Su Rosalba era fiel, recatada; además, él la curó de puterías con su agüita de pasiflora y polvito de cementerio y, lo más importante de todo, él y ella se amaban. Claro, Faustino siempre practicó lo que predicó y por eso jamás olvidó beber su mejunje de raíces y flores de satureja, azafrán y yumbina para sentirse como un campeón en la cama. Y nada, así fue como Macedonio vino al mundo.

Penosamente tuvo que dejar a Rosalba y a Macedonio que entonces sólo tenía trece años. Faustino debía cumplir la promesa que le hizo a su padre y salir a buscar a IDROVUS, el libro que los salvaría de la muerte y donde estaban todos juntos. El curandero se alistó a partir sin saber adónde ir ni tampoco el rumbo que tomarían sus pasos. Y nada, él que había visto demonios y espíritus cara a cara y sin espantarse los había sacado de patitas, ahora se hacía pipí en los pantalones. Para calmar la angustia y el terror que le daba saber lo que le venía encima tomó por costumbre quemar y oler hierba sagrada, semillas de amapola, bayas de belladona, heliotropo y Damiana; a la vez fumaba tabaco enrollado con otras hojas. ¡Púchica! Cuando salió de casa ya era un adefesio que volaba por el camino con tanto humo que llevaba en el coco y lo peor fue que el sombrero se le quedó agarrado a una rama cuando pasó bajo un árbol.

El 6 de agosto de 1875 fue la fecha que Faustino desapareció. Y nada. Al día siguiente cuando Rosalba fue al mercado encontró a todo el mundo revolteado, unos contentos, otros apenados, el cura y las viejas curuchupas llorando a moco tendido. Resulta que el día anterior a la misma hora que Faustino salió de casa, García Moreno, el presidente del país reelecto por tercera vez, había caído muerto a machetazos y tiros por cuatro jóvenes liberales que gritaban: ¡Muere tirano!¡Muere jesuita! Y con la noticia Rosalba no pudo decirle a nadie que su marido se había perdido.

Años más tarde cuando Faustino regresó a casa, Rosalba lo esperaba en la puerta. Su largo cabello negro que antes llevaba trenzado, ahora era gris y amarrado en un moño. Para ella habían transcurrido más de cuarenta años largos y penosos, para Faustino menos de cuarenta días. Allí frente al portón agarrado con alambres se abrazaron, contentos de verse otra vez, un hombre y una mujer de la misma edad.

Resulta que a su regreso, según le contaron, Lunanda había regresado con los suyos, Macedonio se había perdido en una tormenta, Danilo, el nieto que nunca conoció, había muerto e Ismael, el otro nieto, era un borracho. También le contaron que el tren que estaba en construcción cuando él se fue ya estaba terminado. Y nada, cuando Faustino supo del mágico corre-caminos que en menos de lo que cantaba un gallo volaba de un lado al otro, pensó que pudo esperarse un poco, evitarse tanto ajetreo y vueltas y llegar al mañana sentado tranquilamente en un vagón del tren.

Son las 12 de la mañana cuando el sol alcanza la mitad del cielo. Guayaquitos es un fogón, no hay un sitio donde esconderse porque el sol está en todos lados y los girasoles confundidos no saben en qué dirección mirar. Al llegar al medio día obreros, campesinos y todo el mundo regresa a sus casas para comer y luego a dormir la siesta. Después de la comida Samira Luna fue a su cuarto y al fin pude hablar con Atino. Le pregunté por qué estaba callado y no decía ni pío oyendo tanta babosada y él dijo que las historias le gustaban mucho y no quería distraer a la prima.

—Sabía que Luna tenía imaginación, pero no tanta. Estoy sorprendido.

—No todo es inventado, parte de esos cuentos son la neta. Esa gente eran los tatarabuelos de los Aguirre de ahora, lo que no puedo entender es cómo ella sabía quienes eran, lo que hacían y el tiempo que les tocó vivir.

—No se conoce a ciencia cierta el funcionamiento del cerebro. Quizás Luna sea capaz de recordar detalles que a los demás se nos pasan por alto. Puede ser, como dicen ciertos entendidos, que ella sufra trastornos de personalidad múltiple o se trate de un caso de reencarnación.

— ¡Dios mío! —dije aterrada, sin querer entender, con el pellejo despelucado como una gallina pensando que mi pobre hija fuera una reencarnada de esos malditos. No dije otra palabra, ¿qué podía decir? Lo único que yo sabía era que mi hija estaba loca y los locos saben cosas que nadie más sabe.

El resto de la tarde Atino la pasó con su padre que vino a recogerlo; mientras tanto Samira Luna, como si estuviera en las nubes, sin abrir la boca, nos ayudó con los choclos. Ya en la noche, el único momento que tenía para leer, agarré los escritos de Alcides para saber qué más tenía que decir.

"Lunanda tenía hechizados tanto a Dolorita como a su padre. Mi mujer la cuidaba, la defendía, le daba la razón en todo y, por su parte, Benalcázar no daba un paso sin su aprobación y celebraba todas sus ocurrencias. Para mí fue imposible desengañarlos y las mentiras continuaron aun después de su muerte.

Cuando Faustino nació, Lunanda entró al cuarto al escuchar el llanto del niño, se acercó al catre y colgó su amuleto en el cuello de mi hijo. Temblé al oírla decir: IDROVUS, pero al verla reír supe que no tenía motivos para preocuparme. De todas maneras siempre estuve alerta, Lunanda era una amenaza. Dolorita, sin sospechar el peligro que corría el hijo, se negaba a escuchar mis temores, más bien festejaba los disparates de Lunanda y le aseguraba que Faustino la ayudaría a encontrar a la muchacha que estaba a su lado cuando despertó en Guayaquitos. Contagiada de sus extravagancias mi tonta mujer también exclamaba ¡IDROVUS! Y como Lunanda, ella también decía palabras mágicas y palabras al revés, Divorus-Urvisdo, naúnitnoc ol sarbalap sal, ereum erbmoh le: el hombre muere, las palabras lo continúan.

Pasó un año y fue cuando Lunanda empezó a cambiar. Muchas veces la encontraba triste y llorando, ella que evitaba las lágrimas porque, según aseguraba, la sal la debilitaba. No comprendo qué me pasa, *dijo un día.* Me veo corriendo, escapando, pero no sé de qué, siento que ardo, veo llamaradas y la luna enorme en el cielo. *Yo sentía por ella una mezcla de miedo y pena, no podía evitar quererla, la abracé para consolarla.*

Dicen que fui un ángel, yo sé que fui una mujer que pudo equivocarse y que fui débil. Alcides, el hombre es una miserable y noble bestia que igualmente puede herir y amar, destruir y ayudar, aplastar y hacer justicia, *eso me dijo con tristeza.*

Una noche tuve una pesadilla. Vi a Lunanda, muy joven, caminando hasta el portón de salida del terreno. Con los cabellos sueltos y la larga batona de dormir parecía flotar bajo la luz de la luna envuelta en llamaradas. Atravesó el portón y su figura lentamente se deshizo como si fuera humo. Arriba quedó la luna, horrible, rodeada por negros nubarrones. Desperté bañado en sudor; a mi lado, dormida, Dolorita respiraba pausadamente. Me refregué los ojos y vi una sombra junto al moisés del niño. Todavía temblando a causa del mal sueño me tiré del catre de un brinco y prendí el candil. La sombra era Lunanda mirando a mi hijo con los ojos fríos, ausentes y fijos. Supe que Lunanda había vuelto a recordar y Faustino estaba en peligro.

Lo que hice después es lo que debí hacer la primera vez. Lunanda estaba loca, en cualquier momento mataría al niño, también me mataría a mí. Apagué el candil y la saqué del cuarto; la arrastré fuera de la casa tapándole la boca para no tener que escuchar su maldita sentencia: Todos van a morir, todos van a morir. *Con los ojos repletos de llanto, tanto la amaba y tanto la odiaba, apreté su cuello, apreté y apreté hasta que su cuerpo quedó desmadejado entre mis manos. Sin hacer ruido para que nadie me descubriera puse su cuerpo y una botella de querosén en una carreta. Bajo la luz de la luna llevé a Lunanda hasta la cueva cerca del río. Para que no quedara rastro de mi crimen, rocié el querosén sobre los restos y prendí un fósforo. Nadie podía saber que Lunanda no era el ángel que todos querían ver. A la mañana siguiente dije lo que sería la verdad para la familia, para Faustino y los que vinieran después de él:* Me levanté porque escuché ruidos extraños, miré por la ventana y bajo el resplandor de la luna descubrí a dos extraños encapuchados parados tras la cerca de entrada. Iba a salir en busca de la carabina cuando vi a Lunanda ir hacia ellos. Los dos espantajos la tomaron cada uno por un brazo y echaron el vuelo. Había llegado el momento de regresar y dos ángeles la llevaron al lugar de donde procedía. Ese lugar de paz escondido en su memoria.

Ese fue un sueño que tuviste, *dijo mi madre y tanto Dolorita como Benalcázar me miraron con cierta duda. Pero con el pasar de los días y ver que Lunanda no regresaba se convencieron de mi cuento. Cuento que yo mismo llegué a creer y que repetí a mi hijo seguro de que así pasaron las cosas. En un pueblito tan supersticioso como Guayaquitos, cada uno creyó lo que quiso. Algún insomne aseguró haberla visto tras los altos árboles irse en compañía de dos gansos y otro dijo que esa noche la vio partir montada en una cometa con una cola larguísima que chamuscó la copa de los árboles. A las viejas chismosas les pareció que era raro cómo los Aguirre desaparecían de la noche a la mañana y sospecharon que eran los diablos los que hacían ese trabajo.*

Faustino Benalcázar hizo traer de España un ángel de piedra sosteniendo en una mano un ramillete de romero y un saquito colgado al cuello como lo llevaba Lunanda. Benalcázar y Dolorita pusieron el ángel sobre una tumba vacía para que la mujer a la que amamos tuviera en el pueblo un lugar donde descansar y en la losa una leyenda dedicada a su memoria: Un ángel que llegó a Guayaquitos donde se quedó para siempre. 10 de agosto de 1809".

Esa era la fecha escrita en la pared de mi cuarto, el día que Alcides mató a la Lunanda. Esas eran las fechas y las palabras en aquella tumba abandonada donde estaba ese ángel que mi hija quemó cuando era niña. La Lunanda era un diablo, pero no sé por qué sentí tanta pena al saber de su muerte. ¡Dios mío! Y pensar que sus cenizas quedaron en la misma cueva donde yo dejé el cuerpo de Damián. El cuero se me puso de gallina.

Ahora puedo morir,
puedo vivir también,
sobre mi cuerpo pueden caer piedras,
puede, bajo mis plantas hundirse el suelo:
y no caeré,
ni sufriré dolor,
La Llama me alimenta.
Me sostiene.
Estoy enteramente poseído
de una fuerza que es magia y armonía.

David Ledesma Vásquez[17]

Ese hombre va a la orilla de su alma,
a las veces se encuentra algún rasgo de Dios
de quien se dice un día fuimos su semejanza.

Carlos Eduardo Jaramillo

---

17   David Ledesma Vásquez (Guayaquil, 1934 – 1961)

Ese hombre va a la orilla
de su alma

La casa parecía un criadero de plantas. En ese yerbajal nació Macedonio.

Cuando Macedonio nació, Faustino rodeó el catre de Rosalba con helecho, reina de la pradera y raíces de serpentina para que la ayudaran a parir y no tuviera dolores. Rosalba era una linda moza de largas trenzas negras y unos ojos cafés claros de mirada lánguida. Y nada, la gente comentaba que Faustino, un viejo para ella, le había hecho la brujería para que se fijara en él y estuviera que tragara los vientos por estar a su lado. Faustino tenía un olor extraño, olía a tantas cosas juntas que no era posible decir a qué mismo olía. Una vez Macedonio, escondido tras la puerta, escuchó a dos chismosas decir que su papá olía a chamuscado igualito que el diablo y si venían a la casa era porque Faustino verdaderamente era un brujo y de los buenos.

Una de las mujeres aseguraba que después de darle de beber al marido un brebaje de helecho macho, corazón sangrante y un gusano encontrado en una manzana, tal como el curandero aconsejara, había logrado que el hombre abandonara a sus queridas y tuviera ojos sólo para ella, comiera de su mano y como perro faldero le lamiera los pies. La otra decía que su problema había sido más jodido. ¡Púchica! El espíritu de la suegra no la dejaba dormir en paz, no sólo la jalaba por los pelos, sino que la pateaba, le daba mordiscones y fuetazos. Finalmente, fumando tabaco y regando alrededor de la casa la mezcla de ruda, hierba de asno y flores recogidas del cementerio justo a la medía noche, pudo espantar ese espíritu tan perverso para siempre.

La vida de Macedonio no fue nada fácil. Desde niño siempre estuvo preso en la casa y todo lo que conocía del mundo era lo que veía desde la ventana en el altillo, lo que Faustino le contaba y lo que leía en los libros.

En casa lo llamaban Donio y los extraños que lograban verlo lo apodaban el Jorobado debido a la totuma que abultaba las ropas en su espinazo. La culpa la tuvo su abuela Dolorita que no dejó que le cortaran el par de alitas de pollo que trajo al nacer para que fuera un ángel como su tatarabuela Lunanda.

Y nada, Faustino vivía por completo dedicado al negocio de las matas. En un rincón del cuarto tenía una ruma de piedras recogidas junto al río. Sólo tres de estas piedras le servían para machacar sus mejunjes dentro de una batea, el resto las usaba como talismanes de la buena suerte. Los jugos sacados de las hierbas los envasaba en frascos y botellas que una vez al mes, en una mula, un viejito traía desde otros pueblos.

De sol a sol, Rosalba y Elvia, una prima de Rosalba, además de trabajar en la cocina, en el huerto y en los corrales, eran las encargadas de cuidar las miles de hierbas. Las manos de las mujeres parecían hechas de piedra pómez y sus cuerpos tenían un tufo a tierra y sudor.

Un día la prima Elvia llegó a la casa pidiendo alojamiento por unos días para ella y su hija Zelinda hasta que el marido pasara a recogerlas. El marido jamás llegó a buscarlas y se quedaron en la casa para siempre. Elvia era una muchacha de piel brillante y tostada por el sol que caminaba con un son de palmeras arrebatadas al viento. ¡Púchica! La mujer tenía el pelo duro y lacio como crin de potro, los ojos achinados, la nariz corta, los labios abembados, una cinturita de avispa y unos pechos redondos como dos grandes melones. Zelina parecía su hermanita menor, tenía la misma edad que Macedonio y era una entrometida. Sus travesuras ponían a rabiar al muchacho. Zelina espantó las lechuzas que anidaban en el entretecho de su cuarto, hizo huir las candelillas que guardaba en una botella barrigona de vidrio donde antes Faustino guardara ramitas de lavanda marcada con una nota que decía: "Trae memorias de otros tiempos y otros lugares". Zelina lo jalaba de los pelos, lo mordía, le arrancaba las plumas, le gritaba: *Monstruo. Eres un monstruo.*

Cuando Donio era pequeño, Elvia lo bañaba, junto con su hija, en una tinaja de tablillas que guardaban en un cuarto refundido atrás en el patio. Ese par de enormes tetas subían y bajaban por su cara hasta marearlo. Cuando Donio creció, los pechos inflados de Elvia y las ganas de morder esos pezones brotados lo tenían loco. ¡Púchica! En sus sueños era él quien bañaba a Elvia y cuando llegaba a sus enormes tetas estas soltaban una leche blanca y dulce. Su boca no daba abasto al chorro que brotaba de sus puntas y terminaba con las ropas empapadas. El sueño era tan real que, cuando despertaba, sus labios todavía guardaban el sabor a miel y sus sábanas estaban mojadas.

Ya jovencito, con pelos en la barba y voz de gallito ronco, Macedonio podía lavarse él solo, pero alegando que necesitaba ayuda para despiojar las plumas pedía a Elvia que lo bañara a él solito. Y Elvia muy contenta lo complacía pensando que no cualquiera podía darse el lujo de acicalar a un angelito. ¡Púchica! Los dedos de la mujer sobando su cuerpo lograban que la picha se le pusiera dura y para ocultar la piezota hinchada y tiesa el muchacho agitaba el agua. Y nada, para no empaparse la ropa con toda el agua que Donio asperjaba con sus aletazos, Elvia se sacaba la bata, las enaguas, los calzones y lo bañaba completamente desnuda y fue así como el sueño de atragantarse con sus enormes tetas dejó de ser solamente un sueño.

Una tarde, mientras retozaban entre cáscaras de limón, naranja y plumas, el agua en la tinaja se volvió espesa y blanquinosa, los pechos enormes de Elvia soltaron una leche dulce y tibia. Y nada, ducho en el arte de mamar Donio prendido a sus tetas como un hambriento ternerito, atragantándose para no perder una gota, saboreó la nueva vida en sus pezones; meses más tarde nació Ismael.

Un año después Danilo, el segundo hijo de Macedonio, vino al mundo. Zelina a sus dieciséis años había dejado de ser flaca y entrometida. Sus formas se habían redondeado, era bonita y tenía la piel morena y suave; de su madre había heredado no sólo el contoneo de palmeras, sino también las enormes y hermosas tetas. Macedonio alegaba que el encontronazo con Zelina fue un malentendido, una equivocación.

Una madrugada, el llanto de Ismael llegó hasta el cuarto de Macedonio y, sin poder continuar con sus escritos bajo la luz de los gruesos velones, se dirigió hacia el niño para calmarlo. Elvia dormía rendida por el cansancio sin escuchar al hijo acostado en el mismo petate. Macedonio tomó al muchachito del suelo y lo meció entre sus brazos. Una vez que el niño quedó dormido lo depositó sobre la esterilla junto a la madre. Y nada, tuvo ganas de la mujer y en cuclillas acarició los pechos más duros y abultados con la maternidad. Sus labios se pegaron sedientos a los pezones en punta y la mujer en quejidos de placer rodó por el piso para no despertar a la criatura. ¡Púchica! Caliente, arrecho, Macedonio montó la hembra que se quejaba y se revolcaba bajo su peso. Macedonio acercó sus labios a su boca y la mujer, en un arranque, dijo su nombre. Esa voz no era la de Elvia sino la de su hija Zelina.

Al darse cuenta del error, Macedonio quiso escapar, pero la muchacha lo amarró con sus piernas y esta vez fue ella la que lo montó con ganas y sin cuartel. Desde esa noche, Zelina llegó puntual al cuarto de Macedonio cumpliendo con una cita que nunca hicieron. Zelina atravesaba el corredor en puntillas para no hacer ruidos y así no despertar a su madre, tampoco a la de Donio. Se acostaba en el piso, abría las piernas y, sin decir palabras, le ofrecía sus enormes tetas.

Las dos mujeres olvidaron que eran madre e hija y se volvieron enemigas a muerte. Un día Rosalba, cansada de las injurias, de los alborotos y trifulcas que armaban las mujeres, las amarró espalda con espalda, y otro día las amarró barriga con barriga para que se sacaran la pica de una vez por todas y terminaran de arrancarse los ojos y la lengua. Y nada, como los escarmientos no dieran resultados, les prohibió mirarse y hablarse; a Elvia le encargó la cocina y la mandó a dormir junto al gallinero; a Zelina, que era la más resabiada, le encomendó el lavado de la ropa y la obligó a dormir con ella en el mismo catre.

Macedonio aseguraba que él amaba a los dos niños por igual, pero sus madres se los metían por las narices como si entre los hijos se pudiera elegir. Ismael creció sano, fuerte, su alta estatura y buena estampa lo hacían parecer un roble humano. Muy al contrario, Danilo era debilucho, enfermizo, afligido, penoso y para colmo de males, heredó las totumas. Para protegerlo de cualquier peligro, Macedonio nombró a Ismael el guardián del indefenso hermano.

Por culpa de esas alitas de pollo que luego crecieron enormes como las de un pajarote, Macedonio fue un solitario, un amargado y, para empeorar, un día su padre se perdió en la humareda. Y nada, el muchacho se pasaba el día entero refundido en su cuarto, mirando los campos tras las rendijas de la ventana en el altillo de la casa, releyendo viejos libros que pertenecieron al abuelo Alcides, pensando en cosas raras de las que no estaba seguro si ya habían pasado o estaban por pasar, y escuchando murmullos que se enredaban en el otro lado de las paredes. Únicamente salía por las noches cuando no había luna.

La noche conseguía borrar las formas de las cosas, hasta los libros que conocía de memoria parecían desaparecer sin la luz que los dibujara. Y nada, escondido en medio de las sombras, como un fantasma, salía de casa y caminaba a lo largo de la corriente, llegaba hasta las piedras de donde brotaba el manantial. Un poco más arriba se hallaba la cueva donde, según contaba abuela Dolorita, Lunanda decía haberse refugiado y donde Joel, el tatarabuelo, la había encontrado dormida. Macedonio creía que solamente él conocía ese lugar porque nunca vio a otra persona llegar al maravilloso escondite. Allí cerca de la cueva, Macedonio se acostaba sobre los tréboles. ¡Púchica! El universo entero palpitaba en la quietud rodeada de infinito. Lejos, lejos, las estrellas parpadeando en el espacio dejaban que la memoria de las cosas y el espíritu de la naturaleza hablaran en el silencio. Cerca, cerca, dentro de sí mismo, Macedonio escuchaba el manantial brotando a borbotones entre las enormes piedras, las cigarras chillando sin parar, el aleteo de los murciélagos, el temblor dormilón de los árboles, el besuqueo de las salamanquesas arrechas. Y nada, la noche era un mundo sin colores donde se agitaba el alma de la creación entera y el muchacho, en medio de las tinieblas, sentía ser todas las cosas.

El muchacho sabía que pertenecía a las sombras, el mundo gris sin luz lo llenaba de paz. En aquella época pensaba en la perfección y el orden como un estado de lo primero, antes del tiempo y la palabra. Creía posible abandonar el cuerpo y llegar a ser una idea perdida en el fondo del nunca, de la nada. Y nada, lleno de ganas por ver lo invisible, por conocer los misterios de lo visible y encontrar el poder secreto de las palabras, el muchacho llevó los pensamientos al papel. Escribió lo que en esos momentos creía verdadero: *Todo es espíritu y el mundo está en la mente. Los animales y la gente existen en la memoria de las cosas.* Macedonio pensaba que las cosas latían y el cerebro respondía al mandato recibido, de esta manera era fácil comprender que si un hombre mordía una manzana era porque la fruta lo pedía, si no podía volar era porque el suelo lo agarraba de los pies y si saltaba era porque alguna estrella lo jalaba.

El muchacho pensaba que el tiempo era un solo momento y los hechos se mezclaban entre sí, así era posible recordar el pasado e igualmente el futuro. ¡Púchica! Era esta la razón de conocer lugares y personas nunca antes vistos; era este el motivo de sentir angustias o felicidades que no se explicaban; todo resultado de la realidad que un día sería. *En el tiempo los hechos nos esperan para pasar. No podemos escoger, tampoco decidir, lo único que nos queda es cumplir con lo que debemos hacer. Todo en el mundo está por siempre presente, por eso nada se inventa, nada se crea, únicamente se va descubriendo lo que ha estado ahí desde el mismo comienzo.* Y nada, totalmente convencido de un destino fijo Macedonio afirmaba que el futuro como el pasado coincidían en un mismo día. *Hoy es el futuro del ayer y al mismo tiempo el pasado del mañana.*

Lleno de ese mundo secreto que se movía dentro de su cabeza, el muchacho se sentía a veces desmoronado y otras arrebatado. ¡Púchica! Por su cabeza pasó la idea de invocar la ayuda de las fuerzas que controlaban la naturaleza. Y nada, agarró una larga y fuerte rama, que desde entonces lo acompañó, y se sintió igual que el Moisés, el hechicero que hacía trucos con una vara poderosa. Con su vara Moisés había convertido un río en sangre, llamado una plaga de langostas y partido las aguas en dos; con su rama Macedonio se volvió invisible a los ojos de la gente que no creía en ángeles.

Lo que aparenta ser doble o tener dos extremos realmente es una ilusión porque diferente y semejante tienen el mismo sentido; dolor y placer igual intensidad. Lo concreto y lo sutil son complementos de un todo. Igual que la vida, el mundo es eterno porque lo que existe ahora, existe en todo momento y es lo mismo. Para protegerse de la soledad Macedonio escribía. Y nada, así su pensamiento fue creciendo hasta convertirse en un bulto repleto de palabras. Palabras que representaban el mundo, su mundo, palabras que eran su todo, el verdadero Dios, como decía Lunanda: *Soid nos sarbalap sal.*

Faustino se fue cuando Macedonio tenía trece años, más que nada hostigado por las constantes trifulcas que Alcides le armaba obligándolo a salir en busca del libro que estaría perdido en la casa en épocas posteriores a las que vivían. Alcides le recordaba que de nada le serviría negarse porque lo escrito, escrito está, átse otircse. Y nada, esas palabras hicieron que una vez más Macedonio escribiera sobre el tiempo: *El tiempo es un momento. No hay pasado tampoco futuro, todo ocurre en un solo instante; el pasar del tiempo es una trampa de la mente. Los hechos se dan al mismo momento, todos vivimos en el mismo momento, en todo momento. Adán muerde la manzana el mismo momento que Jesús es crucificado, el mismo momento que Julio Cesar es asesinado, el mismo momento que nace Alejandro Magno, el mismo momento que papá abandona la casa.* En el mismo momento que lloraba la ausencia de su padre, una muchachita escribía en unos papeles en el granero.

Cuando Faustino se perdió en la humareda, el negocio de la curandería terminó y las mujeres abandonaron el cultivo de las yerbas, pero agrandaron el de hortalizas. Macedonio, que era solamente un muchacho, extrañaba a su padre. Y nada, sin que Rosalba se diera cuenta en los amaneceres entraba en el cuarto vedado a leer los mensaje escritos en cada botellita y, llorando de rabia y pena, tiraba contra las paredes las piedras recogidas junto al río. Fue así como Macedonio descubrió que su papá era realmente un brujo y que las piedras eran tan mágicas como las yerbas. ¡Púchica! Los guijarros desaparecían en el aire, el golpe de las piedras al caer en el piso sonaba lejos como si fueran a dar a otro cuarto y los chillidos de una mujer se escuchaban claramente: *¡Carajo, dejen de joder, no crean que me van a espantar con piedritas y pendejadas!*

Maravillado por el encanto de las piedras un día tomó una de las más grandes, la llevó a su cuarto y la echó a volar fuera de la ventana. ¡Púchica! Quedó pasmado con la boca abierta, a sus oídos llegó la voz de un hombre gritando de dolor *¡Ayyy, me dieron a matar!* Por el hueco que era la ventana sacó la cabeza para ver a quien había dado una pedrada y solamente encontró a las gallinas que alborotadas corrían tras una asustada comadreja.

Años después, siendo ya el padre de dos hijos, Macedonio comenzó a escribir sobre la muerte, la reencarnación, cosas de espíritus y almas, y usó las palabras mágicas *Divorus-Urvisdo* para conjurar las fuerzas del universo.

Al morir el cuerpo, la persona que lo animaba queda suspendida en un estado de inconciencia momentánea hasta transmigrar a otro cuerpo. En el mundo físico ese instante de espera puede durar minutos

*o siglos. Durante el proceso de entrar en el nuevo cuerpo, el alma
pierde la capacidad para recordar y olvida sus memorias, sus viven-
cias. En casos muy especiales, mientras el cuerpo físico muere, ciertos
elementos del cuerpo espiritual se disparan, se dispersan y pasan a
ser parte de otro cuerpo material. De esta manera la persona viva es
dueña de los pensamientos y la memoria de la persona muerta. Es
posible que múltiples almas encuentren alberguen en un solo cuerpo.*

¡Dios mío santísimo, cuántas cosas que una tiene que oír! Resulta que el abuelo de mi suegro también fue un ángel igual
que la Lunanda. ¡Qué tremenda herejía! Con qué cara se atrevían a decir que había ángeles en esta familia de fariseos que
renegaba de Dios. El tal Macedonio no era ningún ángel, sino
un tullido; el tullido que mi hija confundió con el curquito Rómulo, el pobre jorobado que ella mandó al otro mundo por su
culpa y eso de las piedras era mentira. No fue el fantasma del
Macedonio el que le tiró la piedra al pobre Sabino, fue su hija
porque yo lo vi con mis propios ojos. ¿Y las piedras cayendo
en mi cuarto? De seguro que ella las tiraba para asustarme; sí,
tuvo que ser ella ¿quién más?

Ahora que ese cuento de los pensamientos de los muertos
pasando a un vivo, ese sí me ha dejado turulata. El Atino se
me quedó mirando y arrugó la frente como diciendo: *Yo le dije
que se trataba de un caso de reencarnación.* ¡Qué barbaridad, qué
cosa tan horrible! Entonces Samira Luna no está loca, esqui…
zofrénica, es la reencarnación de todos esos muertos. O como
dijo ese tal "ángel", los pensamientos y los recuerdos de los
Aguirre que fueron muriendo pasaron a la mente de mi hija.
¡Oh, no! Dios mío eso no puede ser verdad.

De todas maneras qué importancia tiene que mi hija esté
loca, poseída o reencarnada, si la pobre es un adefesio, una
endemoniada, un verdadero monstruo que puede llegar a hacer
cualquier barbaridad.

El viento es un fantasma
y de pavor enfría la estancia.
El viento nombres desconocidos nombra.

Miguel Ángel León[18]

18   Miguel Ángel León (Riobamba 1900 – 1942)

El viento es un fantasma

El día que cumplí quince años fue un día lindo. Flora se levantó con el pie derecho, estuvo de buen carácter, no gritó y no maldijo una sola vez. Sabino cumplió su promesa de regalarme algo que me dejaría pasmada.

—Este año te regalaremos el polvo, estoy seguro de que te gustará muchísimo —dijo papá con la mirada fija en ninguna parte y después de una larga pausa añadió—, Guayaquitos se envolverá en cenizas nacidas desde el centro de la tierra, será así como un beso de fuego dedicado a ti.

—¿Beso de fuego? ¿Qué regalo es ése? —preguntó Flora y entre risitas de burla dijo que Sabino planeaba regalarme cenizas del fogón—. Yo sí te daré algo que necesitas, un vestido nuevo y un pintalabios. Ya estás en edad de ponerte bonita, no quiero que te quedes a vestir santos.

Flora me recogió el pelo tras la nuca asegurándome que así me veía mejor y se me podían ver los ojos. ¡Púchica! Yo no la comprendía, ella me recomendaba que me arreglara y encontrara un hombre y, por otro lado, vivía amenazándome con molerme a palos si me encontraba haciéndole ojitos a un desgraciado hijoeputa o sacando panza sin que el cura me echara la bendición. ¡Oh, no!, *no voy a aguantar los chismes de la gente, que tu nombre ande en boca de todos y peor la burla de los vecinos. Óyeme bien, eres una señorita de tu casa, pobre, pero decente.*

El día de mi cumpleaños por fin llegó. Me levanté a las cinco de la mañana y apurada por ver el regalo no fui a bañarme como hacía cada día en el cuartito con piso de caña que estaba en la parte trasera de la casa. En ese cuarto se apilaban cuatro barriles de agua y un mate, fue construido por el abuelo Damián para que su mujer no fuera a bañarse al río y los hombres gozaran de sus encantos. Sin peinarme, corrí a despertar a papá, al mismo tiempo él salió de su cuarto mostrando los enormes dientes recién empastados con yerbaluisa. Y nada, juntos salimos al patio donde me esperaba el regalo.

El patio entero estaba cubierto de cenizas. El guachapelí se sacudía el polvo que lo había cubierto por completo. Flora, tía María, Abundio su marido y Samuel salieron al patio al oír nuestras risas. En ese momento, Sabino y yo bailábamos un vals sobre el empolvado patio. ¡Púchica! Y porque sí, porque nos entraron las ganas, nos acostamos en el suelo a dar vueltas y como las gallinas y los pavos nos cubrimos hasta los ojos en la polvareda.

— ¡Santo cielo de dónde salió esto! —chilló Flora asombrada al encontrarse con la ceniza y los dos chiflados revolcándonos en ellas—. Se creen pájaros o qué diablos —dijo moviendo la cabeza sin creer lo que veía.

—Un volcán allá en las montañas ha suspirado en un acto ontofánico— dijo papá dejando a todos boquiabiertos sin comprender. ¡Púchica! Sabino decía cosas raras y palabras rebuscadas para que nadie lo entendiera; después cuando estábamos solos me explicaba lo que quería que yo supiera. Así conocí que ontofanía era la armonía entre el hombre y la naturaleza y no podía confundirla con ontología que trataba del hombre y su inmortalidad.

Un día, María, la hermana de madre de Flora, y su marido Abundio llegaron de visita y contando las largas y las cortas se quedaron a vivir en la casa para siempre. Ese día del acto ontofánico estuvieron a punto de irse para no tener que desempolvar los techos, las ventanas, las siembras, la ropa oreándose en el patio y hasta los ojos de las gallinas y los pavos.

Al día siguiente de mi cumpleaños pasó algo sorprendente y como dijo papá, pasó algo espectrocular o sea cosa de espectros. Eran las tres de la mañana cuando él fue a buscarme a mi cuarto.

—Luna, despierta, ven a escuchar que ellos se acercan, los puedo oír en las paredes de mi cuarto —dijo en voz baja sin levantar el mosquitero.

—Papá déjame dormir, tengo sueño. A las seis tengo que levantarme para ayudar a mamá si no la tendremos jodiendo el santo día —contesté refregándome los ojos.

—Si Flora se levanta los va a espantar con el alboroto que va a armar —dijo sin hacerme caso pidiendo que caminara suavecito para no hacer ruido.

Desde mucho tiempo atrás Sabino dormía solo en el cuarto del fondo. Para llegar a su habitación había que atravesar un corredor largo donde las paredes llegaban a la mitad de alto formando barandas donde colgaban helechos plantados en tarros y latas. La lectura hasta altas horas de la noche, los trastos que guardaba y la manía con sus antepasados, duendes que se acercaban o visitaban la casa, hicieron que Flora se mandara a cambiar a otro cuarto para dejarlo, según ella decía, a sus anchas con los fantasmas en medio de sus cachivaches y sus pesadillas. ¡Púchica! Además de las cosas viejas papá acumulaba libros que no se sabía de dónde diablos sacaba. Entre la Biblia y los fajos de santería y magia había libros que ya estaban en ese cuarto antes de que Sabino naciera y pertenecieron a Macedonio y a su abuelo Alcides, el que inventó un ontotelescopio.

Recuerdo que desde que era pequeña en el pueblo existía el alumbrado eléctrico, pero papá seguía prendiendo velas en su cuarto. Flora decía que lo del "viejo chiflado", como ella lo llamaba, era pura jodienda y aseguraba que un día la casa iba a arder cuando una vela cayera sobre un libro y no iba a quedar un alma viva para contar el cuento.

Y nada, como un par de duendes Sabino y yo fuimos por el pasillo en puntillas, aguantando la respiración. Ya en el cuarto, en un susurro, él pidió que pegara la oreja a la pared y escuchara con atención.

—¿Oyes lo que dicen?

—Son dos, conversan y parece que estuvieran muy lejos —respondí lela. ¡Púchica! No podía creer lo que estaba pasando y temblando de miedo agarré una mano de papá. Una voz decía que si el tiempo estuviera hecho junto con las cosas que se movían, la eternidad sería fija y la otra voz aclaraba que entonces llegar al punto deseado sería imposible. Después de un corto silencio, uno decía que no estaba seguro de que la muchacha pudiera ayudarlos y el otro con amargura respondía que si ella no lo hacía estaban perdidos para siempre, nunca serían rescatados de la nada. *Luna, Luna, Luna,* dijeron juntando las voces.

—¿Papá por qué me llaman? ¿Es que voy a morir? ¿Quiénes son esos hombres en la pared? —pregunté y me abracé al cuello de mi padre temblando de miedo.

—No te asustes Luna —me alentó diciendo que ya me había dejado saber que yo era diferente al resto de la gente y ellos también—. Caminan en el tiempo. En el tiempo no hay ayer ni tampoco mañana. Hoy es el pasado del mañana, hoy es el futuro del ayer. Vienen en tu busca porque tú puedes ayudarlos a salvarse y si no lo haces desaparecerán sin dejar huellas.

Cuando dejaron de hablar papá me acompañó a mi cuarto pidiéndome que volviera a dormir. ¿Cómo pegar los ojos después de saber que dos fantasmas andaban en mi busca? Y nada, pasé el resto de la noche hecha piedra sin poder moverme del mismo sitio en la cama. Al día siguiente Flora preguntó por qué padre e hija parecíamos un par de lechuzas con esos circulotes negros alrededor de los ojos.

Después de esa noche, todas las noches, los hombres en la pared hablaban en todas las paredes de la casa y muchas veces no conversaban sino que gritaban y aullaban como almas en pena sin dejarme cerrar los ojos. ¡Púchica! Las ojeras me daban la pinta de una enferma o de una vieja alucinada cuando sólo tenía quince años.

Flora se enteró de los fantasmas gritando en las paredes y prohibió a Sabino que volviera a mencionar a los antepasados en busca de salvación o tendría que vérselas con ella. Para que yo olvidara esas tonterías que el "viejo chiflado" me metía en la cabeza, Flora me aseguraba que no habían fantasmas en la casa ni en ninguna parte porque los muertos nunca regresaban y si había escuchado gente hablando en las paredes era solamente el viento que movía las hojas de los árboles, que levantaba papeles del suelo o que traía voces desde muy lejos.

A pesar de las palabras de Flora el terror no me dejaba vivir, lloraba por nada y me despertaba a medianoche gritando como loca. ¡Púchica! Sabía que eran las voces de los Aguirre, pero les tenía miedo y me asustaba traerlos a la mente. Para salvarme de los dañinos manejos de Sabino, Flora me llevó a dormir con ella en el cuarto con la ventana sellada; trataba de mantenerme todo el tiempo ocupada, limpiando la casa, dando de comer a los animales y sobre todo, rallando la yuca y moliendo los choclos para los trescientos muchines y trecientas tortitas que a diario Samuel y Abundio vendían en el mercado.

—Sabino no te das cuenta de que estás volviendo loca a la muchachita. ¿Si es verdad que ellos hablan en las paredes por qué nadie más los escucha? Por favor déjate de tanto cuento, ya eres un viejo para estar creyendo en duendes. Viejo déjate de boberías y dame una mano con los oficios de la casa. Vete al pueblo con Samuel, lleva los encargos y de regreso traigan más choclos y queso.

—Mujer no te metas, tú no comprendes nada, no tienes ni idea de lo que significa esta angustia por la vida —se defendía Sabino de los ataques de la mujer y añadía que estaba en un error al no dejar que yo conociera lo que ellos decían porque si no los escuchaba todos corrían el peligro de perderse en la inadvertencia para siempre. Y nada, Flora lo amenazaba con mandarme a la ciudad con su hermano Nazario, donde no me pegara su locura.

Parece que los hombres de la pared la respetaban porque durante el tiempo que dormí con Flora los fantasmas no volvieron a llamarme. Por si las dudas, Flora fue a la iglesia, trajo una botella con agua bendita y la regó por las paredes de la casa implorando la protección de todos los santos que recordaba. No pudo curar las del cuarto de Sabino porque él se negó enfurecido. *Eso sí que no* —dijo con los puños en alto—. *Te acepto todas las cosas que quieres hacer en esta casa, pero no voy a aguantar tonterías de curas embusteros.*

Para escapar y descansar de Flora, para pensar, escribir o estudiar la historia nacional, que no soportaba, me encerraba en el granero donde además del abono, los sacos de choclos, los fríjoles y el arroz, se guardaban las herramientas para remover la tierra y un par de llantas remendadas. Y nada, ahí encerrada pensé que Flora solamente me hablaba para ponerme en contra de papá y ordenarme qué hacer. *Deja de celebrarle las tonterías al loco de tu padre ¿A qué horas vas a ayudar a tu hermano con los bultos? ¿Diste de comer a las gallinas? ¿Barriste la cocina? Ya tenemos a un vago que vive para leer y pensar. Pensando no se llenan las tripas, ponte a tender la ropa y no te demores mirando las nubes.*

Encerrada en el granero recordé que años atrás había visto al ángel llorando en ese lugar. No sentí miedo al verlo porque nadie le teme a un hombre derrumbado. Pobrecito el Macedonio, sufría tanto por ser diferente. Gracias a que abuelo Damián lo encontró cuando se perdió en medio de la noche y pudo darle la compañía que necesitaba.

Y nada, copiaba varios datos de un libro de historia nacional, comprado por casi nada a un cachinero, sobre las dos administraciones alfaristas. ¡Púchica! No sólo me costaba saber de tanta trampa, maniobras chuecas, cochinadas y líos, sino recordar fechas. En ese momento leía que al subir nuevamente al poder, Alfaro volvió a implantar el sistema de miedo y represión sangrienta. *El 25 de abril de 1907, una manifestación de estudiantes culminó en dolorosa masacre.* ¡Púchica! El dato me repugnó de tal manera que apenas pude contener la náusea, sentí una punzada en el pecho y el corazón como un trapo estrujado por la pena. *Samuel, Samuel,* dije sin saber por qué y me eché a llorar al imaginar los cuerpos sin vida de los muchachos acribillados y abandonados como animales en medio de la calle. *Carniceros, monstruos, bestias, malditos asesinos, los odio con toda el alma, los odio*, grité dando golpes a un costal de maíz desgranado y refregándome los ojos con una mano me tiré sobre la paja regada en el suelo para seguir llorando.

En ese momento sentí que abrían el portón y pensé que Flora llegaba a fastidiarme. Arrebatada levanté la cabeza para decirle que no me jodiera más, que necesitaba estar a solas, que con ella siempre atosigándome no podía leer, escribir ni siquiera pensar con claridad. Allí parados junto a mí estaban dos hombres vestidos de blanco mirándome con curiosidad y al mismo tiempo con asombro. Tuve la idea de que al verme tirada sobre el piso con los ojos repletos de llanto, los extraños se sintieron desilusionados. Parecía que esperaban encontrar a otra persona en mi lugar. Y nada, me senté tratando de controlar las lágrimas y los miré como si me hubieran hechizado. Los dos eran viejos, uno calvo de ojos celestes, el otro un poco jorobado y pálido. Los dos tenían los mismos ojos pequeños, el pelo liso, los labios gruesos y olían a humo. El calvo se me acercó y repitió mi nombre varias veces.

—Luna, Luna, Luna.

El otro lo siguió, se agachó a mi lado y puesto de rodillas me acarició el pelo y me secó las lágrimas con un pañuelo que sacó del bolsillo de la camisa.

—Te hemos encontrado, te hemos encontrado —repitió el calvo con voz temblorosa, podría asegurar que estaba emocionado.

La verdad era que lo escuchaba sin comprender qué decía, no podía moverme, estaba entumecida, muda y tonta. Cuando salí del alelamiento pude preguntar quienes eran y que querían de mí.

—Me llamo Faustino, hijo de Alcides, padre de Macedonio. Él es Valentín, hijo de Lunanda, padre de Alcides y por lo tanto mi abuelo —dijo el calvo.

La mente se me embrolló y pensé que lo que acababa de leer me había dejado tarada.

—Valentín es el padre de Alcides y abuelo suyo. ¿Cómo puede ser posible si su abuelo luce más joven que usted? —pregunté esperando una respuesta que tuviera sentido.

—Luna eso es fácil de explicar —dijo el calvo sentándose junto a mí sobre unos sacos de maíz seco, mirándome fijo con esos ojos celestes repletos de asombro—. Valentín y yo salimos en tu busca cuando yo tenía sesenta años y él algo menos, él en su tiempo y yo en el mío. Nos encontramos en el camino y supe que era mi abuelo porque mi padre Alcides nos había visto caminar juntos en el telescopio que había inventado y que miraba el porvenir en las estrellas. Luna, el tiempo no coincide con las fechas y lo que va a pasar está esperándonos para suceder.

—Entonces son ustedes los que hablan en las paredes —dije al reconocer la voz de Faustino—. Ustedes encontraron a abuelo Damián, me buscaban antes de que yo naciera, antes de que mi padre naciera ¿Por qué? ¿Qué quieren de mí?

—No dejes que nos perdamos en tus pensamientos, refundidos para siempre en la inadvertencia. Ayúdanos a escapar de la nada —reclamó el calvo con la voz llena de angustia.

No entendí que querían decirme. Flora tenía razón, siempre estaba soñando cosas sin sentido, deambulando en las nebulosas, eso era lo que pasaba, estaba dormida, iba a despertar en cualquier momento y sus figuras se harían humo dentro de mi cabeza.

En todo este tiempo Valentín no había dicho una sola palabra. En todo momento estuvo mirándome fijo sin apartar los ojos de mi figura como si en vez de ellos, yo fuera la aparecida. Cerró los ojos como si no creyera lo que sus ojos veían, volvió a abrirlos.

—Yo ya la conocía, cuando era joven la vi en el galpón donde se guardaba el forraje que ahora es este granero —dijo y, sin dejar de mirarme, preguntó a Faustino— ¿Te has fijado lo mucho que se parece a Lunanda? Si no fuera por el color de la piel y el cabello duro, diría que es mi madre. Como ella, enreda el pelo entre los dedos mientras habla.

—Son el principio y el fin, Lunanda y Luna —respondió Faustino tocando levemente mi cara con la punta de los dedos.

—Ven con nosotros —invitó Valentín tomando una de mis manos.

Y nada, dejé que me ayudara a parar del piso y los tres salimos del granero tomados de las manos. En el camino vi a Flora con una batea llena de maíz seco y machacado dando de comer a las gallinas. Cruzamos junto a ella y no levantó la mirada para vernos pasar. Atenta a su tarea, llamaba a los pollos, *pío, pío, pío*. ¡Púchica! Samuel llegó en ese momento en la vieja camioneta, descargó los bultos y pasó a nuestro lado sin tomarnos en cuenta. Llegamos hasta el río. Desde la ribera los tres miramos hacia atrás. Sin dar crédito a mis ojos y con la boca abierta contemplé cómo un nubarrón se levantaba del suelo, iba creciendo y a su paso todo terminaba. Los árboles se deshacían, los campos se desvanecían lentamente, la casa se borraba. A nuestras espaldas todo parecía un tejido que una mano invisible iba desbaratando. Igual como lo había descrito abuelo Damián, la nubarrada avanzaba rápidamente tratando de alcanzarnos y borrarnos también. Valentín y Faustino con los pequeños ojos abiertos como platos contemplaban la misma calamidad por segunda vez, y aterrados gritaron al mismo tiempo: ¡*IDROVUS*!

Eché a correr, pero ellos me alcanzaron y me agarraron cada uno por un brazo.

—Luna, tú puedes evitar la catástrofe, puedes detener la nada, impedir que nos alcance y nos borre para siempre. Encuentra a IDROVUS, encuentra el libro —pidió Faustino.

—Luna, recuerda —dijo Valentín—. Estaba en tus manos cuando Lunanda despertó, en ese libro estamos todos, en él estaremos esperándote siempre. Cuando te sientas triste, sola, cuando nos necesites, piensa en nosotros y búscanos en IDROVUS.

—El libro de IDROVUS —reafirmó Faustino con lágrimas en los arrugados ojos.

El sol golpeó una onda del río y el chispazo cortó las brumas. Tomados de las manos regresamos en silencio hacia el granero. Frente a la casa, Flora con el maíz triturado en la batea daba de comer a las gallinas y llamaba a los pollos, *pío, pío, pío*. Samuel descargaba los bultos de la vieja camioneta. Pasamos junto a ellos y, como antes, no nos tomaron en cuenta. Entramos al granero y Valentín me ayudó a recostar sobre los costales de maíz seco y fríjoles. Ambos me besaron en la frente y se despidieron. Desde la puerta Faustino me pidió que no los olvidara, que no los olvidara.

Cuando se fueron salí corriendo del granero. Flora llamaba a los pollos, *pío, pío, pío*. Samuel llegaba en la vieja camioneta y empezaba a descargar los bultos.

—¿Samuel los vistes? —pregunté a mi hermano—. Ellos me encontraron. Valentín y Faustino vinieron por mí, Samuel ellos son verdaderos—. Como siempre mi tonto hermano no pudo entender mis palabras.

—Luna qué diablos dices ¿Quiénes son Valentín y Faustino?

—Deja de hablar bobadas y ayuda a tu hermano con los bultos. Quisiera saber dónde has estado metida toda la tarde muchacha del demonio, con tanto que hay que hacer en esta casa y tú inventando tonterías, perdiendo el tiempo.

Y nada, ayudé a Samuel con los bultos, fui a la cocina a pelar las papas y escoger el arroz para la merienda. No podía esperar a que papá regresara a casa para contarle lo que había pasado. Al escucharlo empujar la puerta del patio corrí a su encuentro, de sopetón sin esperar a que entrara en la casa le dije:

—Esta tarde Valentín y Faustino llegaron, me encontraron, estuvieron conmigo en el granero.

—Luna pudiste verlos y hablar con ellos. Eso es maravilloso. ¿Cómo eran? ¿Qué dijeron? De seguro que ellos sabían del libro—. Papá se puso triste cuando le conté que ellos sabían del libro tanto como nosotros.

—Si me encontraron fue para que los ayudara a buscarlo, estaban seguros de que yo podría hacerlo. El libro de IDRO-VUS, Lunanda lo había visto en mis manos cuando nos encontramos a orillas del río. El libro se llama IDROVUS.

—¿Estás segura? Luna piensa, concéntrate ¿Qué libro era ese que tenías en las manos aquel día?

—Un libro de poetas nacionales, poesías que me ponían muy triste.

Sabino se sentó sobre el tronco del árbol bajo la sombra del guachapelí mientras fui en busca del saquillo del arroz donde todavía guardaba el libro.

Se va con algo mío la tarde que se aleja;
mi dolor de vivir es un dolor de amar;
y al son de la garúa, en la antigua calleja,
me invade un infinito deseo de llorar.

Regresé leyendo en alta voz unos versos de Medardo Ángel Silva y mostrándole el libro le dije que a Medardo, al igual que los otros poetas de la generación decapitada, le dolía la vida y también terminó matándose, suicidándose.

—Míralo papá este es el libro, pero no se llama IDROVUS.

Y nada, esa noche papá y yo no dormimos. Con un machete y un martillo rompimos las paredes de su cuarto que era donde más se escuchaban las voces. Flora no pudo hacer nada para detenernos, papá le prohibió que entrara a molestarnos, le dejó saber que él podía hacer lo que quisiera con su cuarto.

Al día siguiente Samuel y Abundio ayudaron a papá a poner en su sitio las paredes del cuarto. Flora y yo pusimos en su lugar todos los chécheres que habíamos tumbado al piso.

—¿Qué es lo que buscaban si se puede saber? —preguntó Flora curiosa—. ¿Algún tesoro escondido? Ya sé, no me lo digan, el dinero que les entregó el diablo a cambio del alma de sus parientes.

—No mujer, no buscábamos plata, buscábamos algo más importante que eso. Nuestra existencia y salvación, buscábamos un libro —le explicó Sabino torciéndose los dedos, desconsolado, con los pelos revueltos.

—Por qué no me lo dijeron antes, debe ser uno de esos libros viejos que encontré cuando me mudé de cuarto —dijo Flora sin darse cuenta de que nos daba un dato valioso.

¡Púchica! A Sabino y a mí nos brillaron los ojos y al mismo tiempo preguntamos dónde estaban. Flora dijo que los había puesto en el cajón donde guardaba su ropa porque le parecieron muy raros y un día cuando tuviera tiempo quería ver de qué trataban.

Los tres libros estaban amarillentos, apolillados, hechos una verdadera calamidad. Papá agarró uno que tenía las pastas descascaradas.

—Este libro lo perdí hace unos nueve años atrás, lo guardaba en un cajón debajo de la cama —exclamó sorprendido.

—Yo se lo regalé a Alcides, el niño que conocí debajo de la cama. Me dijo que quería ser astrónomo y como el libro hablaba de los planetas se lo di —confesé apenada de haberlo regalado sin su permiso. Ese detalle ya no tenía importancia, lo sorprendente era la vejez del libro. Cuando se lo regalé al niño que dibujaba estrellas el libro estaba nuevecito y ahora en menos de una década parecía que tuviera cien años.

Y nada, cuidadosamente, como si se tratara de una delicada flor, Sabino y yo chequeamos otro de los libros. Éste era rústico, las páginas acartonadas estaban amarradas con una cabuya que pasaba por los huecos hechos con un clavo y estaban escritas a mano con una letra grande y redonda. Cada hoja llevaba un dibujo de hierbas y plantas. Unas preciosas y otras extrañas, feísimas.

> *La angélica florece en mayo 8, día de la fiesta de San Miguel Arcángel, posee la misma fragancia que la miel de abejas, tiene el poder de alejar a los malos espíritus, el agua mezclada con sus raíces asegura una larga vida.*
>
> *La caléndula o novia del sol se usa para ver y hablar con los espíritus de los muertos, cura picadas de alacranes.*
>
> *La lavanda con su hermosa fragancia tiene el poder de conjurar memorias de otros tiempos y otros lugares. Cura palpitaciones, espasmos y la histeria.*
>
> *La albahaca es signo de amor. Un ramillete de albahaca logra que tu amante nunca te abandone y si tu enemigo la huele, un nido de alacranes crecerá en su cerebro. Puesta sobre el pecho de los muertos les permite la entrada al paraíso.*
>
> *La serpentina o pasiflora ayuda a parir y tranquiliza a los lunáticos. Alivia los remordimientos y dolores de la con-*

ciencia. Cura el insomnio y la idiotez. Creció en el camino que dejó la culebra al abandonar el paraíso.

El sabuco fue el primer árbol que nació en el paraíso. De su madera se hizo la cruz de Jesucristo, cura la nostalgia y la melancolía. Ayuda a controlar la rabia y hace perdonar a los enemigos.

Las flores amarillas de San Juan se vuelven rojas si las pinchas, florecen en junio 24, el día del cumpleaños del Bautista y sangran aceite rojo en agosto 29, el día que fue decapitado. Si a la hora del crepúsculo...

Paramos de leer. Ése era el herbario de Faustino donde Ismael había encontrado la venenosa yerba que entumeció al hermano en vez de matar al padre.

Y nada, lo dejamos a un lado, más que nada nos importaba encontrar el otro, el libro perdido. Flora daba vueltas, un dedo sobre la sien, señalándoles a Samuel y Abundio que estábamos mal del coco. Sin hacerle caso Sabino y yo revisamos el tercer libro que estaba desbaratado. Cuidando de no estropearlo y temblando de la emoción lo pusimos sobre la mesa para leer los trazos perdurables al tiempo. No se podía leer el título, pero las páginas amarillentas y apolilladas dejaban ver dibujos que parecían como vistos a través de un vidrio. Sabino que conocía tantas cosas y tantas palabras raras dijo que esa era una técnica especial.

—Se llama esfumato, la inmersión en la atmósfera, donde se borran los contornos de las líneas hasta hacerlas parecer neblina.

—Parecen barajas para leer el futuro, de seguro que en esta casa vivió un brujo antes de mi suegra y por eso es que ustedes están hechizados —dijo Flora con ganas de jodernos.

Cuando estuvimos solos, papá dijo que esos dibujos éramos nosotros vistos por Alcides en el aparato que miraba el futuro en las estrellas.

—¿Será éste el libro? No es claro, pero son dibujos de toda la familia. Valentín y Faustino aseguraron que en el libro estaríamos todos juntos.

—No lo sabemos, en el que mi padre escribió y dibujó con ayuda de Macedonio también estamos todos. Te lo mostraré más tarde, además de hablar del pensamiento, la existencia y la complejidad del tiempo, describe la personalidad de cada uno de nosotros de acuerdo a nuestro día de nacimiento.

—¿Papá, cuál de ellos es IDROVUS?

Atino me preguntó si era verdad que yo les había dado esos libros y sí, le dije que yo había encontrado esos libros mientras limpiaba ese asqueroso cuarto donde el Faustino preparaba sus cochinas yerbas. No dije que encontré otro donde el Alcides contaba el secreto de los Aguirre. Nadie podía saber de ese libro nunca jamás.

Si esos libros existen, eso quiere decir que Luna está contándome la verdad. Sospecho que el encuentro con Valentín y Faustino pudo pasar. No sé, pero empiezo a darme cuenta del papel que Luna juega en esta historia, dijo Atino y claro, yo le contesté que se dejara de bobadas. Desde el comienzo le advertí que se andara con cuidado porque la enfermedad de mi hija era contagiosa, se pegaba. Al Atino le empezaba a patinar el coco.

A la máxima luz de las estrellas,
por un mismo deseo arrebatados
confundimos suspiros y querellas…

Alfonso Moreno Mora

Por un mismo deseo arrebatados

Le pido a Atino que caminemos hasta el río. No quiero que la metiche de la Flora escuche lo que le voy a contar. No sé por qué ella no aguanta perderme de vista y escamosa le dice a mi primo que tenga cuidado, que no nos alejemos demasiado. Cabreada, jalo a Atino de la mano y mientras caminamos le cuento como es que fui a perder la cabeza por un hombre.

Sentía que necesitaba ser liberada. No quería tener más pesadillas ni sentir miedo a gente que no existía. Y nada, me hubiera gustado tener miles de amigos, pero no era fácil tenerlos. Las tres muchachas que había conocido en la escuela nos veíamos muy poco porque tanto ellas como yo teníamos oficio.

Me consolaba a mí misma pensando que no necesitaba más gente a mi lado. ¿Por qué me quejaba? Tenía a papá y a Samuel. La verdad era que deseaba tener un enamorado. Laura, una de las chicas, nos contaba que cada que su amigo la besaba sentía un cosquilleo rico entre las piernas, le entraban ganas de comérselo vivo y olvidar que no se podía aflojar la papaya y quedar jodida. Yo pensaba que si encontraba un machote que me gustara mandaba al diablo el miedo y los remilgos. Dos muchachos andaban tras de mí, pero *nananina* conmigo. Antonio y Galo eran un par de mugrositos con cara de mamertos y, ¡púchica!, yo quería un hombre ducho en el asunto, pero también quería enamorarme. Y nada, yo me aguantaba y eso que el cuero me brincaba de ganas.

Una tarde fui con Antonio a remar en el río. A esa edad los mineteros andaban como locos por un hueco, listos y armados para el ajetreo. ¡Púchica! De buenas a primera me agarró una teta haciéndose el que se iba de lado en la canoa y aprovechó mi pasmo para echárseme encima y sobajearme de lo lindo. Resultó que el mugrosito no tenía un pelo de bobo y metió su mano dentro de mis calzones. Yo andaba buscando un mañoso que no se anduviera por las ramas y no sé por qué de un empellón lo tiré al agua. Nunca salí con Galo, el otro mugrosito que me perseguía, porque ese sí que tenía cara de mamerto.

Y nada, las muchachas éramos tan arrechas como los babosos y aunque nos hacíamos las pendejas que no quebrábamos un plato también nos picaba la vaina. ¡Púchica! Una de las compañeras a la que llamábamos Relajosa me dejó turulata cuando dijo que podíamos gozar sin tener que entregar el bollo, para eso teníamos boca y nalga. La muy cochina nos regaló una lista con las cinco reglas seguras para conseguir un buen macho.

1. Desabrocha los botones de tu blusa hasta donde más puedas para que el hombre vea las buenas tetas que puede chupar.

2. Agáchate de espaldas a él para que mida el traserito que te manejas.

3. Sin calzones, siéntate y descruza las piernas con disimulo para que él vea la cosita rica y peludita.

4. Delante de él, pela un banano lentamente y acarícialo con tu lengua antes de morderlo.

5. Hazte la que caes, agárrate de sus piernas y sóbale el tronco bajo el pantalón.

La lista estaba chévere, las tres compañeras y yo íbamos riéndonos y pensando con quién usarla cuando tropezamos con una vieja que me dejó pasmada, si no hubiera sido por las muchachas caía al piso tiesa del susto. La mujer envuelta en una chalina apolillada llevaba el pelo sin peinarse, todo revuelto. Era como si fuera yo misma con más de cuarenta años encima. Creí que si llegaba a verla otra vez allí mismo estiraba las patas. ¡Púchica! Volví a verla la última vez que fui al pueblo, pero esta vez la vieja era yo y ella una muchachita de diecisiete años.

Y nada, una mañana iba con Flora al mercado, pasamos por la oficina de don Eustaquio y fuera estaban cuatro hombres que no eran del pueblo. Al pasar a su lado uno de ellos se me quedó mirando y sin importarle que iba acompañada me guiñó un ojo. ¡Púchica! Sentí como si un rayo me hubiera caído encima. Gracias a que Flora iba renegando de esto y lo otro y no se dio por enterada de que yo estuve a un tris de caer muerta. El hombre tenía tremenda talla y una boca de locura. En cuanto pude, dejé a Flora regateando y me volé a la oficina del alguacil, pero ya no lo encontré. Y nada, desde esa mañana lo llevaba metido en el coco, no tenía cabeza para nada que no fueran esos ojos y esa boca. Con la ilusión de volver a topármelo, todos los días antes de ir a la vespertina daba vueltas por el pueblo y varias semanas más tarde sonaron las campanas, estuve a punto de brincar de alegría, mi hombre, ya era mío, estaba comiendo en la fonda. ¡Púchica! Al verlo un chorro caliente me corrió por el cuerpo, sentí que me quemaba y en el silencio de mi ardor lo adoré. *Déjate de tonterías, no lo dejes escapar, haz algo bruta,* me dije caminando hasta la esquina y cuando lo vi salir pasé por su lado meneándome como abuela Melina me había enseñado: moviendo las caderas y respingando el trasero. Él se tomó su tiempo para mirarme y con esa boca bella y la voz ronca dijo: *Hola.* Yo cogí viada y con tamaña sonrisa le respondí: *Hola.* Él gozoso preguntó si quería acompañarlo a tomar una cerveza. Y nada, le dije que me gustaría muchísimo, pero no podía porque toda esa gente me conocía y en menos de lo que cantaba un gallo le iban con el cuento a mi mamá. Resbalando los ojos por mi cuerpecito preguntó dónde podía verme sin que los chismosos se entrometieran y yo, poniendo carita inocentona para que no se mosqueara con mi velocidad, dije que todas las tardes a esa hora iba al río donde empezaba el desvío y si quería podía esperarlo. Sonriendo se despidió con un guiño: *Te veré en el río*. ¡Púchica! Ni corta ni perezosa me volé a esperarlo sintiendo que las rodillas me temblaban al mismo tiempo que maullaba y ronroneaba de contento.

Me senté a la orilla sobre una piedra. Algunas veces me tiraba al río totalmente desnuda para sentir la caricia del agua en mi cuerpo y flotaba entre las ramas y hojas secas como si estuviera muerta. Y nada, seguí quietecita, sin hacer nada loco, admirando toda la belleza junta en ese pedacito de tierra esperando a que llegara ese hombrón.

—Hola —dijo a mis espaldas, volteé la cabeza para mirarlo. El hombre era alto, ancho de hombros, pelo ondeado y negro cayéndole hasta medio cuello. Llevaba pantalones azules y una camisa azul claro abierta hasta la mitad del pecho, del cuello colgaba una cruz. ¡Púchica! Pensé que nunca había visto un hombre así de perfecto con los labios abultados, las piernas largas y el pecho velludo. Extendí la mano para que me ayudara a levantar, él tiró de mi mano y me pegó a su cuerpo.

—¿Cuántos años tienes muchachita? —preguntó.

Sintiéndolo tan cerca quedé muda, con el corazón brincando como si fuera un potro loco, las manos quemando, sudando fuego. Como si estuviera hechizada miré sus ojos. Eran grandes, de color café claro.

—Ya veo que no quieres contestarme —dijo—. Me llamo David. ¿Sabes que eres muy bonita?

—Me llamo Luna y no me digas muchachita —contesté jalándolo de la mano—. Vamos un poco más lejos. Muy pocos llegan a Huevo de Agua, es lindo ese lugar.

—Luna, el nombre te va perfecto, inspiración de poetas —dijo sonriendo, dejándose llevar.

Llegamos al lugar y David dice que es bonito, pero tenebroso; parece estar encantado. Voy a sentarme cerca de las piedras y meto los pies en el agua. Él se sienta a mi lado, se quita la botas, se arremanga los pantalones y mete los pies grandes y velludos en el agua. El sol escondiéndose tras las colinas vuelve a salir y las mariposas hechas de lentejuelas y chaquiras revolotean entre los árboles. El corazón me retumba en el pecho cuando, bajo el agua, David toca mis pies con los suyos y juega con mis dedos.

—Si tuviera mi guitarra te cantaría una canción que a mí me gusta mucho —dice y repite que soy muy bonita.

—No eres de este lugar. ¿Qué haces aquí? —le pregunto para calmar el arrebato que me causa verlo mover los labios. *Y si lo beso,* pienso adorándolo.

—Manejo una avioneta. Vine con el equipo técnico de fumigación que trabaja en las granjas y haciendas vecinas; hay una nueva plaga en los sembríos del cacao que tenemos que exterminar. Pienso hacerme de unas hectáreas en esta zona y dedicarme a hacer mis propios cultivos. Me encanta la vida del campo, volar entre las nubes, respirar naturaleza —dice subiendo mi pollera y sobando mi pierna.

—¿Por qué quieres tierras en este pueblo? ¿Tienes familia aquí? —pregunto pensando que los labios de David deben besar hasta el delirio.

—No, no tengo familia, es algo extraño sabes, podría escoger cualquier otro lugar, pero me gusta Guayaquitos. Debe ser el destino. ¿Crees en el destino?

—No sé, alguien en mi familia dice que desde siempre todo está hecho y nada se puede cambiar, que las cosas están esperándonos para pasar. Si el destino quiso que tú y yo nos topáramos me parece maravilloso —le contesto sintiendo que las mejillas me arden.

—Ahora estoy seguro de que tú me estabas pensando y que me necesitabas —dice pasando un dedo por mi boca—. Pareces una niña ¿Cuántos años tienes muchachita?

—Ya te dije que no me digas muchachita, hace dos meses cumplí los diecisiete. Soy una mujer —digo levantando pecho para que vea mis senos que aunque no sean enormes son puntudos.

—Eres una niña. Yo tengo treinta y dos. Soy un hombre viejo a tu lado. ¿Qué haces? ¿Vas a la escuela?

—Si, después creo que me dedicaré a enseñar a los adultos a leer. Me gusta imaginar historias, escribirlas y luego cuando las leo pienso que son de verdad. Voy a escribir sobre ti.

—Entonces cada vez que leas sobre mi seré verdadero. ¡Qué ingenioso! Me gusta.

—Oh, sí, y te detallaré tal como eres —David ríe y su risa se mete por mis poros causándome un cosquilleo rico en todo el cuerpo.

—Eres muy bonita —repite acariciándome el pelo, lo enreda entre sus dedos. Siento fiebre, estoy que ardo.

—¿Tienes novio? —pregunta con la cara seria.

—No —le contesto rápido deseando que David sea un mano larga y me falte el respeto, que me acaricie toda, no sólo el pelo—. En casa quieren verme vistiendo santos —añado recordando las recomendaciones de Sabino, él piensa que soy muy valiosa para la familia y debo dedicarme por completo a buscar el libro perdido. Flora quiere verme salir de casa con un esposo del brazo, prefiere verme muerta antes que engatusada y manoseada por un tipo. Tía María me aconseja no dejarme tocar por ningún hombre porque eso es un pecado mortal y terminaría achicharrada en las llamas del infierno—. Yo quiero enamorarme y amar a ese hombre con todas mis ganas —digo arrebatada cerrando los ojos.

—Piensas como una niña —dice sacando los pies del agua, dando la charla por terminada.

Y nada, no quería que se fuera sin saber que me moría por tocarlo, por sentirlo. Me encaramé sobre sus piernas, me apercollé a su cuello y lo besé. No juntando las narices y haciéndonos ñatos, sino buscando su lengua y enroscándola en la mía. Era mi primer beso y ¡púchica!, ayayay, David me mordió y me gustó. El beso lo picó, me apretó contra su cuerpo y rodó sobre mí en la hierba. Me sacó la blusa y con la punta de la lengua rozó la punta de mis senos pequeñitos haciendo que los pezones se me brotaran. Entre besos me ayuda a sacarme el resto de la ropa, él se desnuda también. No sabía por qué pensaba que un hombre en pepas debía verse asqueroso. ¡Púchica! ¡David es divino! Ancho, estrecho, largo, fuerte, grueso, perfecto.

Que este momento no termine jamás, que la tarde se detenga, pienso mirándolo irse de cabeza por mi cuerpo. Sus labios en llama viva corren por mi cuello, mis pechos, resbalan por mi vientre; mi rajita hierve esperando su lengua. Lo siento respirar fuerte aspirando mi perfume. No siento ningún pudor y grito y chillo de placer. Siempre pensé en ese momento y, ¡púchica!, era mejor sentir al hombre de carne y hueso encima, haciéndome sentir su peso. No era lo mismo acariciar mis senos que sentir una boca caliente chupando mi calor, tampoco tocarme la rajita que sentir una cosota partiéndola. El dolor y el ardor del desgarre se juntaron a la ricura. ¡Púchica! Rujo y pataleo mientras David vacía el jugo caliente y blanquinoso en mis entrañas.

Y nada, David me mira sorprendido.

—Estoy confundido. Cuando me invitaste a venir a este lugar pensé que eras una loquita callejera, al escucharte hablar tan centrada creí estar equivocado, luego me besaste y me dije esta muchachita anda buscando que le den, es una putita barata. ¿Por qué?

Yo hago un piquito con los labios y le sonrío. Estaba encantada, David era lo que yo esperaba, maravilloso y si por mí fuera lo volvía a tumbar ahí mismo. Por eso me aprieto a su cuerpo y lo beso en la boca.

—Me gustaste desde que te vi la primera vez. Iba con mi mamá, me guiñaste un ojo y quedé trastornada.

Y nada, era casi la medianoche y en el silencio sólo se escuchaban las cigarras y las ranas cantando a las tinieblas cuando caminamos de la mano hasta llegar a las afueras del pueblo. Nos besamos y él dijo: *Espérame aquí mañana, muchachita arrebatada, mujer linda.*

Yo lo espero y él regresa. Me vuelvo un cascabel, un campanario que repica sólo cada que lo veo aparecer entre los árboles. Y nada, me encanta sentir sus dedos enredados en mi pelo, acariciando mi cara, mi cuello, rodar por mi cuerpo tocando cada pedacito que tengo de piel. Me gusta tocar y oler todo su cuerpo, apretar esa cosota suya caliente y bella.

Llegamos hasta la cueva cerca del manantial y entramos buscando un refugio de la garúa que empieza a tomar fuerza. La luz de la tarde se debilita entre el musgo, un rumor de plumas y un respirar lento sale del interior. Por un momento quedo tiesa, escucho las alas rozando el suelo, luego todo queda en silencio.

—¿Escuchaste el soplido y el golpe de alas? Alguien puede estar escondido en la cueva —digo escamosa y David me tapa la boca, me aprieta entre sus brazos.

—Aquí duermen las palomas o quizás los ángeles —su voz ronca, un susurro tras mi nuca consigue que olvide las tonterías.

La lluvia se convirtió en tormenta. Y nada, mi cuerpo tiembla junto al suyo, sin hablarnos nos acariciamos iluminados por los rayos. David besa mi cuello mientas su mano levanta mi pollera y acaricia la raja que ya conoce mejor que yo.

—Luna te quiero —dice por primera vez y me prendo de dicha con sus palabras, el tiempo deja de fluir, estoy suspendida en un sueño. Amo a David, lo amo con el cuerpo, con el alma.

—Muchachita linda quiero hacer locuras contigo —dice con esa voz ronca que me enloquece. Me lleva al suelo, sus manos agarran fuertemente mis caderas y me pone de espaldas contra el musgo. Su lengua humedece mis carnes preparándome para el amor brutal y gimo de espantosa rasgadura. Mi hombre muerde mi nuca arrebatado y yo pido piedad sin separarme de él. ¡Púchica! El amor dolía, ardía, partía, pero era maravilloso y me encantaba.

Esa noche David me deja cerca de la casa, entro de puntillas por el patio en la parte trasera de la casa. Si alguien me ve diré cualquier mentira; si es papá, le inventaré una historia, diré que salí al llamado de un fantasma.

Desde que David y yo estamos juntos no siento miedo de nada, vuelvo a dormir sola y tranquila en mi cuarto. ¡Qué feliz soy! Pienso en cada momento vivido en la cueva y es como sentir a David penetrando mi cuerpo con sus manos, con su boca, con su cosota y sólo de pensarlo los pezones se me hinchan y me arde en medio de las piernas. ¡Cómo te quiero David, cómo deseo que llegue el día siguiente para volver a encontrarnos!

Debe ser de madrugada y David se queda dormido abrazado a mi vientre. Acaricio su pelo y pienso que esta cueva debe ser el escondite que Macedonio encontró cuando se perdió en la tormenta. Ahora comprendo por qué escuché rumor de alas la primera vez que David y yo entramos en ella. Hemos cambiado las horas de nuestras citas de acuerdo a los horarios del trabajo de David y yo, que nunca quise faltar a la escuela, hago cuentos para salirme antes de tiempo y muchas veces me hago la pava. A veces nos encontramos en la tarde, otras en las noches. Y nada, hay días que no podemos vernos porque David y los otros pilotos se reúnen con el patrón para planificar los vuelos de la semana siguiente. A regañadientes acepto estos arreglos, pero es mejor, así no estoy fuera de casa siempre a la misma hora. No quiero que por ahora papá se entere de David. Gracias a que Flora le prohibió volver a mi cuarto para perseguir fantasmas si no se daría cuenta de que en ciertas noches no llego a casa. ¡Qué locura! Nunca le contaré estas cosas a David o va a pensar que se ha enamorado de una desquiciada.

Lo despierto antes de que el sol empiece a trepar por las montañas en busca de Guayaquitos. Soy una arrecha caliente y no quisiera volver a casa cuando él empieza a besarme.

—David te amo, te amo —le digo muy bajito, en un susurro y salgo corriendo porque sé que papá está por levantarse.

—Te amo Luna, muchachita linda —responde sin querer dejarme ir.

David tuvo que regresar a la ciudad por dos semanas, cosas de su trabajo. Estoy a punto de morir, ha pasado un mes y David no regresa. Sentada en la orilla del río lloro sin consuelo. Nunca le pregunté dónde trabajaba ni para quién, nunca supe donde vivía en el pueblo ni tampoco en la ciudad. Con los ojos llenos de lágrimas pienso cosas horribles. Puede estar enfermo, haber sufrido un accidente o quizás estar casado y tener hijos.

Y nada, han pasado seis semanas. Estoy completamente segura de que David me ha abandonado. En casa me ven llorando noche y día, papá piensa que estoy enferma, pero le aseguro que mis lágrimas son cosas de mujer. Flora pregunta si me he enamorado y si es así cuidadito con dejarme manosear y sacar barriga o me desbarata a palos. Flora insiste en que quiere verme salir de casa con velo y corona, como Dios manda. Mirando las enormes piedras y el agua saltando a borbotones pienso que jamás volveré a amar en mi vida. ¿Por qué David, por qué me hiciste esto? pregunto con el sabor amargo de mi llanto en la boca.

Perdón, perdón cariño santo.
Perdón por haberte abandonado.
Hoy quiero verte, verte vida
y darte verdadero amor.

La voz ronca de David y el sonido de una guitarra me vuelven a la vida. Corro como una loca a su encuentro. David ha regresado, está a mi lado. Le perdono su ingratitud, le perdono la tardanza, le perdono las semanas de dolor que me hizo pasar, le perdono cualquier cosa. Y nada, allí mismo nos desnudamos y rodamos entre la hierba. Sí, sí, lo necesito y vuelvo a darle mi amor. Su nombre es David Montero, me jura que no es casado, que no tiene hijos, que soy la única mujer en su vida y yo le creo.

—Estos asuntos con las fumigaciones y los dueños de las haciendas tomaron más tiempo del que yo pensaba, no tuve donde escribirte —dice de rodillas, con la cabeza entre mis piernas, da detalles de su ausencia—. Luna te extrañé como un loco, te juro que pase lo que pase jamás voy a abandonarte. Jamás.

Estamos en su casa, en su hamaca que cuelga en medio del único cuarto. David vive en una pequeña cabaña en medio del bosque montaña arriba. En las noches, cuando no trabaja me trae con él en la vieja camioneta verde que esconde entre los árboles. El único cuarto en la casa es pequeño pero cómodo. Del techo cuelga una linterna con su llamita azulosa; en una esquina, cerca de la ventana, hay una cocinilla de querosén; sobre una mesa se encuentran papeles regados, un termo, un pocillo y varios vasos; en las paredes se ven recortes de periódico y fotos sujetas con clavos; sobre un cajón hay una palangana con agua y una cuchilla de afeitar; encima del cajón cuelga un espejo. Próxima a su guitarra colgada de un clavo está una pistola dentro de un cinturón de cuero.

Y nada, en la hamaca David me besa mientras me desnuda. Estoy en su palacio como él llama a la cabaña. Estoy entre sus brazos gozando la felicidad de ser penetrada por todas las hendiduras que tengo en el cuerpo. Como ya lo dije, soy una arrecha caliente y me encanta que David me ponga a chillar.

Amuleto de amor fue la manzana,
amuletos la luz, la llave, el barco,
la gaviota y el pez, dispensadores
de una vida sin nubes, viaje mágico

Jorge Carrera Andrade

Amuleto de amor fue la manzana

—Damián, Damián, ¿mijo dónde se ha metido? Muchacho del caray por qué le gusta tanto estar encerrado en ese cuarto, ¿qué es lo que tanto esconde ahí? ¿Por qué tiembla y tiene esos ojos chiquitos así de grandototes? ¿Mijo dígame que esconde ahí?

—Mamá es solamente un libro —contestó el muchacho—. Mírelo usted misma, es un libro, estoy aprendiendo a leer.

—¿Un libro? Por Dios mijo usted siempre está inventando cosas y ahora hasta inventa palabras para atarantar a su pobre madre —Sabrina regañó cariñosamente al hijo y él le explicó que un libro estaba lleno de palabras que hablaban de muchas cosas y así la gente podía conocer todo lo que nos rodeaba, lo que pasaba en el mundo y también el pensamiento de los demás.

—Mire mamá, las palabras se dibujan en el papel. ¿Ve usted?, éstas se pueden leer o sea que se repite lo que aquí se cuenta.

—Mijo yo no comprendo nada de lo que dice, usted me salió con un entendimiento que su pobre madre no tiene. Usted dice que para repetir lo que dicen esos dibujos tenemos que conocer las palabras, pero ni usted ni yo sabemos las letras. Para qué quiere conocer lo que dice un libro si aquí tenemos todo lo que necesitamos: madera, herramientas, cola para la carpintería, gallinas, dos vacas y dos mulas. Yo nunca he visto un libro en esta finca ¿Dónde lo encontró?

—En el altillo y Macedonio, el hombre que vive en la cueva junto al río, me está enseñando a leer.

—Mijo por Dios no vaya por ese lugar, aseguran que es peligroso. La gente dice que allí vaga el fantasma de una mujer que mataron hace años. Creen que no era de Guayaquitos porque era requeteblanca. Pobre, dicen que no sólo la ahorcaron, sino que la quemaron.

—Mamá, no se preocupe que nada me va a pasar. Mi amigo es bueno, un ángel y sabe muchísimas cosas. Él me enseñó lo que es un libro. Macedonio dice que un libro es algo mágico y cuando yo sepa leer de corrido me convertiré en mago. Mire mamá en estas páginas podemos conocer el mundo entero. En este libro Macedonio leyó la historia de los hombres que llegaron al Nuevo Mundo, este en el que nosotros vivimos.

—Mijo que yo sepa nuestro pueblo se llama Guayaquitos, pero no sabía que era un mundo nuevo —respondió Sabrina maravillada con los conocimientos del hijo.

—Mamá, deje que le cuente. En este Nuevo Mundo vivía gente que no era como la que llegó. Los forasteros eran hombres blancos, barbudos y montaban animales que nunca antes se habían visto por estos lugares. Trepados en los caballos parecían centauros o sea hombres con cuerpos de caballo. Los barbudos conocían las letras y sabían leer. El rey del Nuevo Mundo se llamaba Atahualpa y su reino era de oro y plata. Los blancos quisieron ser los dueños del tesoro y para quitárselo lo encerraron para luego matarlo. Mientras Atahualpa estuvo prisionero, uno de los barbudos le leyó un libro con historias mágicas. El rey vio las letras del libro y pidió a otro blanco que le leyera la misma página del libro. El otro blanco repitió las mismísimas palabras, así Atahualpa se dio cuenta de que el libro era mágico y hacía que los hombres repitieran las mismas palabras. Un día vino a visitarlo Pizarro, el cabecilla de los blancos. Atahualpa pidió que leyera el libro, pero Pizarro no pudo hacerlo porque no conocía las letras y entonces el rey se puso muy triste, se dio cuenta de que Pizarro no era un mago, sino un pobre diablo. Supo que su reino dorado había caído en manos de un hombre que no conocía la magia.

— ¡Mijo qué cuento tan triste y tan bonito! —exclamó la mamá—. Me gusta que usted tenga entendimiento y que conozca las letras.

Y nada, después de que Ismael enterrara a su hermano envenenado por equivocación, las tierras de las vacas gordas se secaron. Ismael no volvió a recorrer los campos; Faustino, que finalmente había regresado a casa, y Rosalba estaban muy viejos para continuar con los cultivos. En cuanto a las dos mujeres de Macedonio no servían para nada, de tanto palo que se echaron estaban tullidas, mochas, contrahechas y lunancas. A Elvia le faltaba una oreja y le sobraban injurias, a Zelina le sobraban palabrotas y le faltaban varios dientes. Para no morirse de hambre Ismael empezó un negocito de ebanistería aprovechando que era bueno tallando figuritas de madera.

Cuarenta y tantos años después, a su regreso del viaje por las nebulosas, Faustino continuaba teniendo la misma edad que cuando se fue. Y nada, a su regreso él y su mujer emparejaron la diferencia de años que existía entre los dos y este milagro hizo que en el pueblo una vez más creyeran en la magia de las yerbas del curandero. El viejo continuó ayudando a la gente, pero prefirió dejar el cuarto de trabajo trancado para evitar que Ismael recordara su culpa.

Sabrina llegó un día a la consulta de Faustino acompañada de su mamá. La madre y la hija tenían manchitas redondas color carmelita obscurecidas en el centro que parecían ojos pequeñitos sobre los enormes ojos cafés. Eran costureras y en el pueblo las llamaban "las arañas" por los delicados bordados con que decoraban los vestidos y los velos de novia que eran su especialidad. Ambas llevaban el pelo cubierto con redecillas tejidas con un hilo finito que realmente parecían hechos con hebras de redes de araña.

Madre e hija necesitaban una cura y las dos recibieron la medicina. Sabrina sufría no sólo de falta de sueño como la mamá, sino también de ronroneos en el corazón. Faustino, ni corto ni perezoso, llamó a Ismael para que pusiera en manos de la muchacha un ramo de ruibarbo y albahaca verdecita y recién cortada, así como él había hecho con su Rosalba. Y nada, también le dio la tarea de día a día entregar las medicinas en casa de las mujeres. Eneldo oloroso para que pudieran dormir y pañitos mojados en novia del sol para borrarles las manchas de meados de alacrán que eran las manchitas en forma de ojos sobre las cejas.

Ismael y Sabrina se casaron el mismo día que un terremoto puso a bailar a todo el mundo. ¡Púchica! Los temblores fueron tan fuertes que jodieron a las preñadas. Meses más tarde mujeres, chanchas, yeguas, chivas y vacas parieron críos patizambos, descuajaringados y con ojos bizcos. Al salir de sus cascarones pollos, patitos y pavitos traían los picos chuecos. Ismael estaba montado sobre su mujer y al sentir los remesones terráqueos se subió los pantalones, dejó a la novia con las piernas abiertas, aliñada y sin visita; se voló al patio donde el hermano descansaba bajo el guachapelí para volverlo a enterrar en caso de que Danilo escapara por alguna de las grietas que los temblores abrían en el suelo.

Damián vino al mundo un 28 de enero. Ese día, Eloy Alfaro fue asesinado, su cuerpo arrastrado por las calles de Quito y finalmente quemado. El viejo militar dos veces presidente del país había gobernado a punta de fusil, machete y garrote. ¡Púchica! Mató estudiantes a boca de jarro; con su tiranía ganó el odio del pueblo, el de sus propios seguidores. Y nada, el niño nació no sólo en ese día, sino en el mismo momento que la luna y el sol se alinearon en el cielo. Fueron necesarios candiles y velas para que la comadrona encontrara su cabeza llena de pelos negros y duros como crin de potro entre la pelambre de la raja de Sabrina. Tres horas antes, Ismael daba las últimas claveteadas a los tablones de roble que serían el catrecito del hijo.

Con la ayuda y los mimos de Sabrina, por mucho tiempo, Ismael dejó descansar en paz a Danilo y tomó en serio el negocio de la carpintería ya cuando desaparecían los últimos sembríos, bueyes y arados. La maestría de Ismael para convertir los troncos de madera en cosas útiles y bellas hizo que la gente del pueblo cambiara hamacas por camas de madera, logró que la ropa saliera de las talegas y se guardara en cómodas y roperos hechos de roble, pino, guayacán y jacarandá. ¡Púchica! De la noche a la mañana todo el mundo compró sillas, mesas, aparadores, cajones y hasta cruces para los difuntos.

Junto a la casa Ismael agrandó el galpón donde se guardaban los granos para hacer carpintería. Abrió unos portones enormes para entrar y sacar fácilmente los tablones de madera. Damián, entonces un niño, se sentaba sobre un grueso leño de madera olorosa que Ismael colocó junto a la entrada de la carpintería y allí sentado veía a su padre trabajar, repetía palabras y en la noche miraba las estrellas. Y mirando las estrellas descubrió que el cielo estaba lleno de figuras y que a mediados de cada mes una de las formas dibujadas en el cielo brillaba con mayor resplandor que las otras, se dio cuenta de que estas formas hacían que la gente fuera diferente. El niño ayudaba a la madre ordeñando las dos vacas, aseando y dando de comer a las dos mulas. En las tardes, llevaba a las mulas a bañarlas en el río. Una de esas tardes fue más allá del desvío donde los árboles crecían más altos y gordos y junto al manantial, en esa parte donde el agua fluía a borbotones entre dos piedras enormes, se sentaba a contemplar el nacimiento de las sombras. Y nada, una tarde mientras esperaba por las estrellas olvidó regresar a tiempo a casa, escuchó gemidos y, curioso, llevado por los quejidos, llegó hasta la cueva escondida tras los árboles. Lo primero que vio fue un ala sucia y sanguinolenta extendida sobre el musgo. El muchacho creyó que era un enorme pájaro moribundo y luego vio que el ala era de un hombre que parecía muerto.

Muchas veces su papá contaba que su padre había sido un ángel y su mamá decía que no lo escuchara, que cada que

Ismael se emborrachaba decía cualquier tontería para alejar las penas de los malos recuerdos. Damián era un muchacho de solamente doce años, curioso, con ganas de saber cosas; él todavía no había probado aguardiente y sin embargo, veía visiones como si estuviera jumo, así como su papá. ¡Púchica! Allí frente a sus ojos estaba un hombre con alas, sintió pena y no se qué en el pecho al ver al angelote tirado en el piso. Con el pocillo que usaba para bañar a las mulas trajo agua del río, lavó las alas, la cabeza partida y mojó los labios del emplumado.

Y nada, ya restablecido del porrazo, Macedonio pudo moverse y sentarse. En medio de la tormenta los vientos lo habían arrastrado por los aires y con las alas encharcadas había caído aparatosamente sobre las piedras. Se había roto un ala y partido la cabeza. Llevado por las fuertes ganas de sobrevivir que tuvo desde niño, antes de perder el sentido se había arrastrado hasta la cueva para evitar que la gente lo encontrara y por curiosidad, temor o maldad lo molieran a palos.

Macedonio abrió los ojos y pasmado volvió a cerrarlos. ¡Púchica! Pensó que otra vez estaba alucinado como aquella vez que vio a una muchachita en el granero. Un chiquillo estaba a su lado sonriéndole. Los ojos pequeños de viviña y los grandes dientes eran iguales a los de… Faustino, Ismael, Danilo, los de él mismo.

—No puede ser —dijo atarantado recordando que Ismael y Danilo, sus hijos, ya no eran niños.

—Señor, me llamo Damián —el muchachito se presentó sin dejar de sonreír —. Mi papá dice que él conoció un hombre pájaro, así como usted señor.

—Mi nombre es Macedonio y no soy un hombre pájaro, soy un hombre que nació con alas —corrigió—. Muchacho, cuando me sienta mejor ayúdame a llegar a casa.

—¿Vive usted en una casa como todas las casas? Yo pensaba que usted vivía en las nubes o en un árbol gigante —por respuesta Macedonio le acarició el cerdoso pelo como hacía con el pequeño Danilo.

Compadecido del angelote y deseando que sanara, día tras día Damián traía humitas y leche que a escondidas tomaba de la cocina. Una tarde cuando llegó a la cueva con la comida traía puesto el sombrero viejo que colgaba de un clavo a la entrada de la casa y que Faustino dejara olvidado cuando se perdió en la humarada. El ángel se sorprendió al ver el sombrero tan familiar.

—¿Damián de dónde sacaste ese sombrero?

—Señor ángel, es de mi papá —dijo el muchacho escondiendo el sombrero tras las espaldas. Macedonio pidió al muchacho que le dejara tocarlo. Sus dedos acariciaron el fino tejido y llevándolo a la nariz reconoció la fragancia a tantas hierbas juntas que tenía su padre.

Un día ya restablecido y sintiéndose fuerte Macedonio pidió a Damián que en cuanto cayera la noche lo ayudara a salir de aquel lugar. Macedonio necesitaba llegar a casa y resolver el misterio del muchacho dientudo y del sombrero que había sido de su papá.

La luna era apenas un cachito iluminando los campos cuando el niño y el hombre emprendieron el camino. Macedonio indicaba la ruta a seguir montado en una de las mulas que el muchacho jalaba. Ya cerca de la casa, con deleite, Macedonio olfateó el vaho a humo y hollín que traía el aire. Y nada, al llegar a los terrenos de su finca el hombre se sorprendió al descubrir los campos marchitos y abandonados; no quedaban maizales, arrozales, ningún cafetal, tampoco higueras y los mangos se podrían en el piso. Frente a la casa no encontró las estacas que marcaban la entrada a la propiedad de los Aguirre. El granero había crecido y fuera había un reguero de tablas, clavos, martillos y a un costado descubrió un guachapelí que crecía enorme cubriendo parte del techo.

—Señor, ésa es mi casa —señaló Damián sin adivinar la confusión del hombre—. Allí vivo con mi papá y mi mamá. Eso que ve es el lugar donde trabaja mi papá con otros carpinteros.

—¿Cómo se llama tu padre?

—Ismael.

Y nada, cuando Macedonio escuchó el nombre del hijo mayor supo lo que había pasado y como había supuesto años atrás, el tiempo era único y su transcurrir una trampa de la mente; no había pasado, tampoco futuro, todo ocurría en un solo momento. ¡Púchica! Habían transcurrido cien y más de lunas desde la noche que se perdió en medio de la tormenta y Damián, el muchachito que tanto se parecía a Ismael y a sí mismo, era su nieto. Convencido del juego malvado de la vida le dijo al muchacho que estaba confundido, que con el golpe en la cabeza no recordaba dónde estaba su casa y pidió que lo llevara de vuelta a la cueva.

El muchacho visitaba a su amigo todos los días. Allí en la cueva lo encontraba curando las alas con tierra y yerbabuena que él mismo le había traído y marcando papeles con una ramita de árbol embarrada en lodo de las riberas.

—¿Dónde está tu tío Danilo, el hermano de tu papá? — preguntó un día curioso por saber el destino del debilucho hijo. Damián le contó lo que sabía de boca de su padre cuando borracho lloraba su mala suerte.

—Danilo está enterrado debajo del árbol gigante en el patio. Papá dice que lo guardó allí después de que mi abuelo Macedonio, que se llamaba igualito que usted señor, se perdió una noche de tormenta y nunca regresó. Papá dice que así siempre podrá saber dónde está su hermano y cuidarlo como su padre le había pedido cuando eran chiquitos.

Y nada, Macedonio se puso a llorar al saber el final del hijo. Al igual que lo hiciera la muchachita años atrás, Damián lo besó en una mejilla para consolarlo y sintiendo que no podía ver a un ángel llorando se puso a llorar también. Sin encontrar una manera de decirle al nieto el motivo de su tristeza, Macedonio se refregó los ojos y sonrió. El muchacho rió también y así en un alarde de miles de dientotes en las dos bocas los encontró la noche.

—Mira este libro, siempre lo llevo conmigo guardado bajo mi capucha, no lo he terminado de escribir, pero tú vas a ayudarme —dijo acariciando los cerdosos pelos del que sabía era su nieto.

—Señor, no sé qué son esos dibujos en su libro —dijo el muchachito y Macedonio recordó que había olvidado conocer, jugar y enseñar a leer a sus hijos. Por estar dedicado al pensamiento, sus asuntos de lo oculto o parando las trifulcas de sus dos mujeres, sus dos muchachos habían crecido a la maldita sea y eran un par de burros ignorantones. Lo que Macedonio no sabía era que cuando sus hijos Ismael y Danilo fueron niños conocieron las letras jugando a la escuelita con la fantasma del granero.

Y nada, dibujando las letras en la tierra con la rama de un árbol Macedonio se convirtió en su maestro, enseñó a leer al muchacho y muchas otras cosas descubriendo que el nieto tenía el entendimiento de la naturaleza y curiosidad por los astros. Feliz de que el muchacho compartiera sus preocupaciones le explicó de la armonía entre los dos mundos que se movían uno junto al otro: el físico y el invisible.

Fue así como aprendiendo las letras de Macedonio mi abuelo Damián se enamorara de las palabras y agarrara la manía de decir todas las palabras que podía nombrar y si alguien no lo paraba se iba como carretilla. Era gracioso oírlo decir: *La creación, el orden, el mundo, el principio, el cosmos, el universo. Cada cosa, ente, entidad, ser, elemento, objeto se hicieron con palabras. Todo está hecho de palabras, todo tiene y responde a un nombre, las palabras son Dios, soiD nos sarbalap sal.*

Macedonio pasó al nieto los poderes ocultos. Y nada, como había perdido el amuleto de Lunanda en la tormenta y el muchacho necesitaba una protección contra las fuerzas del mal, con una rama seca dibujó un círculo mágico alrededor del muchacho levantando así una muralla oculta. Dibujó un círculo más grande fuera del otro y en el espacio que quedaba entre los dos escribió palabras secretas: El, Elohim, Eloha, Sabaoth, Yahvé, Tetragrammaton, Adonai, explicando al nieto que esos nombres pertenecían a una energía superior que los hombres llamaban Dios. A su vez Damián le confió un secreto al abuelo, él podía ver las figuras que las estrellas dibujaban en el cielo. Desde entonces, abuelo y nieto dedicaron sus noches a leer en los trazos del cielo y a copiar las señales que mandaban los astros.

¡Púchica! Años más tarde Damián detallaba mi modo de ser leyendo los trazos que mostraba el cielo el día de mi nacimiento, mientras las estrellas en el espacio jugaban con el truculento destino de los hombres.

Dentro de cada hombre alguien anda en puntillas
recogiendo puñados de cosas olvidadas:
y madruga a pasearse por los barrios el sueño
y tiende ropa blanca en el patio del alma…

Manuel Zabala Ruiz[19]

19   Manuel Zabala Ruiz (Riobamba 1928-)

Dentro de cada hombre alguien anda en puntillas

Macedonio se negó a vivir en la casa familiar y se quedó para siempre en la cueva cerca del río. Solamente fue al pueblo un par de veces, lo hizo para salvar de la muerte a Ismael, que era su hijo, y a su nieto Damián.

Atormentado por el remordimiento Ismael volvió a la borrachera; por más que trataba no lograba olvidar que había matado a su hermano. Y nada, tomaba si era lunes, martes, miércoles… si era fin de semana, fin de mes, fin de año. Tomaba si estaba triste o contento, bebía por beber. Jumito hasta las patas llamaba a Danilo y a patadas trataba de tirar al suelo el árbol gigante que guardaba el cuerpo del hermano. *Danilo, no quise matarte, te lo juro hermanito*, gritaba cubriéndose la cabeza con las dos manos.

¡Púchica! Mientras Ismael dormía la borrachera, los trabajos de carpintería se fueron acumulando de tal manera que la casa entera se llenó de obras sin terminar. Regadas por todo lado había sillas con tres patas, mesas sin pulir, armarios sin puertas, camas sin respaldar, ataúdes sin colar. Los ayudantes se fueron yendo uno por uno al no recibir la paga prometida a tiempo y Sabrina, con las deudas hasta el cuello, volvió a sacar sus telares y sus agujas para con la costura mantener las ollas paradas.

Un día Macedonio le dejó saber a Damián que él era su abuelo y que Ismael y Daniel eran sus hijos. Macedonio no creía en lo imposible, aun así se hizo bolas explicándole al nieto como en una sola noche fue a caer en el pueblo veinte años después. Ismael y Danilo eran un par de jóvenes aquel entonces y ahora se encontraba con que Ismael era el padre de Damián y Danilo estaba enterrado bajo un árbol gigantesco.

Y nada, un día Ismael se volvió loco. Pensando que Danilo había vuelto buscando venganza, agarró un palo para defenderse y mató a otro borracho. Resultó que el muerto era primo del alguacil y sobrino del señor cura, además era conocido por todos en el pueblo. Guayaquitos entero con la autoridad y el religioso a la cabeza salió a hacer justicia. Encolerizados llegaron a la casa pidiendo la horca para Ismael. Damián salió corriendo hasta la cueva en busca de ayuda. Macedonio lo que menos quería era otro hijo muerto y un nieto sin padre. ¡Púchica! Temeroso y arriesgándose a ser atacado él también llegó hasta la casa y ahí enfrente de la muchedumbre que armada con palos, machetes, hachas, palas, fierros, cuchillones y antorchas pedían la muerte para el hijo, se deshizo de la capa, desplegó las alas y se levantó sobre la turba. *Perdón para el mísero asesino*, pidió aleteando las plumotas.

Y nada, mirando al emplumado sobre sus cabezas, la gente cayó de rodillas en la tierra arrojando teas, piedras y palos. Hombres y mujeres se santiguaron y clamaron: *Gloria a Dios en las alturas,* maravillados de ver un ángel flotando en el aire. El señor cura con las manos en alto gritó: ¡*Milagro!*, mientras el ángel ayudado por el viento se alejó perdiéndose entre los árboles.

Macedonio realizó un verdadero milagro, otra vez Ismael dejó de emborracharse y dejó el aguardiente de lado sintiendo que Danilo y su padre lo habían perdonado. Frente a la casa los vecinos colocaron miles de flores marcando el lugar bendito donde un ángel les había recordado que hacer mal era cosa de humanos y perdonar algo realmente maravilloso.

Poco a poco Sabrina fue pagando el dinero en depósito que la gente había abonado para obras y pedidos que Ismael nunca cumplió. A veces lo descontaba en ropa que cosía o bordaba. Con el tiempo otras mujeres se unieron al negocio de la costura y así la carpintería se transformó en un taller donde se confeccionaba ropa femenina.

La mejor clienta del negocio era doña Cleo, la dueña de El Salón del Reino y su corte de meretrices. ¡Púchica! La gente las llamaba mujeres malas, mujerzuelas de la vida alegre, semillas del pecado, roba maridos, zorras come huevos y putas también. Cleo, como se hacía llamar doña Cleotilde, le hacía propaganda a su negocio del placer diciendo que en su casa de citas los hombres eran tratados como si fueran reyes y como se creía la Cleopatra se pintaba los ojos de negro, usaba cerquillo, pulseras que parecían serpientes y envolvía su gordo cuerpo en túnicas amarradas con cordones dorados.

Damián era el encargado de llevarles la ropa que para ellas se confeccionaba en el taller siguiendo sus indicaciones. Los vestidos transparentes de las señoritas parecían ropa de dormir con encajes, chaquiras y lentejuelas. ¡Púchica! Las muchachas quedaban en calzones para que el muchacho las ayudara a probarse los vestidos nuevos. Después de las pruebas Damián terminaba sudando la gota gorda no sólo de sentir y oler a tantas mujeres, sino de empujar el mondongo dentro de las fajas calzón de las gorditas. Y nada, las putas de El Salón del Reino trataban al muchacho como de la casa, le decían ñaño lindo y a él no le quedaba otra que contentarlas y conseguirles lo que pedían: medias, calzonarias, pastillas para el dolor de cabeza, para los cólicos del mes, bocaditos y hasta prepararles el horóscopo diario por unos centavitos.

Un día al Salón llegó una mujer que dejó a Damián turulato. Estaba amañado a las putas desde que era un muchacho; estaba acostumbrado a sus perfumes escandalosos mezcla de flores, sudor y cloretol, a sus sobajeos y muestras de cariño. ¡Púchica! Esta era diferente, más parecía una reina que una señora del placer. La mujer se llamaba Melina, era una morena de ojos verdes rodeados por unas pestañotas que parecían abanicos, tenía una melena lisa y negra llegándole hasta la cintura y caminaba como un gato montés despacio y cautelosa, por eso en el negocio le cambiaron el nombre a Felina y finalmente la apodaron la Gata. En uno de los tobillos llevaba una cadenita de oro.

Cuando Damián la vio por primera vez Melina estaba tumbada sobre un almohadón mordisqueando con aburrimiento una de sus larguísimas uñas. Sin tomarlo en cuenta, sonrió coqueta al ver entrar a dos hombres en busca de compañía. Doña Cleo, ducha en el negocio de la putería, encargó los clientes a otras muchachas. A la Felina la tenía reservada para los fulanos que traían billullos.

¡Púchica! Siguiendo su ejemplo las putas comenzaron a caminar como tigrillas y colgaron una cadenita de oro a sus tobillos añadiéndole dijes y monedas. El tintineo de las esclavas en las piernas de las mujeres encendía a los hombres y ponía candela en los ojos de las mujeres que con rabia veían crecer el bulto en las braguetas de los varones. Las cadenitas en los tobillos de las mujeres se volvió el adorno que las señalaba como putas.

Y nada, Damián se pellizcaba en medio del griterío, las risas, los amorfinos, el guitarreo, el aguardiente, la chicha, el chismorreo. ¿Quién iba a decirlo? Ni él mismo se lo creía, era el día de su boda con la Felina. La bella mujer parecía una diosa dentro de su blanco vestido de novia, sus tules y su corona de cabecitas de poeta y flores del naranjo que escogió para rodear su cabeza. Se veía muy distinta sin los vestidos rojos que usaba a diario.

—Eres una perfecta escorpiana —le dijo Damián un día para lograr su atención.

—¿Cómo lo sabes? —preguntó curiosa, dirigiéndole la palabra por primera vez.

—Naciste un 29 o un 30 de noviembre —le contestó Damián aprovechando que la mujer quedó achicopalada y haciéndose el muy sobrado continuó con su cuento—. Te apasionan el color rojo y el tintineo de los metales. Al mirarte te veo jugar con una vara en la que se enrosca una serpiente: esto significa encanto, poder sobre los demás, picardía, astucia.

Sabrina, la madre de Damián, no dejaba de llorar, pañuelo tras pañuelo terminaba encharcado en lágrimas. Desde que el muchacho le diera la noticia se había vuelto un funeral. De todas las muchachitas de familia y buenas costumbres que vivían en el pueblo su hijo había escogido para mujer una grandísima puta.

—Mijo usted se va a casar con una mala mujer que lo tiene ciego. ¿Es que no se da cuenta usted? Se ha revolcado con mil hombres, el alguacil, el boticario, el panadero, el aguatero y le aseguro que hasta el señor cura echó colchón con ella.

Quizás Damián estaba ciego, quizás era un gran huevonazo o un cabrón, como decía la gente, él solamente veía a una mujer que quería ser amada y deseaba tener un hogar. Abandonada por sus padres, Melina vivió en un convento de monjas hasta los trece años y después fue enviada a servir en casa de unos ricachones. ¡Púchica! Allí recibió malos tratos de las señoras y cochinadas de los patrones. A los quince escapó y fue cuando usó la astucia y la belleza para seguir adelante. Damián no tenía nada que echarle en cara, le gustaba ella tal como era y no los hombres que pudieron conocerla. Tenía suficiente con tenerla cerca y gozar el perfume a almendros y naranjos en su piel, en sus cabellos; no tenía nada que preguntarle y menos achacarle. Allá los otros que sin tener vela en ese entierro se desbocaban y hablaban vela verde de él y de ella. *Qué descarada, la muy puta se vistió de blanco cuando se ha comido a medio pueblo*, decía uno y otro soltaba: *Es tan sucia que ni siquiera se sacó la esclava de la pierna para entrar a la iglesia.* Una vieja metida no se quedó atrás para escupir veneno: *Es una zorra que quiere comer huevo fresco. Pobre pendejo, muy pronto no va a poder entrar por la puerta con los cuernos más grandes que los de un venado.*

Y nada, la música paró, la algarabía se apagó, los comentarios de mal gusto, las risitas maliciosas, los chismes terminaron, los invitados se fueron y la casa quedó en silencio. Se apagaron

las luces y un olor mezcla de almendros, humo y palo quemado flotó en medio de la obscuridad. La gente podía decir lo
que quisiera, desbocarse y sufrir calenturas ajenas; Melina lo
quería a él. Temblando de felicidad y apurado por estar a solas
con ella, Damián la tomó en brazos y la llevó hasta su cuarto.
Sabrina todavía estaba despierta, a través de las paredes se
escuchaban sus rezos y letanías.

¡Arca de la alianza!

¡Torre de marfil!

En el cuarto de Damián, la azulada llamita de un par de
velones temblaba encima de una mesa. Sentado sobre el catre
el muchacho ayudaba a Melina a quitarse los tules y encajes.
¡Púchica! Damián estaba acostumbrado a abotonar y desaboto-
nar a las espaldas de las mujeres y en esos momentos los dedos
se le enredaban en los ojales. Ya desnuda la mujer deshizo el
moño en su cabeza dejando caer el pelo negrísimo y lacio por
la espalda.

¡Consuelo de los afligidos!

Melina, la que Damián conoció en ese momento era fresca
y sin poses. Melina se acostó en la cama del hombre que fue
desde entonces la suya y le ofreció su cuerpo.

¡Estrella matutina!

Y nada, bajo la luz de las velas Damián la miró desnuda y
tembló emocionado ante tanta belleza, recorrió su cuerpo con
los ojos entrecerrados. Rápidamente se sacó la ropa. ¡Mujer
bellísima! ¡Dios de los principiantes! ¡Virgen de los vírgenes!
¿Por dónde empezar? El muchacho acercó su rostro al suyo y
comenzó a besarla, besarla como un hambriento. Ansioso por
tenerla, la penetró ahondando la picha en su cuerpo para que
nada se interpusiera entre los dos. La Felina descubrió que a
pesar de vivir rodeado por putas para Damián era la primera
vez y sonrió comprensiva, lo acarició y llenó su boca con un
beso largo y cálido.

¡Madre de los amantes!

Y nada, entregado, deseoso de que su pasión fuera suficiente y ardiendo en fiebre por su cuerpo, Damián besó sus dedos,

su cuello, sus senos, su barriga. Melina hundió la cabeza de Damián entre sus piernas.

¡Madre purísima!

¡Madre amantísima!

¡Madre dolorosa!

¡Madre del Verbo!… Los rezos de Sabrina terminaron con la salida del sol, pero no así los gritos y suspiros con que Melina y Damián celebraban su unión y que continuaron hasta la salida del próximo sol. ¡Madre de los arrechos!

Escorpión. Como lo decían las estrellas, el que tuviera la buena o mala suerte de juntarse con este signo podía olvidarse de vivir en paz. ¡Púchica! Damián no sabía de dónde su mujer sacaba tantas quejas. Que las pelusas de los hilos se le metían por los ojos, que las mujeres llegaban tan temprano a la costura y no la dejaban dormir, que la miraron mal, que alguien le había tocado uno de sus almohadones, que la suegra no le hablaba, que vivía encerrada, que no tenía un trapo que ponerse. Y quejas y más quejas y reclamos y amenazas y acusaciones. Y nada, para contentarla Damián hizo arreglos en la casa y comenzó a vender los terrenos de la finca que por mucho tiempo estuvieron abandonados. Melina no quería vivir en una pocilga. El negocio de vender ropa y leer las estrellas no daba para pagar lo que Melina necesitaba. Poco a poco la tierra fue achicándose mientras la casa iba agrandándose. Para tener contenta a su bella mujer Damián vendió hasta tres veces los mismos campos.

El tiempo pasó y Melina acostumbrada a las fiestas del salón empezó a aburrirse dentro de una casa donde su única tarea era la de arreglarse el pelo y pintarse las uñas. Le tenía pánico a las agujas, a los hilos y a los telares; las aves del corral la enronchaban; la peste de los chiqueros le provocaban vómito; el ronroneo de las palomas le ponían la piel de gallina.

Tener una mujer tan hermosa como Melina no era cuestión de hacerse el zoquete ni el zopenco. Damián no quería que ningún hombre se le acercara a su mujer y se volvió un celoso furibundo. Para evitar que saliera sola y sentirse tranquilo la llevaba con él al puesto donde vendía las prendas de mujer confeccionadas en el taller de su madre a la vez que leía el horóscopo del día. Damián pensaba que ayudándolo a atender el negocio ella se sentiría útil. Fue mejor aceptar que la mujer se quedara en casa a tener que escucharla renegar durante todo el santo día. Melina odiaba medir telas, mostrar ropa, el regateo y no soportaba el chisme y la risita mentirosa de la gente llamándola señora y doña.

Una tarde Damián llegó temprano a casa porque una de las costureras del taller había ido a la tienda a buscarlo dando quejas de Melina. Antes de abrir la puerta Damián supo lo que estaba pasando. El olor a demonios que se regaba por la casa llegó a sus narices; el humo de demasiadas velas juntas y la peste a mirra, cedrón, ruda y quién sabe qué más quemándose era insoportable. Sabrina, que no tenía el valor para contrariar a la nuera, se quejó con el hijo recordándole que la casa era decente, que estaba cansada de las habladurías de la gente. *Mijo no he querido decirle, pero estas señoritas entran y salen y cada día vienen más mujeres a meter bulla. No sé qué hace su mujer en ese cuarto, el que hizo añadir a la casa.*

El cuarto era un santuario. No solamente había velas y palos quemándose dentro de un latón, sino que también estaba repleto de imágenes de santos, cruces y muñecos de trapo. Y nada, sobre un altar había una estrella de cinco puntas dibujada sobre un cartón cortado en círculo y encima de la mesa un pocillo lleno de agua. Las mujeres estaban sentadas en rueda y en el centro estaba Melina vestida de blanco, sin zapatos y con las piernas cruzadas. En ese momento sostenía un largo cuchillo en la mano derecha y en la izquierda una rama del guachapelí usado como varita. *Divorus Urvisdo. Vassis atatlos Vesul etcrenus...* Y nada, al escuchar palabras de un gran poder Damián hizo salir a las mujeres.

Melina había encontrado las notas que su abuelo Macedonio y él habían puesto juntas sobre lo oculto, la magia, los astros y ella las usaba sin ningún respeto. Su mujer no sabía lo que hacía, sin conocer que el agua en el pocillo representaba el vaso con la sangre del Cristo la mezclaba con gotas de azul de metileno para que el líquido tuviera un color más lindo.

Al principio Melina tomó la magia y lo oculto como un juego y tener algo que hacer con su tiempo, más tarde se dio cuenta de que la gente tomaba sus consejos en serio y que podía sacarles mucha plata. Fue así como de puta pasó a bruja.

—Mujer no tienes idea de lo que estás haciendo, estás tratando con cosas que tú desconoces. Esto no es juego, broma, bulla, chacota, cuchufleta ni capricho, esto es una ciencia antigua, la armoniosa combinación de datos y observaciones de la naturaleza. Estos escritos revelan prácticas sagradas y prohibidas que pueden desencadenar fuerzas ocultas —Damián le advirtió para que comprendiera que jugar con el libro podría ser fatal no solamente para ella, sino para la familia entera.

Melina no adivinaba el poder de las palabras y haciendo oídos sordos se puso a chillar.

—Ahora entiendo cómo sabías de mí sin siquiera conocerme, aprendiste de este libro. Yo también quiero jugar con los poderes de la tierra, del agua, del fuego. ¿Cómo te atreviste a sacar a mi clientela, no te das cuenta de que nos va a ir de maravillas con el dinero que voy a ganar? ¿Sabes algo? La gente necesita creer en cualquier cosa y no regatea con la brujería.

Damián no encontró modos de hacerla renunciar a su nueva ocupación. Y nada, a través del libro Melina se adueñó de los poderes de los cuatro elementos de la naturaleza y de otros más. Pudo llegar a dominar el quinto elemento nombrado en el libro: *Akasha*, el punto donde se mezclaban pasado y futuro. ¡Púchica! Melina utilizaba la palabra sin darse cuenta de que su poder era capaz de alterar el tiempo y el espacio. La Felina quemaba damiana, tabaco, caléndula, hierba del paraíso para conjurar memorias y hacer visibles los fantasmas. Delante del libro y bajo la luz de cinco velas azules repetía el salmo: *Ecce quam bonum et quam incundum.*

Y nada, un día se empezó a hablar de una santa. La madre de la dizque elegida de Dios trajo a la joven a la casa de los Aguirre para que Melina diera su "experta" opinión. La muchacha con las manos juntas y de rodillas aseguró, juró y retejuró por Dios-santito haber visto un ángel. Una tarde la muchacha había ido más allá del desvío siguiendo a su perrito y de repente vio al ángel sentado sobre una piedra. Después de un estudio preciso y conciso del caso y usando palabras de los escritos de Macedonio, Melina dijo que todo indicaba un aumento de la fuerza vital, la *Kundalini,* que había llevado a la muchacha a la liberación y el embeleso.

El pueblo curioso y listo a presenciar el milagro llegó hasta el lugar cerca del desvío y llenó de flores y velas la piedra del ángel. ¡Púchica! La muchacha fue declarada santa cuando la encontraron pasmada sobre las hierbas, con los ojos volteados, asegurando que el ángel la había penetrado con un puñal hecho de fuego. La comarca entera se puso de rodillas y mirando las nubes agradeció tener una santa propia y un milagro ocurrido precisamente en Guayaquitos.

Damián estaba entre la muchedumbre sin saber qué hacer y asustado por lo que pudiera sucederle a Macedonio si se le ocurría dejar la cueva y aparecer en ese preciso momento. Patitas en polvorosa Damián salió en busca del abuelo para ponerlo en guardia, prevenirlo y buscarle otro escondite. La gente podría llegar hasta la gruta y el santo episodio convertirse en una fea situación para el ángel. Damián encontró al abuelo dentro de la cueva muy campante y dormido como los ángeles. Soñoliento y satisfecho Macedonio se defendió de las acusaciones.

—¿A qué viene tanta alharaca? Sí, es verdad, lo admito, cometí un error cuando llegué hasta el lugar donde el sendero se divide. De repente me entraron ganas de olfatear vida aunque fuera a la distancia. Cuando la muchacha llegó yo estaba absorto en la lectura del libro que me trajiste, me asustó y eleve las alas. Damián compréndeme, soy de carne y hueso, con necesidades como cualquier otro hombre, sentí pena por ella. La mujer se echó a mis pies, me besó las manos, las piernas y no me quedó más remedio que devolverle las atenciones. Ella se acostó sobre el musgo con las faldas levantadas pidiendo que hiciera mi voluntad y eso fue lo que hice.

Damián movió la cabeza reconociendo que el abuelo de ángel sólo tenía las alas ya que era más caliente que cualquier otro hombre.

—Abuelo, en la noche vendrás conmigo a la casa y podrás vivir en el cuarto de Faustino, aún las ventanas están claveteadas por fuera. No quiero que la gente te encuentre. Esos bestias, bárbaros, animales, brutos, salvajes son capaces de cualquier cosa, pueden descuartizarte o molerte a palos.

—No voy a regresar, no quiero sentirme prisionero otra vez. Muchacho no tengas miedo por mí, aquí nadie va a llegar porque la gente es supersticiosa y cree que en esta cueva viven fantasmas. No saben que aquí no sólo escuchan mis aullidos para ahuyentarlos, sino que también oyen tus quejas, las maldiciones de Lunanda, las voces, las risas de Luna. Damián, aquí el pasado y el futuro son este momento, hoy, ayer, mañana son medidas sensoriales, el tiempo es uno.

Damián miró al abuelo sin entenderlo, pensando que se había trastornado por vivir solo por tanto tiempo.

—¿Abuelo qué cosas estás diciendo? ¿Quiénes son Lunanda y Luna? Nunca antes me hablaste de ellas, nunca las mencionaste siquiera.

—Ya es hora de que lo sepas. Luna será tu nieta, la hija de tu hijo Sabino que está en camino. Faustino, mi padre, salió en su busca cuando yo tenía trece años y nunca más volví a verlo. Mi papá y su abuelo Valentín abandonaron sus casas, lo dejaron todo para encontrar a Luna y encomendarle que encontrara el libro perdido antes de que fuera demasiado tarde y pereciéramos en la inadvertencia.

Damián se acomodó en el suelo a los pies del abuelo que estaba sentado sobre una roca fuera de la cueva cerca del río. Con la boca abierta escuchó la historia de la familia que Macedonio por primera vez le contaba.

—Lunanda, la primera mujer de nuestra familia, fue un ángel que Luna encontró en este lugar, allá junto a las piedras. Lunanda se encontraba moribunda, tenía magulladuras en las espaldas y quemaduras en todo el cuerpo. Cuando despertó,

Luna se asustó al ver sus ojos y dejó caer los papeles que tenía en las manos.

Así fue como Damián conoció de su nieta antes de que naciera Sabino y también de Lunanda y a pesar de saberlo, días después casi pierde la vida cuando los otros dos hombres se lo volvieron a decir. Y nada, ese mismo día comprendió porque Macedonio tenía alas y porque el libro era tan importante, esencial y trascendental. Aquel día también cometió un gravísimo error. Le contó a Melina que el ángel de la santita del pueblo no era un ser puro venido del cielo, sino su abuelo Macedonio, el que había escrito las palabras y leyes ocultas a las que él había añadido datos sobre los astros. Como un mamerto dijo que el abuelo vivía cerca del desvío. Los ojos de Melina brillaron. *Nos haremos ricos, te das cuenta, querido. En mi consulta tendré a un ángel de carne y hueso. La gente vendrá de todos lados del mundo y pagarán lo que yo les pida por ver y hablar con un ángel de verdad,* gritó saltando de alegría haciendo resonar los elefantitos que había añadido a la cadenita de oro en su tobillo.

Y nada, tal como anunció Macedonio semanas más tarde la Felina descubrió que estaba preñada. Lo que Macedonio no le dijo fue que pronto recibiría la visita de su bisabuelo Faustino y el abuelo de éste Valentín. Ellos llegaron en mi busca cuando recién estaba por nacer Sabino, el que sería mi papá.

Fue una atardecer de junio 24, Damián no podría olvidarlo porque ese día la consulta estaba repleta. Se celebraba el cumpleaños de Juan el Bautista. Melina había regado el piso con polvo de la campánula, las flores de San Juan. Y nada, los creyentes esperaban la hora del crepúsculo para pararse sobre ellas y que un caballo mágico los llevara en su lomo y los regresara al amanecer cuando el primer rayo del día tocara el suelo. Para escapar del alboroto, Damián fue a recostarse en la hamaca que tenía colgada atrás en el patio. Damián no supo si el deseo se les cumplió a los crédulos, pero sí lo espantoso, pavoroso, alucinante, aterrador, horrible que fue el encuentro con los que vivieron antes de su tiempo. ¡Púchica! Por poco pierde la vida ante el juego diabólico del pasado y el futuro frente a sus ojos.

Por miedo a que Melina descubriera el lugar donde se escondía Macedonio por un largo tiempo Damián no regresó a la cueva. De nada le sirvieron a la Felina mimos, ronroneos y amenazas de convertirlo en un cabrito o en un cerdo para que le dijera dónde encontrar al ángel. ¡Púchica! Por dinero a Melina no le importaba poner en peligro la vida de otra persona, aunque ésta fuera la de un pariente. Cuando Damián la conoció quedó embrujado e hizo ojos ciegos a todo lo malo de la mujer y eso que sabía que a su lado iba a pasar las de Caín.

Y nada, dos meses más tarde Melina supo que estaba preñada. Ese agosto 29 no tuvo su sangrado regular mientras las flores amarillas de San Juan sangraban aceite rojo recordando el día que Herodes Antipas, el gobernante judío, ordenara que cortaran la cabeza al Bautista para complacer a Salomé. Justamente ocho meses después, bajo el signo de Aries, signo de fuego, principio del año solar, nació Sabino.

El día que la Felina parió al hijo se olvidó que el ángel podría servirle para hacer billetes. Al ver al niño sintió que con el hijo ella renacía a la vida y por primera vez creyó en el Karma, ley de causa-efecto. Enternecida, con el hijo en brazos, pensó que si continuaba utilizando a la gente el niño pagaría por su ambición.

Y nada, abuelo Damián se fue cuando yo tenía ocho años seguro de que volveríamos a encontrarnos en IDROVUS. Macedonio vino una última vez al pueblo presintiendo que el nieto necesitaba ayuda. Lo llevó con él a la cueva, resguardándolo bajo su capucha cuando la memoria de mi abuelo empezaba a palidecer, sus manos atravesaban lo que tocaba y su rostro perdía forma. En el apuro por llegar hasta el mágico lugar frente a las piedras, el viejo sombrero de Faustino quedó enganchado en la rama de algún árbol. Macedonio y Damián llegaron a la cueva más allá del desvío justo en el momento que yo ponía un punto junto a su nombre. Hasta aquí la historia de Damián.

Sobre el camino del pueblo
duro tiembla la esperanza…
Nadie comprende esos gritos
amarillos de azadones.

Oswaldo Rivera[20]

Hay que ver cuanta maravilla
palpita sobre la tierra.

Eugenio Moreno Heredia[21]

20   Oswaldo Rivera (Latacunga, 1930)
21   Eugenio Moreno Heredia (Cuenca 1925 – 1997)

Nadie comprende esos gritos

Cuando cumplí los dieciséis años, recibí de regalo un reloj muñequera caído del cielo.

Le pedí a papá tener un reloj como el que tenía la hija de don Eustaquio y Flora, al enterarse, dijo que no pidiera pendejadas.

—¿Un reloj muñequera? ¿Es que ya no puedes mirar el sol para saber la hora? Tú siempre pidiendo cosas imposibles ¿De dónde crees que tu padre va a sacar el dinero? Eso es para gente que le sobra el billete y puede comprar tonterías. Tú lo que necesitas es ropa, la que tienes ya está vieja y apenas si entras en ella.

Y nada, Sabino, como todos en su familia no comprendía ni soportaba la palabra imposible y al escucharla se alocaba, quedó a un tris de una pataleta.

—Flora usted se calla. Luna tendrá esa prenda para su cumpleaños, si ella lo desea puede pasar cualquier cosa para que se haga su voluntad. Si ella lo quiere la tendrá —dijo dando por terminada la discusión mientras en su mente ponía juntos minuteros, segunderos y con un dedo los puso a dar vueltas. Y nada, viajando por otros mundos no escuchó lo que Flora seguía diciendo.

—El que se calla eres tú viejo loco. Tú y tu hija me tienen harta con tanto disparate. ¿Por qué no desean dinero, cerros de oro en vez de pendejadas? Estoy por creer que las habladurías de los vecinos son verdad. Tus abuelos hicieron pacto con el diablo, pero en vez de pedir plata dieron sus almas a cambio de adefesios.

En la madrugada del día anterior a mi cumpleaños, un huracán pasó por los pueblos del norte arrastrando todo a su paso. Por Guayaquitos pasaron vientos arremolinados y asustados los vecinos guardaron sus animales dentro de las casas para que no corrieran peligro. ¡Púchica! Sabino, Samuel y Abundio amarraron el fogón, las camas, las sillas, las jaulas llenas de gallinas y pavos, las dos vacas y todo lo que pudieron amarrar a los puntales; abrieron ventanas y puertas para que los vientos cruzaran sin problemas y no se llevaran nada de la casa.

La madrugada del día dos, o sea el día de mi santo, comenzó la lluvia de todo lo que el huracán arrastró desde el norte y cayó sobre el pueblo. En los campos, y teniendo cuidado de que no les cayeran en la cabeza, la gente recogía sillas, mesas, ollas, calderos, pocillos, chanchos, gallinas y mil chécheres. En el patio de nuestra casa llovieron un chivito, un libro, una mesa y un reloj muñequera.

Y nada, Flora viendo caer las cosas movió la cabeza sin creer lo que estaba pasando y santiguándose le dijo a su hermana: *María estas son cosas del diablo. Nadie me saca de la cabeza que esta gente tuvo algo que ver con el cuernudo.*

Sabino y yo, brincando del contento, recogimos el libro que cayó junto con el reloj creyendo que alguien nos los mandaba con el huracán. Algunas páginas se habían perdido en el viento al igual que las pastas. Papá y yo pusimos en orden las hojas desperdigadas por el suelo y cuando pudimos nos escondimos en el granero para leerlo sin tener que oír las burlas de Flora. ¡Púchica! En el libro se contaban los más alocados viajes de un hombre llamado Gulliver por tierras rarísimas. Y nada, el hombre podía ser un gigantón o un enanito de acuerdo al país donde llegaba. Gulliver conocía los espíritus de Alejandro el Grande, de Julio César, Aristóteles y de muchos famosos que contestaron a sus preguntas con la verdad porque la mentira no existía en el mundo de los muertos. Gulliver pudo ser dueño de la vida eterna, pero la despreció al ver las piltrafas en que se encontraban los viejos ciegos que eran inmortales. ¡Púchica! Gulliver llegó a un lugar donde los caballos hablaban y eran los sabios y los hombres los brutos y salvajes.

Samuel y Abundio salieron a recoger el chivo y la despaturrada mesa felices porque del cielo llovieron cosas buenas, especialmente el chivo que sabía tan sabroso en un seco con arroz amarillo. Con la lluvia de animales y cosas Samuel empezó a creer que todo era posible si se creía firmemente en lo deseado. Samuel soñaba que un día el mundo sería el mismo paraíso donde las diferencias, la miseria, el dolor terminarían y los seres humanos hermanados por el amor compartirían la tierra sin egoísmos, envidias y trifulcas. Y nada, mi hermano creía que la igualdad entre los humanos era posible sin tomar en cuenta que aún entre abejas, hormigas y comejenes existían reinas y obreros.

Entre sus planes contaba un negocio rentable. Pensaba abrir una fonda muy linda donde los precios módicos estarían al alcance de cualquier bolsillo. Con el dinero ganado con la fonda construiría otra escuela para que ningún niño en Guayaquitos quedara sin conocer las letras. La escuela tendría ventanas por todos los lados, así los muchachitos podrían mirar los campos en todo momento y sentirse dueños del horizonte, de las tierras repletas de verde y luz.

Y nada, contenta Flora escuchaba los sueños de Samuelito, como ella lo llamaba, y lo alentaba a seguir, pero cuando estaba a solas con su hermana decía que no sabía de dónde el hijo iba a sacar la plata para la fonda si hasta los muchines los regalaba cuando creía que ella no lo estaba mirando.

Samuel seguía igual de arrebatado como cuando era un muchachito, pero ya no sufría de orzuelos ni tampoco de mataduras en la boca. Ahora lo que le dolían eran las penurias de los demás y deseaba arreglarle la vida a todo el mundo. Con dieciocho años pensaba encontrar una cura para que la gente dejara de vivir como las vacas y los borregos y usara la cabeza como que eran dueños de un espíritu, con ganas, con pasión, con valentía. ¡Púchica! Se moría de rabia y le daban pataletas que lo dejaban morado y verde cuando la gente se quejaba, pero hacía nada para cambiar las cosas aunque les cayera caca del cielo. Y nada, dos tardes por semana trabajaba sin paga en el dispensario médico abierto hacía poco, limpiando mataduras, poniendo vacunas y matando los piojos que agobiaban a niños y mujeres. Los fines de semana enseñaba a leer a los muchachos de las finquitas vecinas y al mismo tiempo los animaba a defenderse, a no aguantar abusos, a no dejarse embaucar con mentiritas azucaradas. Los ayudaba a pensar: *No permitas que los señores pongan el precio a tu trabajo. Eres tú el que suda y se parte el espinazo labrando la tierra.*

Y nada, desde que se unió a La Victoria, un grupo de muchachos como él, alardeaba de revolucionario y sin miedo a ningún cuco vociferaba frases y cantos que nunca antes se escucharon en estos lugares: *Patria o muerte; la sumisión es la virtud de los perros; el pueblo unido jamás será vencido.* Flora lo mandaba a callar temerosa de que la lengua suelta del hijo pudiera meternos en problemas con los milicos que de repente aparecieron en el pueblo. *Samuelito no digas esas cosas, recuerda que hasta las paredes tienen oídos. Pon los pies sobre la tierra, deja que los demás vivan o mueran, no defiendas a nadie, que se hundan si así lo quieren.* Flora se espantaba pensando que en cualquier momento una bala desperdigada le tapara la boca al hijo.

Samuel contagiado por las ideas del grupo se volvió anticuras, antiautoridad, antisensatez y alentaba a quien quisiera escucharlo a no dejarse manipular por ninguna sanguijuela. *¡Compañeros, la justicia se logra peleando! Acabemos de una vez y para siempre con el abuso. Pongamos un alto al atropello y la explotación. ¡Libertad, justicia o muerte!* gritaba trepado sobre un carretón o encima de una banqueta.

Junto con sus amigos, Samuel se paseaba por las calles llevando pancartas con dibujitos lindos de palomitas volando hacia el cielo con una rama de olivo en los picos y campesinos sonriendo de oreja a oreja con un martillo en las manos. Y nada, de repente los muchachos se dieron nombres raros y la gente contagiada por la nueva ola de nombres estrambóticos empezaron a dárselos a los recién nacidos y también a perros y gatos: Lenin, Boris, Lensky, Nikita, Vladimir, Trosky, Iván, Ilich.

El grupo se sentía engañado. Velasco Ibarra había utilizado el sentimiento popular para embaucarlos. Durante la campaña el politiquero había pasado por Guayaquitos para dar uno de sus discursos donde prometía tierra y cielos a los pobres campesinos. Escogido por don Eustaquio, Samuel fue uno de los encargados de presentarlo al pueblo. Después de escuchar el ardor y arrebato que mi hermano usaba para hablar, Velasco Ibarra le palmoteó el hombro y dijo: *La patria necesita hombres como tú. No más estratagemas, tropelía y falsedades; apóyame y juntos construiremos una gran nación. Conmigo empieza el gobierno del pueblo.* Y nada, una vez más la verborrea populista del viejo politiquero lo llevó al poder. Velasco Ibarra fue elegido presidente por quinta vez. Y por quinta vez engañó al pueblo haciéndolo creer parte del proceso electoral y la vida política del país, mientras favorecía los intereses de los billetudos, de los patrones, de los embusteros dueños de la tierra. El viejo demagogo los había hecho cojudos; por eso, como desquite, inocentemente los muchachos lo nombraban con apodos: Loco Cabrón, Calavera con Patas, Cabeza de Bombillo, Mojón Viejo, Acabagente, Maldito Velasquete.

Samuel estaba resentido con Sabino porque lo creía un zoquete comprometido con una lucha insulsa. Samuel le explicaba que pertenecíamos a un mismo grupo y por lo tanto los problemas eran cuestión de todos. ¡Púchica! Mi hermano se sentía orgulloso de haber nacido en Guayaquitos y de ser parte de la lucha que convertiría el pueblo en un paraíso terrenal.

—Papá, parece que no te has dado cuenta del hermoso verdor de nuestros campos, es tan rica la tierra que hasta de las piedras nace una planta. Esta tierra es nuestra, de todos y nadie puede aprovecharse de ella porque si es necesario la defenderemos con nuestra sangre —decía arrebatado y, lleno de contento, Samuel se echaba al suelo a besar la tierra y se metía un puñado en la boca, así como hacíamos de chicos y Flora nos atragantaba con Paico para que echáramos afuera las lombrices.

Claro, papá que confundía el socialismo con el cristianismo y el comunismo con la fe en Cristo sacaba la Biblia refundida en medio de otros libros y leía de los evangelios: *Y todos se maravillaron, de tal manera que inquirían entre sí, diciendo: ¿Qué es esto? ¿Qué nueva doctrina es esta que con potestad aún á los espíritus inmundos manda y le obedecen? Y he aquí, había allí uno que tenía una mano seca y le preguntaron, diciendo: ¿Es lícito curar en sábado? por acusarle. Y él les dijo: ¿Qué hombre habrá de vosotros, que tenga una oveja y si cayere ésta en una fosa en sábado, no le eche mano y la levante?* Y nada, por un momento Sabino quedaba temblando bajo el poder de las palabras, pero volvía al punto y decía que muchos creían que Jesucristo fue el más grande caudillo del que se haya tenido noticias y sin embargo, no pudo cambiar el mundo.

—Samuel ¿cómo crees que terminó el Maestro con su revolución? Lo arrastraron por la lengua, lo humillaron como a un perro miserable y lo clavaron a una cruz. Ahí claveteado, desnudo y medio muerto se dio cuenta de que sus palabras habían caído en tierra seca y que sus visiones de una tierra de paz, amor y hermandad no pertenecían a este mundo.

—Papá aquí no estamos hablando del reino en otro mundo, sino del derecho de todos en esta tierra.

Sabino contradecía sus ideas comunitarias para apabullarlo y alejarlo del peligro asegurándole que los humanos no podían ser iguales, que aunque fuera penoso aceptarlo el mundo estaba hecho igualmente para poderosos y miserables, abusadores y abusados.

—Por supuesto que queremos mejorar y por eso es necesario reclamar y luchar, pero no creas que vas a terminar para siempre con el abuso. Recuerda muchacho, el momento en que alcancemos el paraíso dejaremos de soñar y la búsqueda de la felicidad habrá muerto.

Samuel no comprendía por qué discutía con él si ya sabía que era imposible tener una conversación sin que el viejo se envolatara y confundiera coles con nabos. Sin resultados, Samuel trataba de hacerlo comprender que lo importante era luchar por los ideales, seguir luchando por el cambio y lleno de rabia terminaba acusándolo de estar envenenado por las lecturas de chuchumecos que preferían aguantar la injusticia a comprometerse con la lucha.

—Papá, el que hace nada ante el avasallaje es tan culpable como el abusador. Las cosas cambian, vivimos en otra época, el poder tiene que pasar a las masas, no podemos permitir que los ricos se hagan más ricos a costillas del pueblo, alguien tiene que acabar con el atropello. Por favor, dejemos de agachar la cabeza y desmadremos a los sinvergüenzas. —Samuel gritaba con las venas del cuello abultadas y dejando a Sabino con la palabra en la boca salía de casa dando un portazo.

Y nada, yo salía en defensa de papá y terminaba con el rabo quemado. Mi hermano no sólo decía que papá no entendía nada, sino que era un chiflado que vivía en el pasado con una familia fantasma sin importarle que los de carne y hueso sufrieran y murieran de hambre. *Si crees que le voy a comer cuentos como tú, mi pobre hermana, está muy equivocado. Puede ser un sabiondo, pero de qué demonios le sirve toda la lectura y el conocimiento si se ha quedado atrapado en el ayer, entre las carillas de un libro que no existe.*

¡Púchica! Samuel sentía lástima por mí, tenía el pálpito de que yo iba a sufrir mucho por fantasiosa, por ver muertos que hieden a vivos. Me aseguró que quería creernos y poder escuchar y ver lo que veíamos, pero con tantos miserables, gente con hambre, niños descuidados, viejos abandonados, mujeres sometidas al abuso —causas verdaderas por las que debía luchar— renunciaba a tales tonterías.

—Los compañeros y yo estamos trabajando para mejorar las cosas en este pueblo. Si es necesario, un día de éstos, cuando estemos preparados nos echaremos a la plaza a exigir que se nos escuche. Como un grupo triunfaremos e implantaremos la justicia y la igualdad. ¡Vamos a cambiar el mundo! —aseguraba mi hermano repitiendo una y otra vez la misma proclama— ¡Vamos a cambiar el mundo!

¡Qué injusticia! ¿Por qué las cosas tienen que ser así? A veces pienso que no hay justicia humana, tampoco divina.

Perdóname Dios mío por pensar así, es que a veces se me hace difícil comprender tu ley. Habiendo tantos malandrines, hijos de perra y sinvergüenzas regados por el mundo, ¿por qué mi hijo que era tan bueno y compadecido tuvo que morir?

Y todo tan completo
tan humano
tan simple.
Como la luz, el pus y las carcomas.

Ileana Espinel Cedeño[22]

---

22   Ileana Espinel Cedeño. (Guayaquil, 1933 – 2001)

Y todo tan completo

No quiero que Flora escuche cosas que son sólo mías por eso pido a Atino que vayamos a caminar junto al río para contarle de David.

Y nada, David no podía entender por qué yo no le permitía llegar hasta la casa, por qué no quería que conociera a mi familia y por qué siempre teníamos que escondernos de la gente.

—¿Tienen un solo ojo o tres cabezas? —bromeaba levantando mi cuerpo desnudo sobre el agua.

—Peor que eso —le contestaba en el mismo tono—. Somos lobos. ¿De dónde crees que saqué estos ojos pequeños y estos dientes tan grandes? —reía y mi risa desaparecía cuando David hundía mi cabeza bajo el agua.

—Evitas hablar de ellos. ¿Qué pasa muchachita? ¿Acaso no te sientes segura de mis sentimientos? —continuaba David con las preguntas haciendo oídos sordos a mi deseo de terminar con el tema.

—No es eso; sé que me quieres y me haces la mujer más feliz del mundo, pero por ahora creo que no estaría bien que conocieras a mi papá ni a los otros tampoco. Son gente rara y también son egoístas, sólo me quieren para ellos.

Estaba segura de que David ya había escuchado los comentarios que la gente hacía sobre mi familia y por eso aseguraba que no le importaba lo que dijeran los demás, que igualmente me amaba como un loco.

—Bueno, yo soy igual que ellos, te quiero sólo para mí —decía retirando los cabellos caídos sobre mi cara y con su lengua recogía las gotas sobre mis labios.

De cualquier manera sabía que un día no me iba a quedar de otra y tendría que presentarlo a la familia. Me adelantaba en advertirle que no se sorprendiera si alguno salía con una sonsera; en pocas palabras le pintaba a cada uno para que se diera cuenta con lo que yo tenía que lidiar todos los días.

—Mi padre es maravilloso, pero a veces pierde el hilo de lo que habla porque otras ideas le vienen a la cabeza. Mamá es una mandona y está segura que siempre tiene la razón. Tía María es dulce, tierna, pero cree que el diablo anda metido en todo y le tiene pánico al infierno. Samuel, mi hermano, es un gran tonto, él y sus amigos piensan cambiar el mundo con una revolución, se tiran a la calle y con sus peroratas pretenden abrir los ojos de la gente y que otros se unan a la lucha.

—¿Quiénes forman este grupo? ¿Alguien los ayuda? ¿Quién es el cabecilla? —David reía del retrato que hacía de mi familia, quería saber más de ellos y juguetón volvía a hundir mi cabeza bajo el agua.

Salimos del río y sin vestirnos nos echamos sobre la tierra húmeda bordada en hierba y musgo. Él boca abajo, yo a su lado recibiendo la última claridad del día sobre la cara.

Es la hora del crepúsculo cuando el sol recoge los rayos rezagados en la tarde y los esconde tras los montes. Es la hora cuando los grillos y las cigarras comienzan su serenata de *iiiiiiii* y *cri-cri-cri* dedicada a la noche. Me levanto para recoger mi vestido y mis calzones tirados más allá sobre una piedra y miro alrededor. Siento que el tiempo se ha quedado quieto y junto con él el agua, los árboles, las nubes. Siento que solamente yo tengo movimiento en este paisaje hermoso pintado ante mis ojos. Estoy soñando con David..., David no es verdadero, David y el mundo son ideas en mi sesera. La angustia me aprieta el pecho y la garganta. Corro a su lado y desnuda me acuesto sobre él, lloro sobre su nuca sin poder contener mi horror.

—David esto es solamente un sueño, no quiero que seas una alucinación —le digo entre sollozos abrazándolo por la espalda.

—¿Qué pasa Luna? —rodando sobre su cuerpo pregunta preocupado por mi llanto que cree sin motivos.

—David no te das cuenta. Estoy soñando contigo, este lugar no existe —a un tris de envolatarme digo palabras sin sentido mientras me agarro la cabeza con las manos. Dentro de mi cerebro escucho la voz de Flora obligándome a volver a la realidad: *Despierta muchacha del demonio, deja de soñar tonterías.*

—Por supuesto que lo nuestro es un sueño donde estamos soñando los dos — responde David sin darse cuenta de que estoy pasando uno de esos momentos de delirio y sosteniendo mi cara con sus manos añade— siempre quise encontrarte, siempre supe que estabas esperando por mí. Me gusta soñar con la mujer más bonita que existe en el mundo.

—David, tengo miedo. No te has dado cuenta de que nadie llega hasta aquí, tu casa está perdida en medio del bosque, siempre estamos solos. ¿Sabes cómo llegaste al pueblo?

—Si, llegué volando —empeorando las cosas David contesta sin contener las carcajadas, burlándose de las tonterías que digo delirante.

—¿Volando? Entonces tú también puedes volar.

—Por supuesto muchachita o acaso has olvidado que trabajo en una avioneta de fumigación —me responde creyendo que lo que está pasando es un juego de palabras.

—David, mira de dónde brota el manantial. ¿No te parece raro que a pesar del sol este lugar siempre parece nublado? ¿Que las raíces de los árboles estén en el aire y no en la tierra? Este lugar es un sueño —insisto con mis disparates.

—Muchachita, todo estaba preparado para nuestro encuentro, la naturaleza es nuestra aliada. Mañana en mi cabaña te cantaré una canción que habla de ti, de mí, de nuestro amor —dice David agarrándome por ambos brazos—. Ahora permíteme mostrarte cómo este hombre de mentiras sabe hacer sentir a una mujer de verdad.

David conoce cómo hacerme olvidar tonterías, lengüetea mi ombligo y me pone a reír como una loca, baja lentamente lamiéndome la barriga, mete la cabeza entre mis piernas y con la lengua juega con mi rajita hasta hacerme venir.

Y nada, la noche siguiente acostados en la hamaca, yo entre sus brazos, miramos la luna enorme brillar a través del hueco de la ventana. Vuelvo a decirle que papá tiene rarezas, que no es como el resto de la gente y creo que no está listo para consentir que tenga un novio. Acepto que me da miedo que lo conozca, añado que mi papá cree que yo soy algo así como un ángel salvador. Le cuento que cuando cumplí los diecisiete años Sabino me regaló un anillo de luz rodeando la luna llena diciendo palabras que sólo él sabe decir: *Hija, tú y yo somos afortunados, somos testigos de un eclipse muy especial en este lado de la tierra, lo ven únicamente los ojos que miran hacia arriba buscando encontrarse en el infinito.*

David dice que se da cuenta de que mi padre me consiente y que no le va a gustar que otro hombre le robe mi cariño.

—Tu padre me verá como un intruso, pero existen maneras para que apruebe lo nuestro, escapémonos y cuando se entere ya será muy tarde para no aceptarme. Después le regalamos un nieto y lo volveremos loco de felicidad. ¿Qué dices?

—¿Me estás pidiendo que me case contigo? David me haces la mujer más feliz del mundo. El niño se llamará Alejandro, no sé, me gusta tanto ese nombre, cada que pienso en un hijo lo llamo así, Alejandro —digo feliz.

—Muchachita linda te estoy pidiendo que vengas conmigo, tengo que regresar, hay algo urgente que tengo que resolver en la ciudad. No quiero dejarte otra vez. Te necesito, después podemos casarnos.

David se saca la cadena con la cruz que lleva en el cuello y lo pone en el mío diciendo que en vez de un anillo, como todo el mundo, yo tenía una cadena de compromiso, que ya Sabino me había regalado un anillo en la luna. Sin pensarlo dos veces, acepto irme con él en dos días, la noche del miércoles.

Antes de acompañarme hasta el camino a casa, con esa voz ronca que me pone a temblar, David canta algo hermoso como lo había prometido. Sí, sí, esto es el amor.

A veces presiento que mi alma está en sombras
entonces me inclino, te beso y hay luz
y me salen palabras lindas muy tiernas
sonrío y me digo esto es el amor.
Recuerdo que una tarde descubrí que tu pelo
olía como huele la flor de un limonero
hurgando en tu mirada yo supe que había cielo
y mi boca en silencio murmuró una canción.
Esto es el amor, sí, sí, esto es el amor.

Todo de un solo tajo
nos arrancaron.
A entre todos
de un solo sacudón.
Con hueso y alma.
Y armas

Rubén Astudillo y Astudillo[23]

Se quedó
de los pies hasta el alma ensangrentado.
Se quedó boca abajo
para que los trigales no le vieran
la cara destrozada.

Euler Granda[24]

---

23   Rubén Astudillo y Astudillo (El Valle, provincia del Azuay, 1938 – 2003)
24   Euler Granda (Riobamba, 1935)

Todo de un solo tajo

Hoy me siento triste, acabada, partida en mil pedazos. Nunca he visto un difunto en mi familia, jamás he conocido un Aguirre muerto. Un día abuelo Damián desapareció, pero no murió, se perdió entre los árboles y no volvimos a verlo. Ismael, el niño viejito, se fue por un tiempo y unos años después regresó a jugar conmigo y Danilo tampoco murió aunque Ismael pensara que lo había envenenado. Danilo, tieso por culpa de una hierba, descansaba bajo el guachapelí, pero no estaba muerto. Sabino aseguraba que los Aguirre no morían, no sabían cómo hacerlo, solamente palidecían en la mente de los otros o se esfumaban en el aire dejando atrás sombras y nostalgias.

Y nada, estoy en esta parte sombría del pueblo, detrás de El Cerrito, donde los colores más brillantes, las formas más estrambóticas y los olores más aparatosos de las flores no logran dar vida a un pedazo de tierra triste alimentada con carne humana.

Los árboles de ciruelos crecen vigorosos en varias parcelas y dejan caer sus frutos hechos de recuerdos, melancolía y pasado. ¡Púchica! Nadie en el pueblo recoge un ciruelo de esos árboles aunque tenga las tripas pegadas a la espalda y vea negro del hambre. Desde pequeños se nos enseña sacarlas del camino. Si alguien pisa algún fruto por descuido, los gemidos y quejas se escuchan brotando de la pepa. Los pájaros las picotean y las llevan a otros lugares, es por eso que en la quietud de la noche se escuchan suspiros y risas lejanas mezcladas con el viento. Al paso de los ciruelos, los más viejos en la comarca se santiguan pidiendo: *Que en paz descanse.*

Llevo manojos de violetas para mi hermano Samuel. Hace dos años que Samuel murió y sigo llegando a visitarlo a pesar de que prometí nunca más hacerlo y olvidar que murió. Cómo olvidarlo si su voz se unió a la de los otros y reclama tener vida otra vez. Es mi hermano, como papá lo dijo una vez mientras me hacía partícipe de uno de sus terribles secretos. *Samuel es tu hermano a pesar de no ser mi hijo, aun así lo quiero igual como si fuera mío. ¿Por qué no amarlo si está necesitado de amor? Este muchacho tiene un alma tan grande que el cuerpo le queda pequeño para cubrirla y por eso lleva la mitad por fuera.*

Era verdad, Samuel llevaba la mitad del alma por fuera. Por eso una luz azulosa lo rodeaba cuando su cuerpo daba contra el sol, por eso lo sentíamos llegar antes de que abriera la puerta. Después de que papá me lo hizo notar entendí por qué sentía su mirada aunque estuviera sumido en el más profundo sueño.

Y nada, Sabino supo que Flora ya estaba preñada cuando se escapó con él. Mamá nunca se lo confesó y papá, para no ofenderla, no dijo que lo sabía. Papá dice que desde siempre le gustó la jodida mujer y pesar de sus desplantes, él seguía insistiendo en espera de que algún momento ella bajara la guardia y aceptara sus galanteos. Para poder hablarle, él se escondía tras un poste, frente a su casa, y cuando ella salía pasaba a su lado achacándole a la casualidad el encontronazo; fue así como un día descubrió que algo raro estaba sucediendo en esa casa. Escondido tras el poste vio cuando doña Soledad salió de casa, para hacer las compras o ir a la iglesia, y unos minutos después llegó el padrastro de Flora. El hombre esperó un momento hasta cerciorarse que la mujer estuviera lejos y entonces desabrochando la correa del pantalón entró a casa. Inocentemente pensó que el padrastro golpeaba a Flora y decidido a salvar a la muchacha de una paliza fue hasta la casa, golpeó la puerta demandando a gritos que la abrieran. Varios vecinos salieron al oír el alboroto y, como tenía fama de chiflado, a empujones lo alejaron del lugar llamándolo loco. Estuvo contento pero más que nada sorprendido cuando de buenas a primera, Flora lo buscó y dijo que quería ser su novia. Pensó que era el hombre más suertudo del mundo cuando la muchacha le propuso vivir juntos y sin darle más vueltas al asunto, ni tiempo para pensarlo se fugó con él. Tenían exactamente dos días viviendo juntos cuando encontró a Flora vomitando, desganada, asqueada de la comida y sospechó que la muchacha estaba preñada. Entonces comprendió su apuro por tener intimidad con él cuando en todo momento rechazaba caricias y palabras de amor. Supo que el padre de la criatura era el padrastro no sólo por el odio y el desprecio reflejado en sus ojos cuando se hablaba de él, sino por su negación a volver a verlo. Siete meses después, cuando Samuelito nació, sus sospechas se confirmaron. Samuel era el hijo de aquel maldito hombre.

Esparzo las violetas sobre el suelo, con las manos hago un hueco y hundo un ramillete en la tierra para que mi hermano pueda olerlas mejor. Esas eran sus flores favoritas y su color favorito también. Samuel decía que cuando tuviera una hija la llamaría así, Violeta, para que como la flor fuera hermosa e igual de sencilla. Mi hermano nunca llegó a tener una novia en serio aunque siempre estuvo enamorado. A él le preocupaban otros asuntos, creía que podía arreglar las cosas chuecas del mundo, creía que podría cambiar a la gente y ofrecerles un paraíso. ¡Púchica! Él nació para defender ideales y causas justas, estaba hecho de la misma madera con la que hicieron a los valientes. Él era bondadoso, confiado, no quería aceptar que la maldad y la porquería también eran parte de nuestra humanidad. Sencillamente Samuel era un pendejo soñador, Samuel era bueno y a los buenos se les exige sacrificarse.

Según declaraba, él estaba enamorado hasta los tuétanos de dos muchachas a la vez. Flora decía que un pelo de chucha jalaba más que un tractor y tenía pavor que cualquiera de las dos mujeres le pusiera los calzones en las narices y se llevara al hijo. Por eso les hacía la guerra y les tenía apodos. Elena, de pelo corto y ensortijado, era la Cabeza de Piña y Carmita con sus piernas gordas era la Pata de Chancho. Ambas muchachas lo hacían suspirar y en momentos de arrebato les escribía versos que chorreaban pasión. Cuando los leía en voz alta, entrecerraba los ojos y yo me hacía la que caía al piso con un puñal clavado en el pecho.

Samuel recién había cumplido los diecinueve años cuando pasó aquello tan espantoso. Ahora pienso que toda la vida mi hermano estuvo preparándose para ese momento. Las causas justas, la libertad, la patria querían su sangre. Samuel tenía un compromiso y estaba obligado a morir para mantener vivos los ideales.

Y nada, La Victoria, el grupo al que pertenecía, estaba conformado en su mayoría por jóvenes que durante el día trabajaban en los cultivos y plantaciones y que, como Samuel, estudiaban en la noche. Papá y Flora le tenían terminantemente prohibido que participara en revueltas y manifestaciones callejeras haciéndole ver que se estaba jugando la vida y poniendo en peligro el pellejo de la familia. En más de una ocasión don Eustaquio, el alguacil, se había quejado de haber pillado a los muchachos con las manos en la masa embadurnando las paredes con letreros comprometedores: Patria o muerte. Abajo pipones, sanguijuelas, ladrones con levita. Justicia, tierra, libertad. Nacimos libres, moriremos libres. Castigos, consejos y advertencias caían en oídos sordos. Samuel nunca pensó sobre las consecuencias del cambio, si ese cambio podía empeorar las cosas, reemplazar a los puercos dirigentes por otros más cochinos o si el cambio significaba la muerte misma. ¡Púchica! ¡Qué va!, no había maneras para hacerlo pensar, su espíritu estaba enamorado de la libertad y del cambio.

Y nada, recuerdo todos los detalles alrededor de aquel espantoso martes en que Samuel murió como si hubieran pasado ayer. La anoche anterior unos pájaros bullangueros cruzaron encima de nuestra casa y papá dijo que eran el Canto de la Valdivia. Tía María, santiguándose, dijo que no repitiera cosas feas y yo curiosa pregunté de qué hablaban.

—¿Te haces la sorda o no has escuchado que esos malditos pájaros anuncian la muerte con su alharaca: ¡*Al hueco va, al hueco va*! —gritó Flora como siempre sin ninguna paciencia.

—Los pájaros son los espíritus de los indios enterrados dentro de las vasijas y adornos de la antigua civilización Valdivia encontrados cerca de las costas. Los pájaros vuelan a toda velocidad con el canto de muerte que los valdivios usaron para asustar a los pueblos vecinos y más tarde espantar a los españoles que sin respeto alguno se apoderaban de sus tierras y de sus tesoros: *Al hueco va, al hueco va* —explicó Sabino.

Al día siguiente, antes de salir para su trabajo como escribiente en las oficinas de don Eustaquio, Sabino, exagerando la cosa, reclamaba a gritos que alguien había entrado a su cuarto sin su permiso y le había tumbado el feo reloj al piso. Yo bajé corriendo las escaleras de dos en dos para averiguar por qué papá armaba tanto alboroto. Sabino enojadísimo colocó el reloj sobre un anaquel en la sala donde desde entonces quedó para siempre. ¡Púchica! Como si tuviera vida propia el aparato dando tumbos cayó dos veces más al suelo. Sabino lo recogió del piso por segunda vez y sorprendido vio que las manecillas habían dejado de marcar las eternas 11:11 y para variar señalaban las siete y cuarenta.

—Algo terrible va a pasar hoy a esa hora —sentenció papá recordando que el reloj anunciaba calamidades.

Y nada, a las dos de la tarde estaba lista para ir al pueblo ya que a esa hora el comercio volvía a abrirse después del descanso de la siesta. Flora y María, con escoba en mano, corrían tras una horrible mariposa de alas grandes y negras tratando de matarla.

—Ha entrado un bicho mal agüero, las mariposas negras traen malas noticias. Dios mío santísimo, algo horrible va a pasar, alguien va a morir —dijo tía María persignándose varias veces.

¡Púchica! Se me puso la piel de gallina al escucharla y no sé si eran supersticiones, pero al escapar por la ventana abierta la mariposa dejó caer un polvillo de sus negras alas y toda la habitación se llenó de un olor a flores, a flores de cementerio. Salí sin decir una palabra sintiendo el pecho apretado y un nudo en la garganta. Fuera encontré a la mariposa revoloteando frente a la puerta, tomé una piedra del suelo y se la tiré sin alcanzarla.

Y nada, fui al pueblo a comprar la ropa que usaría al día siguiente para irme con David a la ciudad. Parecía que se acercaba una tormenta porque el cielo estaba plomizo, las nubes habían bajado a las calles cubriéndolas con una pegajosa neblina, las piedras calentadas por el sol y humedecidas por la niebla tenían un olor diferente igual al tufo que dejan los velones derretidos. Estaba nerviosa y por esa razón creí ver espantajos y sombras moviéndose a mi alrededor. Al final de la cuadra descubrí a mi compañera la Relajosa y sus amigas que se acercaban. A pocos pasos de distancia nos saludamos y, ¡púchica!, espantada vi como la cara de la Relajosa y la de la otra muchacha se alargaban perdiendo forma y los ojos aguados y caídos a los lados se les hundían dejando un hueco en su lugar. A grandes pasos me alejé de ellas tratando de huir, di la vuelta a la manzana y apoyándome contra una pared respiré profundamente para calmarme. Me sorprendió y a la vez me dio mala espina mirar los cables de la electricidad abandonados sin los cientos de golondrinas que a esa hora se asoleaban en los tendidos.

Dejando de lado mi miedo e ilusionada con la idea de irme del pueblo con David me entretuve admirando varias blusas con volantes de encajes que tanto me gustaban. No costaban mucho y con el dinero que él me había dado podía comprar dos. ¡Púchica! De repente se oyeron gritos. Curiosa dejé el puesto de ropa para saber qué estaba pasando. Miré el reloj en la torre de la iglesia, las manecillas marcaban las tres y cuarenta y siete. La gente que corría a mi lado gritaba que buscara donde esconderme porque había empezado una balacera y estaban echando a matar.

Algunas veces los muchachos salían de la escuela gritando y reclamando en coro que les diera un banano, pan y leche. Los obreros y campesinos hacían alguna huelga relámpago pidiendo un treceavo, un catorceavo salario, un aguinaldo, reducción de las horas de jornada durante la temporada de lluvias torrenciales. No teníamos en Guayaquitos un centro militar porque la gente del pueblo siempre fue pacífica, cordial y por demás floja para comenzar pleitos. Las trifulcas caseras las arreglaba el alguacil. De vez en cuando aparecía uno que otro uniformado que llegaba de afuera. Últimamente se veían muchos, pero igual eran tratados con amabilidad, invitados a reposar y comer en cualquier casa.

¡Púchica! Los disparos se escucharon en todas direcciones; empezaron la confusión y el alboroto. Aquí y allá se oían gritos: ¡*Abajo Velasquete!*, ¡*patria o muerte!*, ¡*el pueblo unido jamás será vencido!* Los negocios cerraron puertas, los caramancheles bajaron toldos, los mercachifles recogieron su mercancía y salieron huyendo, las mujeres abandonaron balcones. Corrí entre la gente que al igual que yo buscaba protegerse de la balacera en zaguanes y puertas abiertas. Y nada, encontré refugio en la iglesia donde unos rezando, otros insultando y perorando esperaban que volviera la calma. Cuando el tiroteo dejó de oírse y salimos de nuestros escondites, encontramos la plaza frente a la iglesia teñida por la sangre desperdiciada de los caídos. Los cuerpos de las víctimas agujereados y asperjados en las calles parecían figuras sobre un tablero ensangrentado. Se corrió la voz de que un grupo de jóvenes aparecieron por la plaza corriendo, lanzando piedras e insultos contra el gobierno y que los milicos los dispersaron tirándoles a matar. No contentos, los pacos habían entrado en ciertas casas persiguiendo a los revoltosos.

¡*Samuel, Samuel!*, grité desesperada presintiendo que mi hermano estaba en peligro.

El atropello, el asesinato en masa, el odio sin motivos no se conocían en el pueblo. Ninguno estaba preparado para el horror. Los curiosos que llegaban al lugar después de la balacera quedaban tiesos como si les hubieran echado baldes de agua congelada por atreverse a sobrevivir. Guayaquitos se transformó en un pueblo mudo y paralizado sin saber qué hacer con las manos y el dolor. Sus habitantes quedaron como sombras en medio de la calle.

Entre los muertos yo buscaba a Samuel con el miedo de encontrarlo hecho un adefesio con un cuerpo sin media alma por fuera, sin media alma por dentro. Encontré a la Relajosa y una de sus amigas en medio de un charco rojo negruzco formado por la sangre revuelta de las dos. Quedé lela, tiritaba como una hoja al viento; había perdido los zapatos, la cartera y la fe de encontrar a Samuel con vida. ¡Púchica! Aquí y allá voces iban, voces venían, decían que mi hermano y casi todos los jóvenes que formaban La Victoria habían desaparecido. Alguien me agarró por detrás, me tapó la boca y me arrastró a la fuerza. Dos hombres con pañuelos sobre la nariz me embarcaron en un viejo camión, me amordazaron y me cubrieron los ojos.

Y nada, el camión saltaba los baches, daba tumbos entre las piedras, subía una cuesta, se zangoloteaba entre los árboles quebrando sus ramas, finalmente se detuvo y me sacaron el trapo de los ojos. A empujones los dos tipos me llevaron hasta una casucha destartalada con las ventanas trancadas, atravesadas con tablones a medio quemar. Parecía estar abandonada en algún lugar solitario escondido entre los montes. Sentí que el cuerpo se me desbarataba al descubrir una manada de salamanquesas correteando por los muros y chasqueando las lenguas. El cuarto donde me metieron a empellones era pequeño y las paredes de madera bañadas con cal olían a sangre mezclada con tufos a meados, caca, carne chamuscados, pelo quemado. Un hombre en uniforme que pudo ser verde, pero que lucía descolorido y mugroso, golpeaba la culata del fusil contra una mesa enclenque. Parecía que de repente todo iba a venirse abajo y reducirse en polvo. Una lámpara de querosén colgando de un alambre se balanceaba sobre la mesa desfigurando los pocos muebles del lugar y dejando en sombras a los otros hombres que estaban en el cuarto. El uniformado me dio una bofetada y preguntó si conocía al hombre que otros dos uniformados arrastraron por los hombros. El muchacho estaba hecho un guiñapo, con la cara partida por los golpes, de la boca y la nariz le corrían hilos de sangre. ¡Horror de horrores! en la mano izquierda le faltaban dos dedos.

Entre las magulladuras y los moretones descubrí la cara de niño asustado de Samuel. Sus pantalones y camisa eran harapos encharcados de babaza y sangre. La mitad de alma que llevaba por fuera echaba fulgores violetas, la mitad que llevaba dentro escapaba por las heridas. Revolcándome como una bestia lista al ataque me zafé del asqueroso que me sujetaba por los brazos, le zampé los dientes en un brazo y de un brinco llegué junto a Samuel. Se me quebraron todas las uñas en las caras de esos carniceros maricones que lo tenían agarrado, *¡Malditos, desgraciados hijos de puta, déjenlo, no le hagan daño!*, grité pidiendo que lo soltaran mientras con los ojos buscaba algún objeto para atacarlos y sacarles la madre.

Otro uniformado salió de las sombras como si fuera un fantasma, me tiró al suelo de una cachetada. Por un momento creí tener una pesadilla, que en cualquier momento iba a despertar sobre mis sábanas suaves y parchadas donde mis pies sobaban y gastaban el hilo. Detrás de mis lágrimas vi una nueva figura parada en una esquina del cuarto con una capucha que le cubría la cabeza entera. A través de los agujeros hechos en la máscara se le veían los ojos y la boca, en el cinto llevaba una pistola. Creí reconocer esos ojos, esa boca, esa pistola.

Y nada, el del fusil golpeó a Samuel ordenándole que hablara, que confesara, que delatara a los cabecillas. Prometió dejarlo libre a cambio de los nombres. Como Samuel se negara a ser un chivato, un soplón y dar los nombres de sus compañeros lo amenazaron con cortarle los otros dedos hasta que decidiera hablar. *¡Malditos gusanos me la van a pagar por cobardes!* grité viendo cómo Samuel se retorcía de dolor.

Uno de los hombres me desgarró el vestido, sus asquerosas manos sobajearon mis pechos al descubierto, me tiró al piso y entre carcajadas me despojó de los calzones. A golpe de culetazos obligó a Samuel a que se me trepara encima, me chupara las tetas y me penetrara. Samuel lloraba pidiendo a gritos que lo mataran. El del fusil lo derribó al piso y sin ninguna compasión lo pateó mil veces llamándolo *basura hijo de puta*, sacó un puñal del cinto y sin levantar el arma le abrió un boquete en el pecho. Los gritos le rompieron la garganta en sangre. Sentí que me partía en trozos viendo a mi hermano retorcerse de dolor, oyéndolo gemir. La cabeza de Samuel cayó desmadejada hacia atrás, vi cómo la mitad de alma que llevaba por fuera echaba fulgores violetas, la mitad que llevaba dentro asomaba por las heridas.

Ahora me toca mi turno dijo el que me sostenía por los brazos y se lanzó sobre mí bajándose el cierre de la bragueta. *Yo también quiero echarme un polvo con la hermana del pendejo* dijo otro y una por una de las cinco bestias en uniforme fue metiendo su asquerosa picha entre mis piernas. No me quedaron fuerzas, no me quedaron lágrimas, no me quedaron insultos. El último me tiró sobre el piso como a una muñeca de trapo sucia, desbaratada. Aun así movida por la rabia grité: *Me la van a pagar hijos de perra.* Samuel tirado sobre el piso, ya sin fuerzas para gritar, gemía, agonizaba viendo cómo esos salvajes me ultrajaban. El sexto hombre, el que usaba la capucha para así ocultar su perfidia, su cobardía, habló por primera vez ordenando: *¡Maten a ese infeliz!*

Uno de los tiros le reventó la cara, otro le abrió totalmente el pecho haciendo que la mitad del alma que llevaba por dentro se le escurriera fuera del cuerpo.

¡Maten a ese infeliz! ¡Maten a ese infeliz!, dentro de mi cabeza la voz se repetía una y otra vez. Quise morir, estaba muerta ya. A mis oídos llegó la voz ronca de David. David era el hombre en las sombras. Enloquecida grité con un alarido de animal herido de muerte: *¡Ahhhhhhhh!*…

Mataron a Samuelito, mataron a mi hijo. Estoy atorada de dolor, siento las palabras atravesadas en la garganta. Quiero gritar y por primera vez no hay sonido que pueda salir de mi boca.

Todos me creen fuerte, dura, pero soy una cobarde, una

gallina y una resignada igual que la María. Un día después de regresar de la iglesia castigué a Samira Luna por decir cosas horribles. Delante de todos los fieles ella dijo que no comprendía por qué María siempre aparecía con la cabeza baja y doblada a los pies del Cristo cuando debería estar gritando y pataleando de rabia y dolor al ver a su hijo torturado de manera tan cruel. Mi hija tiene razón, al igual que la María soy una maldita sumisa, una sometida de mierda.

Mis hijos. La vida los golpeó con ganas, sin compasión; ellos no se merecían tanto odio, tanto dolor. Dios sabe que Samira Luna no tiene culpa de nada. Ella está enferma de la cabeza y hace cosas horribles sin darse cuenta y mi pobre Samuelito siempre buscó el bien para los demás.

Dios mío, siempre he confiado en tu bondad, pero en estos momentos no sé qué creer. ¿Dónde te escondes cuando pasan estas cosas? ¿Por qué no ayudaste a mi hijo, a tu propio hijo? ¿De qué estás hecho? ¡Maldito, eres un maldito!

Pero cuando menos lo esperamos,
no podemos arrancarnos el disfraz,
el maquillaje pegado a nuestro rostro,
porque entonces
quedaríamos desnudos y sin cara.

El papel nos ha reemplazado.
¿Pero es que había algún otro?

Iván Oñate[25]

---

25   Iván Oñate (Ambato, 1948)

El papel nos ha reemplazado

En la madrugada del día siguiente de la tragedia en un callejón muy cerca de El Cerrito, un grupo de hombres encontraron los varios cuerpos torturados y mutilados entre los que se encontraban los despojos de Samuel y los míos. Jamás conté lo que me había sucedido para no añadir más sufrimiento a la familia, sólo me quedó llorar en silencio con el corazón hecho trizas. Y nada, en la tarde llegó una carta. Tía María la recibió de manos de un muchacho que le dijo que un señor se la había dado para mí. Con una sonrisa tía María me la entregó creyendo que el papel aliviaría mi dolor y me pondría contenta. Tomé el sobre y sin abrirlo lo eché a los carbones encendidos del fogón. *Luna, podrían ser buenas noticias. Hija debiste leerla,* me dijo contrariada y yo le pedí nunca hablar de esa carta. Yo sabía lo que decía ese papel: *Perdón, perdón cariño santo, perdón por haberte…* Un maldito, un puerco asesino pidiendo perdón con las palabras de una canción.

Amé a David con todas mis fuerzas y de la misma manera llegué a odiarlo. Llena de ese odio quise matarlo con mis propias manos. ¡Púchica! Hoy no me explico cómo pude hacer lo que hice, yo que no me atrevía a matar una hormiga.

Todos en casa, creo que todos en el pueblo, estaban preparándose para la marcha que tendría lugar el día siguiente antes de enterrar a los muertos. Nadie se imaginaba lo que yo preparaba, lo que debía hacer para vengar a Samuel, a los caídos, a mí misma. Sentía el cuerpo maltrecho, pero saqué fuerzas no sé de dónde; esa misma noche tenía que acabar con esa rata asquerosa antes de que escapara. Y nada, esperé hasta las tres de la madrugada para ir a buscarlo. En el granero ya tenía listo el saco donde había guardado un tarro lleno de querosén, los trapos que usábamos de limpiones, una caja de fósforos, el cuchillo con que se le volaba las cabezas a los animales y una pala. Agarré el saco y trepé en la destartalada camioneta de Samuel. Con el corazón bombeándome alocado y sintiendo como la gusanera que me brotaba de los recovecos del cerebro me caminaba por todo el cuerpo, anduve el camino lleno de baches que subía a la montaña hasta llegar cerca del lugar solitario donde se encontraba la cabaña de David. Dejé el carro en el camino y me metí entre los matorrales llevando el saco tras las espaldas.

¡Púchica! Metros adentro descubrí la maldita casucha con las ventanas trancadas y las salamanquesas correteando por el frente. Por un momento quedé tiesa, pasmada. La casa de torturas donde mataron a Samuel estaba a poca distancia del refugio de David y nunca me había fijado en ella. *¡Esto no puede ser verdad!*, grité al darme cuenta de que ese lugar refundido entre los árboles era el nido de las ratas y pensar que yo como una mamerta había dado pelos y señas sobre las actividades de mi hermano y La Victoria al maldito mayor.

Entonces me dije que ya nada importaba y tragué las lágrimas que luchaban por brotar de mis ojos. Saqué la pala y el cuchillo del saco y sin hacer ruido empujé la puerta. Si lo encontraba despierto le haría creer que todavía quería irme con él a la ciudad. David estaba dormido, dormía en la hamaca muy tranquilo, sin remordimientos, como si nada hubiera pasado. Sin pensarlo dos veces avancé y con la pala le di en la cabeza. La sangre brotó del tajo que le abrió el golpe. David abrió los ojos, quiso tocarme, cayó hacia atrás sin fuerzas. *¿Loca, qué has hecho?*, preguntó tratando de detener la sangre saliendo a borbotones por la herida. Y nada, llorando le di otro golpe en las piernas cuando intentó levantarse de la hamaca, tiré la pala al piso gritando: *¡Maldito asesino vas a pagar todas tus porquerías, todas tus mentiras!, voy a quemarte, vas a arder en llamas antes de llegar al infierno.* Una vez más trató de levantarse, *Tenía que cumplir con mi trabajo*, dijo casi sin voz. *Luna, mi muchachita, te amo*, añadió queriendo enredarme con sus palabras. Salí bañada en lágrimas y saqué del saco lo necesario para terminar con la venganza. Empapé los trapos con querosén, los tiré a la casa, a la camioneta color hierba, a los árboles, a la otra casa y lancé el fósforo encendido. Las llamas rápidamente envolvieron palos, ramas, hojas secas, y crujientes avanzaron por árboles y casas escondidas mientras me alejaba en la destartalada camioneta de Samuel. ¡Púchica! El fuego en las montañas estuvo ardiendo por dos días con sus noches. Cuando los hombres del pueblo lograron apagarlo, encontraron una veintena de cuerpos carbonizados, camionetas incendiadas, metralletas y pistolas retorcidas. Nadie supo decir cómo empezó el incendio y nunca se conoció al responsable.

— ¡Bendito sea Dios, otra desgracia! Tendremos que hacernos una limpia y sacarnos la salazón antes de que acaben con el pueblo —dijo tía María con las manos a ambos lados de la cabeza después de que papá nos hiciera saber sobre el incendio y los carbonizados.

— Alguien tuvo que vengar a los caídos, de seguro esos fueron los que mataron a Samuel —dije en voz alta y para mis adentros pregunté: *¿David, por qué me dueles en el pecho si eras un maldito, una asquerosa rata?*

Y nada, dos días después de apagar el fuego en la montaña se enterraron los cuerpos de las víctimas en una ceremonia sencilla y luego se hizo una marcha donde el pueblo enfurecido gritaba reclamando justicia. Poco a poco el dolor cambió la furia en calma y los gritos en gemidos. Al momento del crepúsculo la marcha se volvió una procesión; entre sollozos, unos caminaban, otros iban de rodillas, las viejas rezaban el rosario. El pueblo lloraba los muertos; bajo el cielo gris de Guayaquitos los tacos de vela titilaban en las manos de la gente como estrellitas al amanecer. Los muchachos que participaban en la alfabetización armaron una enorme ruma de maderos en medio de la plaza. El fuego se alzó hasta el cielo iluminando el pueblo la noche entera.

Las llamaradas fueron perdiendo fuerzas hasta quedar reducidas a unos cuantos leños chisporroteantes, así mismo la rabia y las ganas de venganza se fueron apagando. Eso sí, la desgracia abrió los ojos de la gente y el pueblo dejó de ser el más feliz del mundo donde muchos querían creer que la comida llovía del cielo por gracia y obra del espíritu santo. Se reconocieron las necesidades y, en parte, por un momento, se olvidó el maldito desapego que nos corre por las venas y que, maldita sea, nos ha marcado el espíritu de conformismo por generaciones de generaciones. ¡Púchica! Ahora las cosas que pasaron parecen lejanas y difíciles de creer, pero, como decía Sabino, cuando se lean en un libro volverán a ser verdaderas y dolerán otra vez en las conciencias y en los pechos donde quedaron clavadas como un montón de astillas.

La melancolía más que la tristeza se apoderó del pueblo. En nuestra casa parecíamos fantasmas con los ojos pintados de pena. Flora no se movía de la ventana mirando hacia lo lejos esperando que el hijo regresara, así como hacía cuando Samuel se retrasaba en llegar a casa. Todo estaba patas arriba y nada tenía sentido. Las pobres gallinas andaban con las tripas pegadas al espinazo sin que nadie les echara una nada de comer; las verduras se desmayaban con el cuerpo vencido a ras del piso; los helechos colgando a lo largo de los pasillos apenas si les quedaban tres hojuelas por falta de agua. Si no fuera por tía María, que despertó a tiempo, nuestra casa se hubiese desboronado y todo estaría muerto.

Y nada, una madrugada la voz de Pirulito se escuchó en las calles. Las ruedas de su carreta chirriaron atascadas en algún bache, la mulilla mitad caballo mitad burro relinchó o rebuznó y el verdulero anunció su venta: ¡*Llevo plátanos, guineos, sapotes, habas, melloco!* Con los gritos del Pirulito, Guayaquitos se sacudió la modorra y retomó su acostumbrado jaleo. Cuando las comadres empezaron con sus chismes y cuchicheos, cuando las viejas volvieron a cufiar tras las ventanas y los malandrines regresaron a sus andadas, entonces con seguridad se supo que la normalidad había retomado las riendas.

La calma diaria regresó a Guayaquitos que en honor a los caídos cambió de nombre. El pueblo se llamó La Victoria desde aquel maldito martes. Y nada, papá nos dio las noticias que habían llegado a las oficinas de don Eustaquio: para aplacar el clima de miedo, la inquietud causada por la pobreza en los campos y la brutal respuesta a las demostraciones estudiantiles, Velasco Ibarra aceptando la petición "patriótica" de las Fuerzas Armadas Nacionales gobernaba como dictador.

Habían pasado casi dos meses desde aquel espantoso martes cuando en las mañanas empecé a sentirme enferma. ¡Púchica! No solamente estaba triste y moralmente destrozada, sino que también sentía el cuerpo desbaratado. Todo bocado que probaba me producía náuseas y al levantarme y poner los pies en el suelo todo en mi cuarto daba vueltas como si estuviera borracha. Presentía lo peor, pero con seguridad supe lo que me estaba ocurriendo en el momento en que vi a tía María cortar en pedazos una carne de chivo chorreando sangre. El estómago se me revolvió y sentí que las tripas se me retorcieron del asco, salí corriendo y atrás en el patio boté hasta el agua que hacía poco había bebido. Ya no me quedaban dudas, lo mismo le había pasado a Clarita, la hija de Virtudes, nuestra vecina, y también le ocurrió a Inés, mi compañera de escuela, la pobrecita que murió reventada de la paliza que le dio la madre al descubrir que estaba preñada sin haberse casado. Estaba esperando un hijo, estaba preñada y con toda el alma odiaba estarlo.

¡No, no quiero ser madre, no quiero tener un hijo!, dije dándome puños en la barriga. No sabía qué hacer, me asqueaba sentir algo tan monstruoso creciendo dentro de mí. ¿Cuál de esos asquerosos matones sería el padre? No lo quería, no lo quería, quise matarlo y con todas las fuerzas me tiré contra el filo de la mesa una y otra vez. Quería que muriera, no iba a dejar que esa cosa sucia tuviera vida. Temblando y sin

fuerzas regresé a mi cuarto pensando en tomar algún brebaje que lo matara.

¡Púchica! Estaba enloquecida. Nadie en casa sospechaba la angustia de mi infierno, todos andaban hundidos en su propia pena y apenas si se fijaban en mí. Papá vivía encerrado en su cuarto respetando la tristeza de Flora. Si él hubiera sabido lo que me había pasado no sé lo que hubiera dicho ni lo que hubiera hecho. No pude contárselo, no sabía cómo empezar.

A diario tía María me llevaba a la cama una taza con consomé de pollo bien caliente y me forzaba a que lo tomara. Ella decía que mis ojeras eran tan grandes que parecían llenarme la cara entera. Aseguraba que parecía una lechuza, que me veía como una aparecida, que me brotaban los huesos de lo flaca que estaba, que si ya volaba de las pocas carnes que me quedaban. No sabía qué hacer, pero tenía que hacerlo pronto, antes de que fuera tarde. Como nunca antes me sentí sola en medio del espanto guardando un secreto horrible.

¿Dios por qué me has desamparado?, desesperada y sin quererlo copié del crucificado. Habían pasado ya dos meses y la criatura estaba agarrada a mis entrañas con todas sus fuerzas. Había probado todo lo que había escuchado que las mujeres hacían en este caso. Me había sentado con las piernas abiertas sobre una lavacara con agua hirviendo, había probado crema de coco al sereno, paico y aceite de tortuga, tamarindo maduro. Tenía que terminar con esa tortura y hacer cualquier cosa. Y nada, aproveché que Flora y tía María habían ido al cementerio a visitar a Samuel para acabar con mi martirio. Fui al granero y conseguí un alambre, ya en mi cuarto lo doblé y lo metí entre mis piernas trasteándome por dentro. De mi raja abierta salieron trozos de coágulos, pedazos que parecían hígados de pollo. Retorcida de dolor los labios me sangraban sin que un gemido saliera de mi boca para no llamar la atención de mi papá. La sangre encharcó mis ropas y trapos que pude agarrar arrastrándome por el piso. Me moría desangrada. Presintiendo algo horrible papá llegó hasta mi cuarto y pudo ayudarme.

Y nada, eran las ocho de la noche siguiente cuando abrí los ojos. Olía a velas derretidas, a tierra mojada, a maíz, a caca de gallina. Papá me había traído en el viejo camión de Samuel hasta la covacha donde vivía su madre en las afueras del pueblo. Como en vida de abuelo Damián, Melina vivía rodeada de santos, velas, copas, pentáculos, amuletos, piedras, cartas del tarot, polvos. Olí el incienso quemándose en algún rincón de la casita hecha de caña con techo de paja. Cuando se me acercó, ella misma olía a incienso y benjuí. Melina seguía siendo una mujer hermosa, bajo la luz de un enorme velón junto a otro a medio derretir parecía una bella bruja de cuentos con sus argollas, sus pulseras y sus velos bordados cubriéndole la cabeza.

Melina fumaba un cigarro mientras me preguntaba cómo estaba. ¡Púchica! Estaba a un tris de morir, sin poder moverme dentro de una de las dos hamacas que colgaban en el cuarto, pero no sentía dolor. Más tarde supe que tenía emplastos de hojas de limón, palosanto, manzanilla, flor de amapola y lodo de río cubriéndome las partes. Busqué con la mirada a mi padre aunque tenía miedo de encontrarme con sus ojos. Melina me dijo que su niño Sabino, como ella todavía lo llamaba, había estado conmigo todo el tiempo desde las once de la mañana del día anterior cuando me trajo casi muerta a su choza.

Volví a casa después de siete días y Flora ni siquiera había notado mi ausencia. Papá explicó a tía María, que era la que estaba al tanto de todo en casa, que me había llevado a la casita de su madre para que yo cambiara de ambiente y tomara un poco de color. Volví distinta. Volvimos distintos. Sabino y yo apenas si nos mirábamos. Papá no me reprochó por lo que había hecho, tampoco me preguntó por el hombre que me había preñado cuando nadie me conocía un acompañante menos un enamorado. Durante el viaje de regreso solamente dijo: *Mamá y yo guardamos la criatura en una cajita y la enterramos a un lado del huerto, en el mismo lugar donde crecen las peregrinas y los girasoles.*

Todas las noches y siempre que estaba a solas pensaba en el niño. A quién se parecería, de qué color serían sus ojos y su pelo, ¡qué horrible!, ya tarde fui cobrando los instintos que tiene toda hembra por su cría. Hasta las fieras y los carroñeros protegían su prole y yo emponzoñada por el odio lo había condenado a ser un descarnado. Yo era una culebra que se envenenaba a sí misma y se comía los propios huevos. *Luna no tienes entrañas, eres una víbora*, me dije a mí misma cientos de veces

Y nada, sin darme cuenta me encontraba acariciando el vientre que nunca acunaría a otro ser humano. Después de aquella mañana quedé mutilada para siempre. Los senos se me hundieron en el pecho sin el jugo que pudiera calmar el hambre de un bebé. ¡Púchica! Después de aquello tan horrible llegué a odiar mi cuerpo, mi olor de mujer me daba náuseas. Detestaba con toda el alma ser hembra y tener una raja, acariciar mi cresta y saber que antes me producía placer me daban rabia y asco.

Siete meses más tarde, una madrugada me desperté gritando a causa del fuerte dolor en la barriga. Las tripas, el estómago y hasta el mismo corazón iban a salírseme por la raja. Al oír mis gritos, Flora, que ya estaba más calmada aunque seguía sin resignarse a la perdida de Samuel, llegó a mi lado junto con tía María. Tía María recogió las sábanas encharcadas y salió corriendo en busca de la yerbaluisa. ¡Púchica! Flora me miraba asustada, sin entender. *¿Qué es esto cielo santo? Te has meado la cama. ¿Qué pasa? Pareces una parturienta y tú no estás preñada*, dijo Flora sin comprender. Nadie comprendía algo así. Y nada, pasé ocho horas de dolores, gritos y pujes. Las dos mujeres me ponían trapos mojados en agüita de pasiflora y yerba santa en la cabeza y en la barriga. No sabían que más hacer, pero no se atrevían a llamar a nadie por la vergüenza de verme pujar sin parir un muchacho.

Sabino llegó después y su mirada tranquila me dijo que ya sabía lo que me estaba sucediendo. Nunca más volví a mirarlo a los ojos, sentía que me echaba en cara lo pasado y no podía soportarlo. Gracias a la piedra que le cayó en la cabeza un tiempo después no volvió a recordar nada.

Estuviste en mi sangre y en mi espíritu siempre
¡Y eres el báculo de mi última alegría!

Hugo Alemán[26]

¡hijo mío!
desgarrado despiadadamente por las uñas de la sombra
parecías labrado en pedernal
hechoparaempiedramadurar
hechoparaperdurar

Efraín Jara Idrovo[27]

26 Hugo Alemán (Quito, 1899 – 1983)
27 Efraín Jara Idrovo (Cuenca, 1926)

¡Hijo mío!

Me siento débil. Los párpados me pesan toneladas. Dos veces por día tía María llega a mi cuarto y a la fuerza me obliga a beber el caldo de gallina que ella misma prepara con mucho cilantro y perejil. *Luna vas a morir si sigues sin querer comer. No seas egoísta. Piensa en tu madre, ya perdió a Samuelito,* no respondo pero bebo el caldo sin tener ganas.

Desde aquella vez que llegaron los hombres de blanco y pidieron que les encontrara un libro fantasma no cierro ninguna puerta por miedo a que regresen y me encuentren a solas. No quisiera verlos otra vez. Hoy más que nunca quiero dejar de pensar en cosas que son imposibles. No hay motivos para creer en tonterías.

Y nada, antes de irse a dormir tía María me ha traído un vaso de leche tibia que igualmente me obliga a beber. Ya sola vuelvo a sentir el silencio que se siente en las soledades. Desde mi cama contemplo el trozo de cielo que se ve a través de la ventana. Las nubes van bajando buscando un lugar sobre los montes donde echarse a dormir. El cielo antes rojizo va cambiando lentamente de colores hasta alcanzar el tinte obscuro de las noches. Las golondrinas pasan apresuradas de vuelta a sus refugios mientras los murciélagos desde su guarida en el entretecho de la casa se echan en gajos a volar con la brisa nocturna.

Me siento cansada, apagada, pero no tengo sueño. Estoy sola y sin embargo, siento que hay alguien más en mi cuarto. El respirar de ese extraño es suave y pausado. Me quedo tiesa, contengo el aliento para escucharlo mejor. La respiración crece, se va acercando y llega junto a mi cama. Ahora es una fragancia, huele a flores del campo, a brisa, huele a manantiales y mariposas.

¡Púchica! No me muevo, siento las manos congeladas bajo las sábanas. Tirito de frío y a la misma vez siento el sudor corriéndome por la frente. Siempre tengo los pies calientes y por eso los dejo fuera de las sábanas, por instinto jalo las cobijas con los pies cubriéndolos. El abrazo de las colchas me protege del miedo. Quisiera estar fuera del cuarto, libre en medio del campo y ver como el viento empuja las nubes buscando el amanecer. En momentos como estos, amo la luz y odio con toda el alma esta semipenumbra eterna que se ha acomodado en mi cuarto. Para darme fuerzas imagino que María está obligándome a tomar el consomé, que Flora llega a tocar mi frente, que Dalí ronronea buscando el calor de mi costado. Temblando de pánico quiero rezar, nunca aprendí a hacerlo y no puedo recordar ninguna plegaria. Mis ojos buscan algo con qué defenderme si es que la sombra busca atacarme. Una luz azulosa y dorada flota cerca de la cama. El olor es más claro, fijo, huele a orines de criatura, a babita nueva, a perfume de bebé.

El niño llora con ese llanto poderoso y dulce con que reclama las caricias de la madre. El sonido de su gimoteo apaga mi miedo y el cuerpo entero se me llena de ternura. Me levanto y cerca de mi cama encuentro al niño desnudito dentro de la caja de madera donde guardo la ropa. Es mi hijo. Es pequeñito, redondo y desde una ceja hacia la sien tiene una gruesa cicatriz. Lo tomo entre mis brazos sintiendo que el alma me tiembla, lo acurruco, lo beso en la frente y Alejandro hace pucheritos y dice *gu-gu*.

Quise su muerte, que se perdiera, que me dejara sola. Fui su verdugo, lo abandoné dejándolo solo, indefenso en medio del horror. Alejandro fue más fuerte que mi cobardía y regresó para estar a mi lado y gozar las caricias que quise negarle. Lo envuelvo en una sábana limpia y con él en brazos me acerco a la ventana.

Todo está en silencio a estas horas de la noche. Lo arrullo muy bajito para que nadie descubra su presencia en mi cuarto, entre mis brazos deja de llorar. *Duérmase mi niño, duérmase mi amor, duérmase el bebito de mi corazón*, le canto acariciando su mejilla de pelusas.

Eres precioso, te amo más que nada en el universo. Voy a protegerte, no voy a permitir que nadie más vuelva a hacerte daño, le digo que cuando despierte en la mañana el sol cubrirá el pueblo, todo brillará y parecerá que las cosas están hechas de oro, los montes, los campos, las piedras, el río, las palomas, las flores, la gente. Le cuento que el gigante que está enfrente se llama Guachapelí y conoce muchos secretos que compartió conmigo cuando yo era niña y que él va a conocer también.

Mi hijo sonríe con los ojos cerrados, seguramente sueña que está a salvo entre mis brazos. Levemente beso cada uno de sus deditos, varios de ellos incompletos por mi culpa. Sé que está dormido y que no puede oírme, aun así le digo que la vida es parecida a una enfermedad de la que muy pocos queremos curarnos y a sabiendas de que nos hace pagar con dolor por tenerla no queremos abandonarla. Y nada, pienso que soy mala asustándolo con esas palabras. Mi hijo es muy joven para saber de cosas feas. Entonces le digo que la vida también es lo más hermoso que puede ocurrirnos. Siento su calor en mi pecho y abrazándolo muy fuerte, con deseos aguantados desde siglos, le digo que su nombre es Alejandro, que tiene un abuelo que se llama Sabino y una familia que se apellida Aguirre. Vuelvo a acostarlo en la caja de la ropa cuidando de que esté calientito. Desabrocho la cadena con la cruz que nunca pude sacarme del cuello y la cuelgo sobre su pecho. Sin comprender el motivo, despacito, cerca de su única orejita en un susurro le digo: *IDROVUS*.

Llevo en los brazos mi propia pena
como a un niño dormido.
Y la aprieto para nunca olvidarla,
sin dejar que mi fuego la convierta en ceniza.

Aurora Estrada y Ayala[28]

Si todo puede ser
todo es posible.
Posible que de pronto
me caiga sobre el cuello el
arco iris
o el filo de un machete.
Posible que en el aire
me llegue la fragancia de un
durazno
o el acre desperdicio de un
difunto.

Violeta Luna

28   Aurora Estrada y Ayala (Puebloviejo, provincia de Los Ríos 1901 – Guayaquil, 1967)

Llevo en los brazos
mi propia pena

Desde la ventana en el altillo miraba a mi padre sentado sobre el tronco de árbol enfrente de la casa. Lo vi quieto y derrumbado como si fuera un monigote abandonado sobre el asiento. El tiempo que Sabino no veía pasar le había curvado la espalda. Y nada, la piedra que le cayó en la cabeza hace treinta años o más lo dejó encerrado en un eterno viernes y borró por completo los desagradables acontecimientos. Lo triste fue que el pobre viejo nunca más volvió a leer un libro, a resolver un crucigrama, a decir palabras que dejaban a los demás rascándose la cabeza sin entender. ¡Púchica! Sabino olvidó por completo a los fantasmas y aunque pareciera un chiste de mal gusto, se unió a Flora y como un niño indefenso buscaba ser protegido por la jodida mujer.

Y nada, un día cualquiera y sin siquiera hablarnos estuvimos de acuerdo y decidimos secretamente consolarnos en el trabajo. Ayudándolos me ayudaba a soportar la pena. La faena nos mantenía unidos y nos servía para espantar el aburrimiento de estar despiertos. En lo posible evitaba pensar y me mentía a mí misma creyendo que ya nada podía tocarme.

Poco después de la muerte de Samuel tomé su puesto alfabetizando a niños y jóvenes, también a la gente mayor que quería conocer las letras. Era bueno que los viejos aprendieran a leer aunque fuera para conocer la vida de los santos, hojear el catecismo y reír con las patanadas que muchos garabateaban en las paredes. En lo que pude traté de continuar la labor de mi hermano avivando en los muchachos el arrebato por la libertad y el rechazo a la servidumbre, los alenté a amar y apreciar el terruño repleto de verde y agua.

Por un tiempo tuve la ayuda de Antonio, el mugrosito que una vez había tirado al agua por mano larga y que más tarde se hiciera maestro. Antonio era un buen hombre, decente, honrado y contrario a lo que se esperaba, respetuoso. ¡Púchica! Como una loca traté de ser una mujer y amar otra vez. Empecé a torearlo como ya había hecho con Ernesto, el asistente de don Eustaquio, que con pretexto de saber sobre la salud de Sabino llegaba por las tardes a darme vueltas. Seguro de haberme conquistado el pobre pendejo hasta me trajo un par de serenatas lloronas que avivaron las esperanzas de Flora de verme casada. Dejé que Ernesto avanzara con sus manoseos para ver si todavía respondía como hembra. Era una perra, gocé viéndolo resoplar como un buey arrecho, cuando con maldad metí la lengua en su oreja y me saqué los calzones para que me olfateara. El muy idiota se me trepó encima y *pum, pum,* se vino ahí mismo. El muy zoquete hecho el sobrado preguntó: *¿Mija cómo estuve, como un campeón verdad?* ¡Púchica! Gocé mucho más cuando respondí: *¡Oh, yo creí que íbamos a empezar!* Gocé más cuando lo acusé ante su jefe de haberme violado. Don Eustaquio no pudo aguantar mis lagrimones, ver los moretones que yo misma me hice dándome golpes contra las paredes, la sangre de una gallina pegada a mis entrepiernas y a trompones y patadas lo echó del pueblo como a un perro sarnoso.

Con Antonio fui mala, dejé que me cortejara y se hiciera ilusiones. Fui yo quien lo animara a que se dejara de remilgos, fuera directo al grano y hacer lo que no hicimos en el bote. Fui yo quien una tarde lo llevara al granero, le bajara los pantalones y le pusiera la picha como un tronco. ¡Púchica! Ya no respondía a caricias y sobajeos, estaba seca, muerta, no me causó frío ni calor que el hombre lengüeteara mis pezones y sus dedos jugaran con mi cresta. Y nada, cuando me lo metió sentí coraje, miles de hormigas furiosas corrieron dentro de mi cabeza y sin dejarlo terminar me levanté, me bajé las polleras y sin pena le dije: *Tu pendejada me da náusea, como hombre eres una porquería.* El pobre quedó pasmado, en su cara se asomaron el dolor y la vergüenza. Claro, nunca volvió a hablarme, dejó de ayudarme con los muchachos y cuando de casualidad nos encontrábamos era como si viera al diablo en persona y cambiaba de ruta. Y nada, un buen día desapareció, según se comentaba se había ido del pueblo.

Ahí no terminó la cosa, luego fue el mamerto del Galo que seguía siendo un zopenco ridículo. Quiso venirse fuera dizque para no dañarme y no me quedó otra que agarrárselo y metérmelo yo misma para que se dejara de pendejadas. Por huevón se lo mordí y por poco se lo desnuco. Y nada, después vinieron el Darío, el Guacho, el Fulano, el Sutano y todos los que se me cruzaron en el camino. Los llevaba al río, a aquel lugar donde empezaba el desvío, y no sé si tenía lo que buscaba, no lo sé, porque no recuerdo si lo hacíamos o no. Sólo sé que después no sabía más de ellos. Tantos hombres con los que me revolqué por rabia, por las puras ganas de sacarles la madre y la vieja de mierda de la Flora creyendo que yo era pura y santita.

Sin que me diera cuenta la melancolía empezó a estrangularme y comencé a hablar y repetir las mismas cosas, volvió mi terror a la soledad y regresaron mis delirios con gentes imposibles. Las madrugadas me encontraban gritando horrorizada ante el vacío que era mi vida. ¡Púchica! Sé que los muchachos se asustaron con mis loqueras. Lo cierto fue que un día uno y otro día otro dejaron de llegar y nunca más regresaron a las clases.

Y nada, antes de que cayera la noche daba largas caminatas para así caer rendida sobre la cama y poder dormir. Muchas veces quise regresar hasta Huevo de Agua, me paraba frente a los almendros, allí donde el camino se dividía y como una gallina asustada regresaba a casa. Tenía miedo de encontrarme con mis viejos sueños a solas, con los espíritus que rondaban por la cueva; sentía pavor a que los fantasmas me persiguieran, entraran en la casa, llegaran hasta mi cuarto y no me dejaran pegar los ojos en toda la noche. Pero que va, de todas maneras no me dejaban en paz. Un atardecer que llegaba corriendo después de haber estado a un tris de cruzar el desvío los malditos me estaban esperando. Reconocí a Faustino, el viejo calvo de ojos celestes, el otro era Alcides porque llevaba unos anteojos oscuros para tapar los huecos donde ya no habían ojos. Al verlos sentados en el tronco que estaba enfrente a la casa quedé pasmada porque no los esperaba. Si Flora los veía los iba a espantar, por eso los llevé al granero para enfrentarlos y que dijeran lo que tenían que decir aunque ya sabía que venían por el libro. ¡Púchica! Serían los nervios porque una vez que nos sentamos sobre los sacos de choclos sentí un hueco en la barriga, los dedos se me engarrotaron y la maldita gusanera empezó a caminarme por todos los recovecos del cerebro. Clarito escuché la voz de una mujer que desde lejos, como siempre, repetía la misma letanía: *Todos van a morir. Todos van a morir.* Y nada, pienso que el malestar hizo que me desmayara y ellos me ayudaron a recostarme sobre los sacos porque cuando abrí los ojos Flora, como siempre dando órdenes, decía: *Samira Luna, anda a la casa.*

¡Púchica! Estaba enferma, lo sabía y era por eso que nunca había podido escapar de este dolor que me mordía el cerebro y el alma. Y si hubiera sido posible escapar, ¿adónde iría sin que los recuerdos no fueran conmigo? ¿Dónde?

Un día de marzo, Flora mató una gallina para celebrar su propio cumpleaños. Eso me hizo recordar cuando muchos años atrás, después de que yo hiciera daño a mi hijo, abuela Melina llegaba a casa al medio día para ayudarme a aliviar mi culpa. Y nada, envuelta en su perfume de hierbas y velas, a propósito, para darle corajes a Flora caminaba meneándose haciendo sonar los dijes en su cadenita de oro amarrada al tobillo. Ella me traía sopa de gallina hervida con mucho perejil y apio para que yo me mantuviera sana y fuerte. Abuela Melina y tía María se hacían la competencia con sus caldos y yo que no podía despreciar a ninguna ya emplumaba de tanta gallina que a la fuerza me metían las dos.

Sentada junto a mi cama viéndome comer, abuela Melina comenzó a oler en el aire moviéndose en el cuarto de aquí para allá, husmeó por los rincones, caminó por todo el cuarto tratando de encontrar el lugar de dónde escapaba esa fragancia a vida nueva. Allí a mi lado vivía Alejandro, el hijo que yo no quise que naciera. Abuela Melina, la que fue puta y aprendiz de bruja, pudo sentir su presencia olfateando el olor a alborada y campo verde que tenía mi hijo. *Luna déjame mecer al niño entre mis brazos*, pidió tomándolo de la caja junto a mi cama donde encontró al pequeño. Mi hijo empezó a eructar y riendo Melina suavemente le dio golpes en la espaldita cortándole los espasmos.

Hija, el niño es igualito a todos ustedes, dijo de repente encantada de sostenerlo junto a su pecho. *Tiene el pelito lacio y duro, los ojos chiquitos pero verdes como los míos.* Y nada, haciéndole mimos sacó una cabalonga roja de entre sus senos y con una cabuya la ató a una piernita de Alejandro para darle suerte y que nada más pudiera dañarlo.

Mientras la abuela hacía monerías al niño las sombras se alejaban de mi conciencia. Sentí rumores de voces y plumas entrando por la ventana junto con el aire. Los susurros se hicieron nítidos, cantaban una canción de cuna: *Arrurú mi niño, arrurrú mi amor, duérmase el niñito de mi corazón.* Abuela Melina se unió al coro: *Arrurú mi niño…*

En mucho tiempo no había sentido la paz que en ese momento me llenaba toda. Lentamente fui cerrando los ojos y quedé dormida. Desde aquel día, Melina no regresó a casa, tampoco llegaron los otros; mi pequeño Alejandro no volvió a llorar y yo dejé de llevar hombres al río.

Solamente quedamos los cuatro: Flora, María, Sabino y yo. Años atrás Abundio, el marido de tía María había muerto de un ataque al corazón. Flora aseguró que el infarto se lo había producido algo que lo asustó y lo dejó sin habla. Abundio murió con los ojos abiertotes y las manos cruzadas sobre el pecho.

No sabría decir con seguridad desde cuando las cosas cambiaron y empezamos a repetir la misma faena. Fue hace una eternidad, no podría decirlo, pero los días empiezan y acaban iguales. Y nada, día y noche, noche y día, así sin terminar hacemos lo mismo sin que nada cambie la rutina. Igual que todos los días Flora sale de la casa, va al granero y regresa arrastrando una talega llena de mazorcas. Con los años ella ha dejado de verme las verijas, apenas si me habla, aunque igual, para no perder las mañas sigue ordenando y gritando. Sabino como si fuera un muñeco con cuerda desgrana los maíces dentro de una batea y en un saquillo pone las pelusas y las tuzas. El viejo entierra los dedos arrugados en las mazorcas y saca enteras las pepas de choclo. Flora y tía María se turnan en poner los granos en el molinillo y en dar manivela. Crucito llega en la tarde y se lleva los muchines para venderlos al día siguiente en el mercado.

Y nada, al pasar de los años dejé de buscar el libro que quedó perdido para siempre. Papá y yo no sólo escarbamos cada rincón de la casa, sino que lo buscamos fuera de ella, entre los libros que los cachineros vendían en el mercado y los libros que había en la escuela. Buscamos por Idrovo, Hidrobo, Idrovora y nombres que se le parecieran. En nuestra alocada pesquisa encontramos un par de poetas igualmente maravillosos. Uno era Vicente Huidobro, el hacedor de palabras, el Altazor que en un paracaídas recorrió el camino de los sueños. El otro era Horacio Hidrovo. ¡Púchica! Sus versos eran llamaradas que el viento en vez de apagar avivaba con más fuerzas. Sabino y yo nos abrazamos y estuve segura de que al repetir las palabras del poeta él también reconocía en esas líneas a Samuel.

> *No somos libres ni en los amaneceres,*
> *y el tiempo computado*
> *nos impide ver el vuelo de los pájaros*
> *¡Que nos dejen en paz!*
> *que nos dejen con nuestros libros*
> *y con nuestros árboles*
> *y con las rosas rojas*

y con el pedazo de tierra que nos toca
¡Llévense lo demás!

Sabino pensó que IDROVUS podía ser una clave para descifrar lo que quería decir el libro. Fue así como papá, conocedor de cosas inútiles según Flora, echó mano al *Atbash*, la práctica encontrada en la Cábala y que según él no sólo podía ser usada para encontrar avisos en la Biblia, sino en cualquier escrito donde la última letra tomaba el lugar de la primera, la penúltima la segunda y así hasta terminar con las letras. En otras palabras cambiar las palabras al revés así como las escribía DaVinci y las decía Lunanda: IDROVUS–SUVORDI. Y nada, la palabra no nos dijo nada sobre los seres que yo debía salvar. ¡Púchica! Sabino era un necio cabezón y siguió jugando con las mismas letras formando nuevas palabras al hacer variaciones de la palabra original: SIDORUV, RIOSVUD, ORDIVUS, DIOSVUR, DIVORUS, URVISDO.

—¿DIVORUS-URVISDO? —ésas son las palabras mágicas del ocultismo escrito por Macedonio y usadas por abuela Melina.

—Sí, son palabras poderosas que invocan las fuerzas del universo. Pero el libro de Macedonio no es el libro.

Un día, dando brincos y saltos de alegría, Sabino gritó: ¡Eureka! ¡Púchica! Papá creyó que había encontrado una pista mejor y que, usando las raíces del latín y el griego, podíamos buscar libros que hablaran del agua, de diluvios y serpientes acuáticas HYDRUS, agua, culebra. OVUM, huevo, comienzo. HIDRA, serpiente, sabiduría, rueda eterna. OVUS, nacimiento. Frente a mis ojos aparecieron las dos palabras juntas Agua-Huevo y pensé en las enormes piedras de donde brotaba el agua a borbotones, el manantial llamado Huevo de Agua.

Desde niño Sabino había recorrido el río a todo lo largo de Guayaquitos y por miedo nunca había ido más allá del desvío. Cuando estuvo frente al raro lugar, quedó con la boca abierta. Papá creyó que en ese sitio encontraríamos el libro. *Como no lo pensé antes, todo empieza en el agua y en todo comienzo hay una culebra símbolo de sabiduría y astucia,* dijo con ojos delirantes.

¡Púchica! No dejamos una sola piedra sin voltear, un árbol sin remecer; revisamos la cueva donde encontramos un plumerío plomizo y polvoroso e IDROVUS continuó sin aparecer. Tiempo después, Sabino perdió la memoria y ya no pudo ayudarme. En la búsqueda de IDROVUS avanzó el tiempo dejándome burlada, derrotada, envolatada y con las manos vacías.

—Atino, hoy contándote todo esto recuerdo muy bien lo que un día me dijo abuelo Damián: *Cuando la gente abandona una casa y nadie vuelve a acordarse de ella, poco a poco la casa se desmorona hasta quedar en escombros. Cuando las cosas dejan de usarse, empiezan a perder forma hasta borrarse de la mente de las personas. Asimismo, cuando se deja de pensar en alguien, su recuerdo se desvanece en el olvido.* Estoy segura de que eso ha pasado. Ellos han abandonado la casa y las cosas van desapareciendo poco a poco. ¿Te acuerdas de que antes la sala estaba repleta de bancos y mesitas?, ¿dónde están? Y todos esos cuartos a lo largo del corredor y los helechos colgando de los tarros, ¿qué pasó con ellos? ¿Qué se hicieron todos los cachivaches de papá, los libros de los abuelos que Flora encontró en el cuarto trancado y el reloj con las gárgolas?

—Luna, las cosas se hicieron viejas y se botaron, los helechos se secaron.

—Pierdo cosas, la ropa, los libros. No, no los pierdo, es que ya no existen porque ya no los uso ni los necesito. Por eso la casa se ve tan pequeñita, vacía y abandonada. Muchas veces escucho crujidos en los pisos, golpes en las puertas y el corazón se me detiene. No es nadie, es solamente el viento que abre las ventanas y ocupa la casa. Cuando despierto grito como una loca porque descubro que las paredes van desapareciendo una a una. Temo que pronto ellos, Flora, María y Sabino, se hundan en el olvido y no los vuelva a encontrar trajinando con esos sacos repletos de maíz que empezaron a desgranar hace años y que nunca terminan de moler.

—Flora me dijo que ella se encargó de botar todas las cosas inútiles, viejas, carcomidas y cerró los cuartos que ya nadie usa.

—Atino, eso no es verdad. Ella es una embustera. Ahora tengo miedo de que tú que estás frente a mí escuchando todas estas historias, no seas de verdad sino el deseo de tener conmigo a aquel muchacho que me acompañó en la niñez.

Atino pone un dedo sobre mis labios para que deje de hablar.

—Luna, todos estos días he escuchado atentamente tu relato y he descubierto que estás deprimida, que sufres de abandono. Tú lo sabes y lo admites. Inventaste una historia y toda esa gente para ayudarte a sobrellevar la soledad y la falta de cariño. Comprendo que debiste sufrir mucho viviendo con una madre amargada y rencorosa. Flora apenas se fijaba en ti, siempre estaba ocupada y nunca te dio el amor y los mimos que una niña necesita. Deseabas ser aceptada y sentirte importante y creaste un padre amoroso y comprensivo. Tu deseo de ser su consentida hizo que lo idealizaras cuando en realidad Sabino siempre fue un egoísta, un endiosado y además estaba medio loco. Lo recuerdo siempre leyendo y presumiendo de ser un ilustrado —dice mirando con pena al viejo que en la mesa desgrana los choclos como si fuera una máquina—. Y yo soy una persona de carne y hueso que sufre por no haber ofrecido a su familia todo lo bueno que se merecía. Comprendo perfectamente que estés desconcertada, confundida. Luna, te lo vuelvo a repetir, creaste una familia imaginaria para que le diera sentido a tu vida y no sentirte sola. Imaginaste un hijo que nunca pudo nacer. ¿Te das cuenta, Luna? Todo está en tu mente. Todos son tú misma, obran y hablan lo que tú piensas, dicen lo que tú quieres que digan. Así como en los sueños donde todos los personajes son tú misma y sólo existen dentro de tu mente. Ahora tienes miedo de que desaparezcan de tu memoria y quedar sola otra vez.

—Ellos existen, son verdaderos. ¿Y mi pena, mi fracaso fueron inventados también? —digo sin poder creer que Atino sea tan cabezón y no pueda creerme después de todo lo que le conté.

—Comprendo que has sufrido, todos sufrimos, el dolor es parte de la vida. Estás confundida, enredas la realidad con la ficción. Luna, voy a ayudarte a diferenciar lo que es cierto de lo que es engañoso, aunque no es tarea fácil. Inventaste un libro en el afán de inmortalizar tus anhelos con palabras. Creaste a todas esas personas y caprichosamente jugaste con ellas ansiosa de compañía y eternidad. Creíste que era gente verdadera ya que los personajes imaginarios son tan iguales a los de carne y hueso y empezaste a escucharlos, a verlos.

—Ellos existen —vuelvo a repetir tercamente.

—Todo está en tu mente. Lo que sí puedo decirte es que cuando eras niña tenías un libro de poesías que conocías de memoria, también te gustaba escribir lo que pensabas en unas páginas sueltas. En una de esas páginas tú leíste la palabra IDROVUS y quedó en tu mente. Es muy sencillo. Recuerdo que en una página apunté varios nombres en tus papeles para que pensaras que a mí también me gustaban tus poetas. Hoy no recuerdo cuáles, pero estoy seguro de que eran los que voy a escribir y con ellos se formó un acróstico. Te lo voy a demostrar —dice sacando la libreta y el lápiz del bolsillo trasero del pantalón.

Iván Oñate
David Ledesma
Remigio Romero
Oswaldo Rivera
Violeta Luna
Ulises Estrella
Silva Medardo Ángel

Te das cuenta, leyendo la primera letra de cada nombre de arriba abajo dice: IDROVUS. Luna, IDROVUS son esas historias que me has contado todos estos días. El libro que debías encontrar nunca tuviste que buscarlo porque el libro estaba contigo, nació contigo, todo el tiempo estuvo en tu cerebro, en tu imaginación. Luna, eso es todo. Ellos no existen, tampoco son fantasmas, son solamente personajes que viven en tu imaginación. Ahora que lo comprendes no necesitas sufrir y atormentarte más. Ven conmigo Luna, date otra oportunidad, abandona este pueblo miserable y a toda esta gente de mentira déjala en IDROVUS.

Me sentí mareada al escuchar la explicación de Atino. IDROVUS nunca estuvo perdido. IDROVUS era cada uno de ellos. Valentín, Faustino, Alcides y Damián lo sabían pero querían que yo lo descubriera. ¿Cómo Atino se atrevía a pedirme que los abandonara? Este pueblo miedoso, supersticioso, chismoso era mío; yo era parte de toda esa gente que él decía que eran de mentiras. Me acerqué al hueco de la puerta abierta para respirar mejor. Y nada, me sentí mareada y moví la cabeza para alejar la jumera, escuché un ruido parecido al de alas de pájaros en vuelo, ¿jilgueros, gorriones, chagüís, ángeles? Fui hasta la cocina a tomar un poco de agua, perdí el equilibrio y temblando me agarré del borde de la mesa para no caer al suelo. Miles de candelillas entraron a casa y arrugué los ojos para evitar que se me metieran por la vista; en el aire sentí ese olor a humo y hollín que tenían todos los miembros de mi familia. Miré a papá y vi cómo su figura perdía forma, apenas visible se mecía entre la verdad y la mentira. Los gritos de Flora quedaron pegados a su garganta sin escapar de la boca abierta como un hueco sin fondo. Cerré los ojos creyéndome alucinada. ¡Púchica! Cuando los abrí un remolino de polvo, humo y puntitos luminosos daba vueltas a su cuerpo.

—¡Atino, Atino, ¡Sabino se ha vuelto humo! ¡Que no se vaya, sus recuerdos son míos, que no desaparezca! —grité ardiendo en fiebre.

—¡Estás loca! ¡Luna, no hagas eso! —dijo Atino corriendo hasta la cocina, llegó en el momento en que Flora recobraba la voz.

—¡Dios de los cielos! ¿Qué diablos está pasando? —gritó Flora entre pasmada y furiosa. Se refregó los ojos con los dedos embarrados con choclo creyendo ver visiones.

El horror me tenía entumecida, el tiempo se estancaba. Y nada, el calor subiéndome desde los pies era sofocante, mi cuerpo se volvió un tizón envuelto en fiebre, la vista se me nublaba, los gusanos rumiaban mi sesera, las cosas daban vueltas. Estaba soñando, sí, estaba soñando. Entre sombras vi como Flora trataba de sostener a Sabino que entre sus brazos se deshacía quedando en un par de ojos que me miraban con angustia y una boca que reclamaba la vida.

—¡Oh, Dios mío, esto no puede ser verdad! —gritó Atino enloquecido.

Flora se acercó y agarrándome por los hombros me remeció como si fuera una muñeca de trapo.

—¡Samira Luna, mírame! ¡Deja de soñar! ¡Despierta, mujer del demonio! —sin saber qué más hacer me entró a bofetadas. Finalmente puso el pocillo con agua en mi boca.

Y nada, bebí el agua a sorbos, sentí que despertaba de un largo sueño. Moví una pierna luego la otra, corrí en busca de los papeles. Mientras avanzaba, la casa que antes se había reducido a la cocina crecía frente a mis ojos. Aparecieron mesas y sillas, el reloj adornado con gárgolas daba saltos girando las manecillas al revés, de una lata brotaba un helecho. Un pasillo larguísimo se desdoblaba frente a mis ojos deslumbrados.

Seguida por Flora y Atino y con el corazón galopándome a velocidad de locura, trepé las escaleras con la rapidez que me dejaban las piernas. Llegamos al piso de arriba donde las telarañas y las sombras se esfumaban con la luz entrando por huecos y rendijas. ¡Púchica! De las paredes salían ruidos de bateas y fierros mezclados con voces, gritos y aleteos. Entré al que fuera mi cuarto, bajo la cama saqué la caja de los velones abandonada por años. A lo largo del tiempo había guardado en ese cajón un montón de papeles con anotaciones, también los que tenía en el granero junto con los dibujos de gentes para que los ratones no los mordisquearan ni Flora los echara a la basura. ¡Púchica! Las manos me temblaban cuando tomé esas páginas amarillentas que eran los recuerdos de los Aguirre y los míos. Reí a carcajadas. Éste era el libro: notas, apuntes, borrones y tachones. Una de los páginas estaba garabateada con la letra patuleca de Atino subiendo al cielo. Atino había escrito nombres de poetas y de arriba hacia abajo se leía la palabra IDROVUS.

¡Púchica, esto es IDROVUS! Los abuelos tenían razón, yo también soy parte de la historia, recuerdo sus voces: *Lunanda*

*Aguirre, querida muchacha, eres una de nosotros, somos la misma
cosa. Si pudieras verte a ti misma te caerías al piso de susto y después
te destornillarías de risa. Luna Aguirre eres solamente un pensamiento en tu cerebro.*

Y nada, ahora ya estamos todos juntos, juntos por siempre.
En IDROVUS eso es posible, en IDROVUS todo es posible. Y
las palabras dándonos la vida.

¡Oh, Dios mío! No sabía cuándo terminaría este sufrimiento.
Samira Luna seguía matando y yo ya no tenía fuerzas para
seguir escondiendo muertos. No sé si ella fue la que mató a
todos esos hombres que aparecían con una soga en el cuello
un poco más allá del desvío, lo que si sé es de los dos hombres
que mató con la pala dentro del granero. Los pobres eran Virgilio y Unésimo, dos hermanos que planeaban quedarse en el
pueblo y vinieron a ver si les vendía las pocas hectáreas que
todavía les quedaban a los Aguirre. Entré a casa a rebuscar
entre los papeles de Sabino y cuando salí ya no los encontré;
fui al granero moviendo la cabeza porque ya sabía lo que había
pasado. Samira Luna estaba acostada sobre los sacos de choclo
con la maldita modorra, los dos hermanos tendidos en el suelo
y la pala junto a sus cuerpos. Dos muertos más que tuve que
enterrar en el patio de atrás y que Dios me ayudara para que
nadie supiera de su mala suerte. Lo peor de todo es que un
día la loca mató al propio padre y delante de nuestros ojos,
delante de María y Atino.

Todo sucedió tan rápido que ninguno pudo evitar lo que
pasó. Samira Luna llegó a la cocina por un pocillo de agua, de
un brinco agarró el cuchillo que estaba sobre la mesa y lo clavó
en el cuello de Sabino mientras gritaba con los ojos envolata-
dos: *¡Atino, Atino, Sabino se ha vuelto humo! ¡Qué no se vaya, sus
recuerdos son míos, que no desaparezca!*

¡Estás loca! Luna no hagas eso, gritó Atino horrorizado queriendo detenerla pero ya fue tarde. Sabino se moría.

Sin saber dónde coger, María quedó hecha piedra. Yo agarré a mi hija por los hombros, la sacudí para que saliera de esa maldita modorra, le di un par de bofetadas, *¡Samira Luna, mírame! ¡Deja de soñar! ¡Despierta, mujer del demonio!* La pobre loca salió corriendo, subió al altillo y Atino y yo corrimos tras ella. Sin saber lo horrible que acababa de hacer, Samira Luna se sentó en el piso, sacó una caja vieja debajo de la cama y empezó a reír a carcajadas, feliz como si fuera una niña.

Supliqué a Atino que no hablara de lo que había pasado, que lo guardara como un secreto para bien de su prima. *Hijo, te ruego por lo que más quieres en tu vida nunca hables de lo que pasó hoy con tu prima. Si tú no hablas nadie se va a enterar. Nadie nos visita. Crucito recoge las tortitas y se va. Y María, sé que mi hermana prefiere morir antes que hablar de algo tan triste para todos.*

Más tarde entre los tres, Atino, María y yo, enterramos a Sabino en el patio detrás de la casa. Después de que María y yo limpiamos la cocina llena de sangre ayudé a Atino a recoger sus cosas y volví a pedirle piedad por mi hija. *Muchacho, nunca pensé que tu prima llegara a tanto y que tú vieras algo tan monstruoso. No vayas a decir nada. Por favor te lo pido, que nadie lo sepa. Tú sabes que la pobre está loca de remate, pero yo sé cómo tratarla. Ahora vete y no te preocupes por nosotras. Vete, Atino, antes de que ocurra otra desgracia.*

Después de que Atino se despidiera prometiendo escribirme y algún día regresar a visitarnos, subí al altillo. Ahí mi pobre hija seguía hablando sola mientras garabateaba en los papeles: *Ahora ya estamos todos juntos, juntos por siempre. En IDROVUS eso es posible, en IDROVUS todo es posible.*

La miré con pena. Su vida fue triste, no había gozado como todo el mundo los momentitos que hacen que la vida sea linda. Aunque ella llevaba al primo a caminar para que yo no oyera ciertas cosas, me enteré que había conocido a ese tal David y me contentó saber que había sido feliz, pero cuando habló del hijo que nunca tuvo, me di cuenta de que el hombre era una alucinación como todo lo que veía. Pobrecita, si por lo menos hubiera conocido el amor. Pobrecita, que siguiera creyendo que IDROVUS eran esos cuentos locos que escribía. A veces cuando porfiaba tonterías la amenazaba con decirle la verdad, el secreto de los Aguirre, pero jamás se lo diría. Tampoco le diría que IDROVUS no se llamaba así por los nombres de los poetas como Atino había dicho, sino por los nombres de los que yo sabía que había matado, los que escribí en una hoja junto con las confesiones del Alcides. La maldita Lunanda era la culpable de la muerte de los Aguirre y esos pobres infelices que mi hija creía que eran los Aguirre.

Ismael
Damián
Rómulo
Ofelia
Virgilio
Unésimo
Sabino

Desde ese día en que mató a Sabino, no dejé que saliera de casa nunca más por miedo a que atacara a otro inocente y cuando María, por miedo a la loca, se fue a vivir con Nazario nos quedamos solas las dos. Aquí en esta casa nos hicimos viejas, tan viejas que la gente nos cree un par de duendes.

Han pasado muchos años, no sé cuántos y Samira Luna sigue igual que siempre. Ella continúa porfiando que los fantasmas viven en la casa. Muchas veces le sigo el juego y me hago la que puedo verlos y otras, le entró a bofetones para que despierte y se dé cuenta de que los malditos son puro cuento.

Porque donde yo vaya estará ella
y donde ella se deje oír
no cambiará mi latido
por todo lo que os digo
amo, a esta intocada
a esta leve,
a esta vacilante, a esta mía
palabra

Mariana Cristina García[29]

---

29   Mariana Cristina García (Quito, 1951 – 1985)

Porque donde yo vaya estará ella

Atino se fue por segunda vez, pero en esta ocasión no me entristecí porque ya no me dejaba sola, ahora me acompañaban los Aguirre. Y nada, Flora dijo que tía María había ido a vivir con Nazario y había llevado a Sabino para que los acompañara por un tiempo. Antes nunca hubiera creído que papá fuera a vivir a otra casa, pero desde que perdió los recuerdos era como un niño y se dejaba llevar. ¡Púchica! No sé por qué papá fue a esa casa, sólo dos semanas más tarde Flora me dijo que había pasado una desgracia y tenía que darme la mala noticia: *Un maldito entró a robar en casa de mis hermanos y mató a Sabino de un tajo que le dio en el cuello.* Yo sabía que ella mentía, papá no estaba muerto, papá regresaría en cualquier momento y yo estaría esperándolo.

Y nada, desde que Atino me ayudó a encontrar a IDRO-VUS me siento fuerte, valiente, alegre de estar viva. Tal como dijeron Faustino y Valentín, cuando me siento sola, cuando los necesito puedo encontrarlos en el libro. Ellos también están contentos, los he salvado de la inadvertencia, las palabras les dan vida, con las palabras vivirán para siempre. ¡Púchica! Lo único que me saca la piedra y me da coraje y miedo es la Flora. Ya me tiene hasta el copete con esa condenada verdad que no puede decirme para no hacerme daño. ¿Qué podrá ser? Un día de estos voy a apretarle el pescuezo a la vieja de mierda para que suelte la lengua y diga cuál es ese secreto.

Nunca debí conocer ese secreto. Ahora que lo sé no puedo respirar. Las lágrimas y el horror me estrangulan el alma, no sé por qué tuve que meterme en su cuarto a escarbar entre sus cosas. He encontrado la verdad y esa verdad me está matando. Quiero morir, morir. ¡Maldito secreto! El secreto de los Aguirre, que son los Idrovora. Yo les entregué la vida con las palabras y les di la muerte con mis manos. IDROVUS no lleva el nombre de poetas, lleva el nombre de los muertos. Maté al abuelo Damián, a Ismael, maté a papá, a mi hijo, los maté a todos. Soy un monstruo, una asesina. No quiero escuchar a esa mujer, no quiero oír su voz. Me tapo los oídos con ambas manos y la maldita sigue repitiendo lo mismo, una y otra y otra vez: *Todos van a morir, todos van a morir.* Enloquecida grito con un alarido de animal herido de muerte.

¡Oh, Dios mío! ¿Por qué no quemé estas malditas páginas? La Lunanda ganó. Odio a esa mujer, la odio con toda mi alma, odio esas palabras que enloquecieron a mi hija. Maldita, mil veces maldita ¡Mataste a mi hija! Samira Luna encontró los papeles y se enteró de la verdad, supo que ella mató a todos esos infelices, vio la lista donde apunté el nombre de los pobres miserables:

Ismael
Damián
Rómulo (el curquito que confundió con Macedonio)
Ofelia (la muchachita que creyó era la maldita Lunanda)
Virgilio
Unésimo (mató a los dos hermanos creyendo que eran Alcides y su hijo Faustino)
Sabino

¡Dios mío, perdónala! Tú sabes que ella no era culpable, estaba enferma, mi hija estaba enferma y se ahorcó. Samira

Luna no pudo soportar la verdad y se mató, se colgó de un poste.

¡Oh, Dios mío, déjala que *descanse en paz!*, dije llorando mientras con la pala echaba la tierra sobre el cuerpo de mi hija. La enterré en el mismo hueco donde ocho años atrás enterramos al padre para que se acompañaran en la otra vida.

Ahora resulta que yo también estoy muerta o finalmente me he contagiado de la locura. *Sí, estoy loca,* digo refregándome los ojos porque no puedo creer lo que mis ojos ven. Despierto y encuentro a Samuel a mi lado pidiendo que le prepare un calentado porque se muere de hambre. Mi hijo me abraza y dice que todo está bien, que no tenga miedo. Hay ruidos en la casa, risas y cantos. Voy a la cocina y encuentro que la puerta está abierta de par en par. Fuera, sentado sobre el tronco, Sabino lee uno de esos libros que conoce de memoria; cerca, en la poltrona, Damián con una lupa delante de los ojos resuelve crucigramas. En la cocina está la bruja Melina calentando leche en una olla: *Es para Alenjandrito, tu nieto, ven para que veas lo lindo que está.* Subo tras ella y en el altillo encuentro a Ismael tallando figuras de animalitos con su navaja, también a un calvo que debe ser Faustino amasando una pasta de hierbas y raíces en un cacharro. En otro cuarto veo a un viejo con un plumero en mano desempolvando a otro viejo que, sin tener ojos, mira el cielo usando un aparato; en un rincón, un ángel con unas plumotas enormes escribe junto a un taco de vela derretida. Vuelvo a refregarme los ojos pensando que estoy soñando, pero no estoy dormida, estoy despierta y escuchando el llanto de un niño saliendo del cuarto que fue de mi hija. Melina me empuja para que entremos. En el cuarto Samira Luna me sonríe con el niño en brazos. Me siento feliz, creo que es la primera vez que mi hija me regala una sonrisa. Alejandrito es precioso.

Todavía no puedo creer que los Aguirre estén aquí en esta casa, muy orondos, sin recordar que murieron. ¿O será que la muerta soy yo?, *¿pero cuándo morí si no lo recuerdo?*, me pregunto tocándome la cara con ambas manos. No estoy muerta porque Atino ha regresado y me abraza. Atino se ve más viejo. Claro, han pasado casi nueve años desde la última vez que estuvo en casa. Me cuenta de que vino a visitar a su padre enfermo y que lamentablemente murió hace dos días. Acaban de enterrarlo. Atino llora y lo que dice me deja fría.

—No puedo creer que a nadie le preocupara saber de dos mujeres que viven solas. Tía María no supo decirme nada porque está enferma y no recuerda las cosas. Pregunté por ustedes en el pueblo y la gente dijo que no habían vuelto a verlas y seguramente habían muerto hace años. Le juro que vine esperando lo peor. ¿Y dígame cómo sigue mi prima?

—Vas a verla, está bien, mejor que nunca. Voy a buscarla, se va a poner contenta al verte. Sabes cómo te quiere.

En los ojos de Atino apareció cierto nerviosismo recordando la horrenda muerte de Sabino a manos de la prima, pero cuando vio a Samira Luna la abrazó feliz como si nada hubiera pasado.

—Hija, ¿por qué no traes al niño para que Atino lo conozca y de paso le dices a Samuel y a Sabino que vengan a saludarlo? —mi hija sube a buscar a Alejandrito y Atino me mira aterrado sin poder creer lo que digo.

—¿Flora, qué está sucediendo? Recuerdo sus palabras, cuando regresé la primera vez usted dijo: *Yo no creo en aparecidos y bobadas, de eso nones* y ahora me habla del niño, de Samuel y de Sabino cuando sabemos que ellos murieron. Estuve presente cuando el tío recibió el tajo en el cuello y murió desangrándose.

—¿Recuerdas que también dije que te vayas con cuidado porque la enfermedad de mi hija era peligrosa y contagiosa? Acabas de abrazar a tu prima y ella está muerta, se ahorcó el año pasado después de descubrir el secreto de los Aguirre. No te espantes porque ellos son de verdad, esa es la magia de IDROVUS.

—No puede ser. Esto es imposible —dice agarrándose la cabeza con las manos.

Voy hasta la mesita, tomo el libro y se lo entrego.

—Después de que lo leas sabrás de todo el horror que vivió tu prima por culpa de una enfermedad y una maldición. Samira Luna era esquizo... esquizofrénica como tú dijiste, pero te aseguro que sus alucinaciones no eran sólo cuento. Yo aceptaba la locura de mi hija y escondía sus crímenes. Nunca dije de lo que era capaz para protegerla y que no fueran a aborrecerla, quemarla o matarla a pedradas. Tú pensabas que IDROVUS llevaba ese nombre por los poetas que le gustaban a tu prima, en cambio yo creía que se llamaba así por las personas que yo supe que mi hija mató. Por eso es que puse otra S al nombre: IDROVUS. Samira Luna es la última Idrovora muerta por su mano. Cuando leas el libro vas a saber que Idrovora es el verdadero apellido de los Aguirre.

Atino tiene los ojos llenos de llanto, de viejo se ha vuelto un llorón. Yo lo consuelo hasta que logra calmarse. Comprendo que no es fácil lo que está pasando.

—Pensé que los Aguirre eran producto de su imaginación, personajes de sus cuentos y ahora usted dice que existen, que son verdaderos. En realidad usted y yo estamos en lo correcto porque después de escucharla me doy cuenta de que la historia de los Idrovora está llena de poesía, fantasía, horror y muerte. Al final la vida, al igual que la ficción, es eso: belleza, ilusión, miedo, dolor, desolación y se escribe con palabras.

Samira Luna baja con Alejandrito en brazos y orgullosa se lo muestra al primo. Él lo mira receloso, pero al escuchar los gorgoteos del niño le hace cosquillas en la pancita. Bajan los demás y Samuelito pide de comer. Pasmado, Atino palidece, parpadea, abre la boca enorme y mi hija viéndolo retroceder le dice: *Te aseguro que necesitas creer. Entiéndelo, si todo puede ser, todo es posible. Se puede salir de un hueco sin caer en él.* Atino mueve la cabeza de un lado al otro y tembloroso saluda a Sabino, abraza a Samuel, me mira y tartamudeando pregunta si puedo preparar muchines y tortitas de maíz que hace años no prueba. ¿Qué estamos esperando?, no ven que me muero de hambre, reclama mi hijo sobándose la barriga y todos riendo, como una familia feliz, vamos a la cocina.

Agradecimientos

IDROVUS es una epifanía. Tenía 17 años cuando, una tarde, me topé con dos sujetos extraños. Uno de ellos me invitó a seguirlos, según expresó deseaban mostrarme su pueblo. Yo me negué y el otro dijo que sabían que tenía miedo pero cuando estuviera lista los buscara en IDROVUS, en el libro de IDROVUS. Sintiendo cierto desasosiego, los vi alejarse creyendo que eran un par de chiflados. Cuando conté a mi papá el curioso episodio, él dijo que posiblemente ese libro ocultaba un mensaje para mí y era importante encontrarlo. Papá y yo lo buscamos por algún tiempo sin ningún éxito, no lo encontramos porque el libro no había sido escrito todavía. En aquel entonces, yo desconocía la magia de la escritura y no sospechaba que mi responsabilidad sería escribir el libro. Cinco años más tarde de aquel encuentro misterioso, el destino me trajo a los Estados Unidos donde, entre otras cosas, obtuve una carrera que me ayudó a competir y salir adelante en un país ajeno. Y mientras el tiempo continuaba su marcha inalterable, me enredé en el laberinto que es la vida. Pasaron treinta años y un día cualquiera, a pesar de tener una profesión y cierta soltura económica, me creí derrotada, perdida, sentí que el mundo se desmoronaba, que irremediablemente moriría aplastada. En ese momento perverso, la nota en el diario, donde un tal Juan Gómez-Quiróz invitaba a los interesados en la literatura a participar en una tertulia, fue mi tabla salvadora.

Deseo expresar mi agradecimiento a los tertulianos y hoy amigos de por vida: Juan Gómez-Quiróz, Jesús Bottaro, Hector "Che" Alves, Dixon Abreu, Omelino "Becao" Bermudez, Ángel García, y a los otros integrantes del "Espacio de escritores" que con sus comentarios, críticas y respaldo constante me ayudaron a adquirir las herramientas necesarias para el oficio, a vencer el miedo, a enfrentar a los engendros ocultos en mi mente y por medio de la ficción dejarlos al descubierto.

Agradezco a Giselle Massaro y John Cano, mis hijos, por su amor y comprensión. Pido su perdón por mis ausencias, por exponerlos al peligro, a soportar esos momentos de angustia, delirio y pánico que muchas veces no supe controlar.

Me siento agradecida con mis padres: Aurelio Magno y Teovigilda María. A él por alimentar mi fantasía con sus cuentos disparatados, por animarme a escuchar las voces del silencio, a imaginar lo no visible. A ella por mostrarme el lado feo de la vida, por enseñarme a asumir la realidad, a poner los pies sobre la tierra. Fueron esas lecciones y esas anécdotas, las reales y las imaginarias, las que me permitieron aventurar en la ficción y dar vida a los personajes de este libro que por cuarenta años esperaron para contar sus historias.

A Eduardo Ortega Gómez, mi maestro de filosofía en la escuela secundaria, va mi gratitud y cariño por despertar en mí la curiosidad y el amor por los libros.

Mis agradecimientos a Miguel Antonio Chávez por la lectura del manuscrito y a Carlos Aguasaco por acoger esta obra e invitarla a hacer parte de Artepoética Press.

www.ingramcontent.com/pod-product-compliance
Lightning Source LLC
Chambersburg PA
CBHW020642030726
47498CB00002B/324